本书受广西一流学科中国语言文学建设经费资助

明清叙事文学中的城市书写研究

张啸 著

人民出版社

目　录

绪　论

　　叙事文学是中国古代文学中的重要组成部分，承载着中国传统的哲学观、审美观，也体现着古代中国的道德、礼法、人情等诸多方面。除了人们熟知的小说、戏剧等文学形式之外，叙事文学还包含了志怪传奇、野记杂闻、人物传记、随笔琐记等，涉及历史上的典章制度、民俗风情、草木虫鱼、奇闻异事等，所记内容往往更贴近当时社会的真实，具有极高的史料价值，是留给后世的宝贵财富。明清时期是叙事文学创作的高峰时期。这一时期的叙事文学创作更为通俗化，面向市民群体、表现城市生活是这一时期叙事文学的创作倾向。明清叙事文学丰富的内容、活泼的形式，犀利、辛辣的笔触，不仅带有文学审美价值，也是今人认识明清城市文化的一个重要窗口。

一、叙事文学概述

　　从大的范畴来说，文学可以分为抒情性文学和叙事性文学两大类。一般认为，中国古代文学的源头可追溯至以《诗经》为代表的抒情性文学。中国叙事性文学的源头则尚未有定论。学界大都认为，由于受到中国古代源远流长的史官文化影响，中国的叙事性文学偏重于历史叙事。若依照这一观点，中国叙事性文学的源头可追溯至先秦之时的史传类散文和诸子散文。虽然先秦之时，文学尚未从历史、哲学中独立出来，但在史传类散文和诸子散文之中已经有了大量情节生动、人物个性鲜明的叙事性内容。例如《论语·先进》中"子路、曾晳、冉有、公西华侍坐"一节，就描述了孔子与弟子子路、曾晳、冉有、公西华等人一起聊天，询问学生的人生志向的场景。短短四百余字的篇幅生动描写了人物的语言、动作、心理和神态，更鲜明地表达了孔子的政治理想。全文可以看作是一个语言精练、文笔优美、生动有趣的小故事，符合叙事文学的审美特征。除此之外，这一时期的其他散文作品也多带有叙事文学的特质。如在以寓言说理见长的《庄子》《孟子》中，就记载了诸如《鲁侯养鸟》《井底之蛙》《邯郸学步》《缘木求鱼》等充满哲理和思辨色彩的寓言故事，作者通过讲述寓言故事，生动而形象地论说自己的政治见解、人生态度等，至今读来仍带给读者以人生感悟和启迪。除了上述的诸子散文之外，这一时期的历史散文也颇具叙事文学的审美特征。如《左传》《战国策》等传世名著中记载了《狡兔三窟》《触龙说赵太后》《内助之贤》等历史故事，后世读者可以视为历史文献记载，但其中对人物的刻画、情节的叙述都遵循了简约、生动的审美标准，让我们感知到古人的智慧，不失叙事文学的风采。

两汉之时的叙事文学有了较大发展，出现了大量有关当时帝王及社会名流的野记杂文和民间传说，成为官方正史的有效补充。如《汉武故事》《汉武帝内传》《汉武洞冥记》《东方朔传》《西京杂记》《说苑》等作品，记述了汉代帝王的奇闻异事，叙事精妙，情节婉转，具有较高的叙事艺术成就。如《汉武故事》就记载了这样一个传说：

> 帝以乙酉年七月七日生于猗兰殿，年四岁，立为胶东王。数岁，长公主抱置膝上，问曰："儿欲得妇不？"胶东王曰："欲得妇。"长公主指左右长御百余人，皆云不用。末指其女问曰："阿娇好不？"于是乃笑对曰："好！若得阿娇，当作金屋贮之也。"长公主大悦，乃苦要

上，遂成婚焉。①

　　这就是为后世称道的"金屋藏娇"一说。寥寥数语将汉武帝四岁之时的纯真与活泼描写得淋漓尽致，其中夹杂有神态描写、语言描写等多种人物刻画的方法，具有很强的故事性。

　　总体而言，先秦两汉之时可视为叙事文学发展的初始阶段。由于这一时期的文学尚未从政治、哲学等学科中独立出来，此时纯粹的叙事文学数量并不见多，且多数存在于政论文或其他文体之中，但已具备了叙事文学的相关要素并呈现出鲜明的故事性，为叙事文学的进一步发展奠定了基础。

　　魏晋时期至明代以前可视为叙事文学的定型阶段。在这一时期，叙事文学经过长期的发展和蜕变，逐步形成了自己较为稳固的文学样式。因此，这一时期是叙事文学最终确立和定型的时期。在这一发展阶段，山水游记小品、人物传记小品、笔记小品乃至尺牍小品相继出现，极大地丰富了叙事文学的种类。也正因如此，叙事文学的表现内容和创作手法也得以极大的开掘，出现了山水游记、人物传记、志人志怪等多种题材的作品。

　　在山水游记方面。魏晋时期随着玄学的兴盛，士人阶层多以寄情山水来寻求精神上的解脱和慰藉，这就催生了包括山水诗和山水游记小品在内的山水文学。山水游记类小品文典型代表当如北魏时期郦道元的《水经注》，这部地理学巨著详细记载了 1000 多条河流及流域间的神话传说、历史遗迹等内容，对于河流沿岸的风景描写以其形象生动而又细致入微的描绘更令后人称道。唐代的柳宗元继承和发展了《水经注》中山水游记小品文的写作，他的"永州八记"因对景物的描写详尽而传神、抒发了自己独

① 　佚名著，王根林校点：《汉武故事》，《汉魏六朝笔记小说大观》，上海古籍出版社 1999 年版，第 166 页。

特的情感，一直被视为山水游记的典范之作。

在人物传记方面，陶渊明的《五柳先生传》和《晋故征西大将军长史孟府君传》以及阮籍的《大人先生传》可谓是这一题材小品文中的代表之作。其中《五柳先生传》被普遍认为是陶渊明所作带有自传性质的人物传记。在文中作者采用白描的手法，行文简洁，着重描写了五柳先生的三大人生志趣：读书、饮酒和写作，人物形象塑造得传神、生动而又真实，表现了主人公卓然不群的高尚品格，流露出强烈的人格之美。就表达创作主体独特的审美体验而言，这些作品已经具备了人物传记小品的审美艺术风格，为后世开创了延续写作的道路。

在志人志怪方面，应首推成书于魏晋时期的两部作品，那就是晋代干宝所作《搜神记》和南朝刘义庆所作《世说新语》，这两部作品被学界普遍视为最早的笔记小品文。《搜神记》共记录故事 454 个，多取材于民间传说和鬼怪神异之事。这些故事均篇幅短小、文辞简约、情节紧凑而又设置精妙，借神怪传说之事影射现实社会中的某些弊端。既富于浪漫主义色彩又带有鲜明的社会现实意义。《世说新语》则是以人物为中心的笔记小说，主要表现魏晋时期士族阶层的生活状态，虽然篇幅较为简短，但充分使用了比喻、夸张、对比等多种修辞手法，极具文学价值。其中的人物故事多成为后世经常引用和进行再创作的文学典故。

总之，这一时期的叙事文学创作有了长足的发展和进步，作者较以往更为注重自身情感的表达，不同类别的叙事文学纷纷出现，叙事文学日臻完善，趋向成熟，这为接下来走向成熟和辉煌的时代奠定了基础。

元代文学是叙事文学发展的一个关键时期。在元代，由于元杂剧的兴盛，中国的叙事文学第一次占据了文坛的主流。此后，叙事文学在明清之时进入了本身的繁荣时代，主要表现在创作群体日渐庞大，作品数量陡然而增，尤其是就作品表现的范围来看，已经涉及人类生活中的方方面面，成为当时社会生活的生动记录。

以《三国志演义》和《水浒传》等长篇章回小说的问世为标志，明代初期的叙事文学创作取得了初步的繁荣。除了长篇章回小说发展成熟之外，明前期的笔记小说也不乏优秀之作，如宋濂创作了《秦士录》《杜环小传》《抱瓮子传》《记李歌》《王冕传》等人物传记，这些作品情节生动，具有鲜明的人物形象。刘基在归隐之后创作了大量以寓言为题材的小品文，著有寓言集《郁离子》。清代的刘熙载在《艺概·文概》中这样评价："后世学子书者，不求诸本领，专尚难字棘句，此乃大误。欲为此体，须是神明过人，穷极精奥，斯能托寓万物，因浅见深，非光不足而强照者所可与也。唐宋以前，盖难备论，《郁离子》最为晚出，虽体不尽纯，意理颇有实用。"①茶陵派的代表人物李东阳也创作出许多小品文的佳作，如《游西山记》《听雨亭记》等均有细致入微的景物描写。除此之外，高启、王祎、方孝孺、苏伯衡等人也都有类似的叙事性作品传世。

明朝中期的叙事文学创作得以继续发展，出现了《西游记》等神魔类题材的章回小说。与此同时，明朝中期的传记类作品尤令人关注。"前七子"中的代表人物均不乏传记类作品的上乘之作，如何景明的《璧盗》《说琴》等作品具有语言诙谐幽默的特征；王廷相的《狮猫述》生动描绘了一只外表光鲜亮丽却害怕老鼠的"狮猫"，借猫喻人、引人深思。"后七子"中的李攀龙、王世贞、宗臣等人均擅小品文创作，如王世贞的小品文不事雕琢、独具平淡，讲求表达真实自我，其人物传记小品《李于鳞先生传》《许长公小传》等塑造人物生动传神，宛在眼前。唐宋派则倡导直抒胸臆和本色书写，抒发作者内心的真实情感，其代表人物归有光即是传记文学写作的大家。归有光的传记作品善于融记叙与抒情于一炉，如我们熟知的《项脊轩志》《先妣事略》等，这些作品均语言平实自然、感情真挚，于平淡的叙述间寻求最动人的表达方式。

---

① （清）刘熙载：《艺概》，上海古籍出版社1978年版，第36页。

晚明著名的文学流派公安派、竟陵派等相继出现，带动了叙事文学创作的进一步发展。这一时期的小品文创作因表现出明显的自我意识和个性色彩而在文坛中获取了一席之地。李贽提出的"童心说"对这一时期的叙事文学创作有着深远的影响，以三袁为代表的公安派大力倡导"性灵说"，注重叙事文学的个性化写作，具有不拘俗套、求新求变、独抒性灵的艺术特点，其中袁宏道的游记作品注重对自然景物的细致描摹，凸显自然趣味，以求情景交融之美。其人物传记小品多反映普通人的寻常琐事，塑造的人物形象个性鲜明、神采毕现。以钟惺、谭元春为代表的竟陵派是稍晚于公安派出现的一个重要文学流派，倡导"幽深孤峭"的独特审美风格，在当时有着重要的影响。其中钟惺的小品文创作更加讲求构思和立意，于平淡中见真情；谭元春的游记作品重在对景物的精准描绘，别具特色。张岱注重吸收和借鉴前人小品文写作的经验，代表作《西湖七月半》突出表现了他描绘细致、独具匠心，寓深刻说理于寻常描绘的艺术特色。

叙事文学在清代实现了作品数量和质量的飞跃。《红楼梦》的问世标志着中国古代长篇章回小说发展到了最高峰，章回小说这一重要的古代文学样式在清代实现了繁荣，无论从作品数量还是表现范围均超过了前代。除了章回小说之外，由各种民间传说和稗官野史组成的笔记小说作品可谓是汗牛充栋、令人目不暇接。其中的代表之作当数蒲松龄的《聊斋志异》和纪晓岚的《阅微草堂笔记》。蒲松龄的《聊斋志异》历来被视为志怪小说的扛鼎之作，作品以传奇的叙述手法讲述一个个志怪的故事，给志怪小说的创作带来了新的写作视角和思路，从而改变了明代中期以来长篇章回小说一统天下的局面，对后世笔记小说的创作产生了深远的影响，使清代的志怪类笔记小说出现了前所未有的繁盛局面。自《聊斋志异》问世后，涌现出大量模仿此种笔法的志怪小说，如《萤窗异草》《昔柳摭谈》《淞隐漫录》《夜雨秋灯录》《淞滨琐语》等，这些作品在批判社会现实方面虽然远不及《聊斋志异》思想性深刻，但在一定程度上成为清代志怪类笔记小说繁荣的生动体现。

值得一提的是，纪晓岚的《阅微草堂笔记》是清代中期出现的又一笔记小说类型的代表。《阅微草堂笔记》一反《聊斋志异》以传奇笔法书写志怪故事的文风，主张"尚质黜华，追踪晋宋"的创作风格，在作品内容的选择上"大旨期不乖于风教"。鲁迅先生曾指出："惟纪昀本长文笔，多见秘书，又襟怀夷旷，故凡测鬼神之情状，发人间之幽微，托狐鬼以抒己见者，隽思妙语，时足解颐；间杂考辨，亦有灼见。叙述复雍容清雅，天趣盎然，故后来无人能夺其席，固非仅借位高望重以传者矣。"[1]《阅微草堂笔记》共有 24 卷，收录了 1000 余则民间故事，内容丰富、趣味盎然。其中既有大量宣扬传统道德观的内容，也不乏揭露官场黑暗、讽刺社会现实之作。如《阅微草堂笔记》的卷六第十则就记载了这样一个小故事：

> 明季有宋某者，卜葬地至歙县深山中。日薄暮，风雨欲来，见岩下有洞，投之暂避。闻洞内人语曰："此中有鬼，君勿入！"问："汝何以入？"曰："身即鬼也。"宋请一见。曰："与君相见则阴阳气战，君必寒热小不安，不如君瘫火自卫，遥作隔座谈也。"宋问："君必有墓，何以居此？"曰："吾神宗时为县令，恶仕宦者货利相攘，进取相轧，乃弃职归田；殁而祈于阎罗，勿轮回人世。遂以来生禄秩，改注阴官。不虞幽冥之中相攘相轧，亦复如此。又弃职归墓。墓居群鬼之间往来嚣杂，不胜其烦。不得已，避居于此，虽凄风苦雨，萧索难堪，较诸宦海风波、世途机阱则如升忉利天矣。寂历空山，都忘甲子，与鬼相隔者不知几年，与人相隔者更不知几年。自喜解脱万缘，冥心造化，不意又通人迹，明朝当即移居。'武陵渔人'，勿再访'桃花源'也。"语讫不复酬对，问其姓名亦不答。宋携有笔砚，因濡墨大书"鬼

---

① 鲁迅：《中国小说史略》，译林出版社 2015 年版，第 179 页。

隐"二字于洞口而归。①

这则看似荒诞的故事塑造了一个深受官场相攘相轧之苦的鬼魂，为了彻底摆脱宦海之苦，鬼魂在阳间选择去职还乡，死后也不愿轮回转世。不想幽冥世界也充满了官场习气，只得再次弃职归墓，后又因群鬼嚣杂，只能隐居在山洞之中做孤魂野鬼。作者借鬼魂的抱怨之语意在揭露清代官场之中充斥着尔虞我诈的黑暗现实，具有鲜明的讽刺意味。

《阅微草堂笔记》中还记载了这样一个小故事：

> 有欲谋害异党者，苦无善计。有路者密侦知之，阴裹药以献，曰："此药入腹即死，然死时情状，与痛瘅无异；虽蒸骨验之，亦与病卒无异也。"其人大喜，留之饮。归则以是夕年矣。盖先以其药饵之，为灭口计矣。②

相比上一则故事，这篇故事更显得阴险狠毒，令人读之顿生惊悚之感。虽然故事的真假一时难以辨别，却生动描绘出当时社会中人心不古、世风日下的情况。在《阅微草堂笔记》的影响下，以谈鬼神、记轶事、杂考辨为主要内容的笔记小说开始呈现出繁荣之态，出现了诸如《耳食录》《两般秋雨盒随笔》《闻见异辞》等作品。

清中叶以降，分别以《聊斋志异》和《阅微草堂笔记》为代表的两大笔记小说创作流派业已形成，出现了大量仿效之作。除此之外，还有《板桥杂记》《郎潜纪闻》《秦淮画舫录》《今世说》等作品，都构成了清代笔记小说创作的实绩。

---

① （清）纪晓岚著，韩希明译注：《阅微草堂笔记》，中华书局 2014 年版，第 353 页。
② （清）纪晓岚著，韩希明译注：《阅微草堂笔记》，中华书局 2014 年版，第 782 页。

二、城市书写界定

"城"古字写作"𩫽",最早见于西周金文。许慎在《说文解字》中说"城，以盛民也。从土从成，成亦声"。"城"的本意是城邑四周的墙垣，里面的叫城，外面的叫郭。《吴越春秋》所："鲧筑城以卫君，造廓以守民，此城廓之始也。"城字单用时，多包含城与郭。《管子·度地》指出："内为之城，外为之廓。"城在古代还有国、国家的意思，比如，中央之城就是中央之国的意思。到了现代，城主要是指人口密集、工商业发达的地方，通常也是周围地区政治、经济、文化的中心。"市"字始见于商代甲骨文。许慎《说文解字》中说："市，买卖所之也。市有垣，从门从乀。乀，古文及，象物相及也。之省声。时止切。"此字本义指集中进行交易的场所即市场，引申特指市司、管理市场的官吏，进而引申指人口密集、工商业及文化发达的城镇。又可做动词，指前往市场去做买卖，引申泛指做交易，引申可单指买或卖，又引申指求取。《风俗通》中记载："市，恃也。养赡老小，恃以不匮也。"《易经·系辞下》也指出："日中为市，致天下之民，聚天下之货，交易而退，各得其所。"

对于城市的起源问题，不同的学科有着不同的理解与认知。汤因比在《历史研究》一书中指出："人类并非仅仅生存于直接的现在。我们生活在一条思想的河流当中，我们在不断地记忆着过去，同时又怀着希望或恐惧的心情展望着未来。"在历史主义看来，城市的出现是一个历史的过程，正是在历史变迁与批判中，城市逐渐形成了自身独立的形态。刘易斯·芒福德认为城市来源于农业社会的发展，正是新石器文化和旧石器文化的相互结合才形成了早期的城市。从政治学的角度来说，城市有着多重的内涵。约翰·芮奈·肖特从权力、精神和社会的角度，把城市分为三种基本话语：专制的城市、由特定宇宙观主导的城市和集体的城市。芒福德则认为城市就是人类社会权力和历史文化所形成的一种最大限度的汇聚体。在政治学的视野里，城市本身恰恰体现为不同政治力量的多重交织。

中国有超过四千年的城市发展历史，斯波义信认为，四千多年的中国都市史可以整齐地分为两段：前半部分是邑制都市时期，后半部分为秦汉之后的县制都市时期。① 城市也叫城市聚落，一般包括了住宅区、工业区和商业区并且具备行政管辖功能。城市的行政管辖功能可能涉及较其本身更广泛的区域，其中有居民区、街道、医院、学校、公共绿地、写字楼、商业卖场、广场、公园等公共设施。

理查德·利罕在《文学中的城市：知识与文化的历史》一书中指出："城市是都市生活加之于文学形式和文学形式加之于都市生活的持续不断的双重建构。""城市叙事"研究是把文学中的城市与现实中的城市做一定的对应，思考文学中的城市与城市生活的辩证关系。随着城市化进程的加快，"城市书写"逐渐成为文学创作和研究的重要视角。从世界范围看，英国的雷蒙·威廉斯《乡村与城市》（2013），法国的米歇尔·德·塞托《日常生活实践》（2009）等国外著作均对"城市书写"进行阐述，为该领域研究提供可资借鉴的思路。国内学界对"城市书写"研究侧重如下方面：其一，建构"城市叙事"研究视野。如刘乃芳《城市叙事空间理论及其方法研究》（2012）提出构建城市叙事研究的两重维度：一是城市叙事空间理论体系构建；二是研究方法构建，即如何研究城市叙事空间。其二，城市书写的个体研究。如胡晓真《明清叙事文学中的城市与生活》（2019）一书选取了汴京、临安、北京等历史名城为实例，以空间与创作理论梳理了文学创作与城市生活的交织关系。城市书写占据了明清叙事文学的重要内容，对于明清叙事文学中有关城市书写作品的梳理，能较全面地了解古代城市生活的真实图景。

---

① ［日］斯波义信著，布和译：《中国都市史》，北京大学出版社2013年版，第3页。

三、前人相关研究梳理

本书的主要研究对象是明清两朝的叙事文学创作。叙事文学在明清两朝进入繁荣时期，明清时期的叙事文学从创作群体、作品数量以及表现内容等多个方面而言，都堪称我国叙事文学创作实绩的代表。对于明清两朝叙事文学的研究实践可追溯至民国时期，鲁迅的《中国小说史略》对明清叙事文学的代表作品进行了专门性论述，可视为明清叙事文学研究的开端。进入 21 世纪以来，有关明清叙事文学的研究越发受到学界的重视，一批观点新颖、视角独特，具有学术创新意识和较高学术水平的成果先后问世，从多个角度丰富了明清叙事文学的研究实绩，可从如下层面进行梳理和回顾。

（一）整体性研究

明清叙事文学的整体性研究成果多为某一特定历史时期或某一时代的叙事文学研究，重在对该时段的某个叙事文学样式进行历时的考察，以此分析其文学史意义。

如李小龙《中国古代小说传、记二体的源流与叙事意义》① 一文指出，传、记二体是中国古代文言小说中常见的文体形式。传体以人为主，叙事紧凑，记体列叙事件，结构散漫；传体多单篇，记体多丛集。章回小说在延续文言小说传、记二体各自特点的同时又有新变，由于各种原因，章回小说中传体占优，但因作品篇幅的扩大，传体亦必不能拘于一人之事，从而向记体倾斜；记体最初多为神魔类作品，后亦渐与传体合流。

宋世瑞的《论清代"板桥体"笔记小说》② 一文从文学史的角度对源于清初《板桥杂记》的"板桥体"笔记小说进行历时的观察，从编创体例、

---

① 李小龙：《中国古代小说传、记二体的源流与叙事意义》，《北京社会科学》2020 年第 2 期。
② 宋世瑞：《论清代"板桥体"笔记小说》，《文学与文化》2019 年第 1 期。

题材选择、情感寄寓、写作技法等方面对"板桥体"笔记小说进行重新的估量与评价，提出"板桥体"笔记小说应属于雅文学的范畴，是清代士子文学创作的一个重要方面。

刘晓军的博士学位论文《明代章回小说文体研究》① 以章回小说的文体形态及叙事方式为研究重点，提出章回小说文体是一种"有意味的形式"，并对章回小说文体的产生、发展、流变进行历时的梳理与探究。

宋世瑞的博士学位论文《清代顺康雍乾四朝笔记小说研究》② 以清代顺治、康熙、雍正、乾隆四朝一百余年间的笔记小说为主要研究对象，通过大量的文本梳理，较有深度地探究了笔记小说的发展脉络、内部类别、作品体派、创作思想等基本问题。在此基础上，论文提出乾隆以后特别是晚清民国时段的笔记小说研究应当建立起以《四库全书总目》小说家类为中心的研究范式。

张玄的博士学位论文《晚明笔记体小说研究》③ 在立足文本梳理的基础上对明代的笔记小说创作进行重新评价，认为明代笔记体小说不但总结了唐、宋笔记体小说发展成果，还对清代笔记体小说产生了不可忽略的影响，具有重要的过渡意义。晚明时期的笔记小说创作是明代笔记小说创作的集中代表。论文既立足于基本文献的分析又着眼于文学史发展的整个历程，论述较为充分有力。

胡根红的博士论文《中国古代小品文研究》④ 对古代小品文进行了一次全面的观照和研究。文章将古代小品文划分为萌芽、自觉、定型、鼎盛到衰微这五个阶段，梳理了古代小品文的发展历史。在此基础上用历史的、发展的眼光对古代小品文的概念、特点、分类及其与古代散文、古代

---

① 刘晓军：《明代章回小说文体研究》，华东师范大学 2007 年博士学位论文。
② 宋世瑞：《清代顺康雍乾四朝笔记小说研究》，华东师范大学 2018 年博士学位论文。
③ 张玄：《晚明笔记体小说研究》，华东师范大学 2017 年博士学位论文。
④ 胡根红：《中国古代小品文研究》，陕西师范大学 2009 年博士学位论文。

小说的关系等方面进行深入系统的分析论述。针对单个作品的整体性研究也有诸多成果问世，以梳理性和介绍性成果为主，为后人的持续研究奠定了基础。

刘双的硕士学位论文《晚明尺牍小品研究》①以晚明尺牍小品为研究对象，认为尺牍小品是文人文化的重要表现形式之一，其文字为后世提供了观察晚明文人生活方式以及心态境遇的窗口，具有丰厚的文化意蕴。尺牍小品因其独特的文学价值与文献价值，在明代书信文学中具有不容忽视的重要地位。

肖亚男的《稀见笔记小说〈铁若笔谈初集〉简论》②一文介绍了由清代满族文人萨克达·双保创作的笔记小说《铁若笔谈初集》。文章对《铁若笔谈初集》做了整体上的描述，指出作品中蕴涵的史学意识与史料价值，是明清笔记小说史中值得关注的一页。

崔金辉的硕士学位论文《〈于少保萃忠传〉考论》③以《于少保萃忠传》的版本、作者、成书时间为主要研究对象，系统考量了《于少保萃忠传》的故事来源与写作手法，指出《于少保萃忠传》的删改是该书流通后市场选择的结果，《于少保萃忠传》是中国历史上第一部当代人写当代人的长篇传记小说，为后来文人参与通俗小说的创作有筚路蓝缕之功。

魏晓虹的博士学位论文《〈阅微草堂笔记〉研究》④以清代纪昀创作的笔记小说《阅微草堂笔记》为研究对象，从故事选材、思想倾向、文化心理等多个方面对《阅微草堂笔记》进行整体性的观照。认为《阅微草堂笔记》涉及丰富的中国传统文化，是一本传统文化的精华和封建迷信的糟粕并存的作品，其中的封建伦理、因果报应、生死轮回等问题，既有封建思想和

① 刘双：《晚明尺牍小品研究》，天津外国语大学 2019 年硕士学位论文。
② 肖亚男：《稀见笔记小说〈铁若笔谈初集〉简论》，《明清小说研究》2014 年第 4 期。
③ 崔金辉：《〈于少保萃忠传〉考论》，苏州大学 2011 年硕士学位论文。
④ 魏晓虹：《〈阅微草堂笔记〉研究》，东北师范大学 2010 年博士学位论文。

宗教迷信色彩，也表现了作者的是非判断和救世苦心。同时，纪昀在创作过程中自觉继承了魏晋六朝的志怪笔法，侧重于民族文化心理层面的表现与开掘。由此提出，可以运用心理学、民俗学等多种研究方法对《阅微草堂笔记》进行新的解读。论文指出《阅微草堂笔记》中劝善惩恶的教化意识也是中国小说的创作传统。《阅微草堂笔记》中的伦理道德观既有封建道德的说教，也有中华民族的传统美德；书中的因果报应、生死轮回，既有宗教迷信色彩，也反映出人们的是非善恶标准，表现出清代知识分子的社会责任感。

除此之外，还有部分研究成果是综述性质的，重在对前人研究的梳理与总结。如周慧敏的《明代前期文人笔记研究述评》① 一文以明朝前期（洪武至成化间）的六十余种文人笔记为主要研究对象，从笔记概念的探讨、明代前期文人笔记研究及笔记文献整理等几个方面，对学术界有关明代前期文人笔记研究的成果进行了详细的梳理和回顾，有助于推进该领域的后续研究。

（二）个案性研究

所谓个案研究多聚焦于某一特定作品中的某一具体问题展开较为深入和细致的探究。

如王宝琴《论〈儿女英雄传〉对明清章回小说女性观的扬弃》② 一文认为《儿女英雄传》通过摒弃前代小说尤其是明清章回小说对女性轻视甚至丑化的叙写方式和观念，集合旧小说中所有受人欢迎的人物模式，打造了一位集侠义、美貌、德才于一身的女性形象。这种近乎完美的理想女性，虽然反映了作者幻想世界里的自我麻醉，是他的"白日梦"，但作者突破文人的思想束缚，突破男权思想的藩篱，极力赞美女性，对近

---

① 周慧敏：《明代前期文人笔记研究述评》，《明清文学与文献》2018 年刊。
② 王宝琴：《论〈儿女英雄传〉对明清章回小说女性观的扬弃》，《济南大学学报（社会科学版）》2012 年第 4 期。

代文学中主张女性人格独立、个性解放，赞赏女性才能的女性观有一定影响。

高俊杰的硕士学位论文《张岱小品文景观书写研究》① 以文学地理学理论为依据，结合文学景观研究方法，从景观类型、情感内涵、书写原因、书写意义等方面对张岱小品文中的景观书写进行研究。认为张岱小品文景观书写内容广泛，笔墨涉及山溪湖泉、园楼斋阁、寺庙祠观等景观，他笔下的文学景观不仅寄托着张岱对其所生活家园的眷恋和回忆，也是明清之际社会文化的体现，具有文学、社会、经济多重意义。

李莉在《浅析〈子不语〉中的雷神形象》② 一文中对袁枚《子不语》中的雷神形象进行梳理和分析，认为《子不语》中的雷神不同于上古时期图腾化的雷神形象，不具有超自然的能力，而是更接近于凡人群体，自身也存在不足之处。雷神形象在文学创作中的变化折射出明清之时随着市民阶层的壮大，个性意识逐步解放，不再一味迷信权威。

迟鑫在《明代笔记小说戏曲文献初探》③ 一文中主要分析了明代笔记小说记载的戏曲文献，认为这与明代市民文化的兴起和明人广泛参与戏曲活动有直接关系，并指出明代笔记小说对戏曲文献的记载在一定程度上受到了前代戏曲考证和明代学术考据之风的影响。

杨妍均等人在《从明清笔记小说探析织物上的"喜相逢"纹样》④ 一文中通过梳理明清笔记小说中的相关记载，分析了历史文献对"喜相逢"纹样的描述，将其与传世的实物相对照，以此思考"喜相逢"纹样蕴涵的文化意义，从而弥补了历史文献的不足。

---

① 高俊杰：《张岱小品文景观书写研究》，北方民族大学 2020 年硕士学位论文。
② 李莉：《浅析〈子不语〉中的雷神形象》，《昭通学院学报》2018 年第 4 期。
③ 迟鑫：《明代笔记小说戏曲文献初探》，《戏剧之家》2020 年第 24 期。
④ 杨妍均：《从明清笔记小说探析织物上的"喜相逢"纹样》，《中国美术研究》2020 年第 1 期。

唐思思的《〈子不语〉市井人物出现情况及原因探析》① 一文对清代袁枚的力作《子不语》中涉及的市井人物进行详尽的梳理,以此为依据对《子不语》的市井人物描写进行分析,并从作者的生平经历与个人性格探究其市井写作的原因。

吴卉的《纪昀小说中的清代新疆文化书写》② 一文对纪晓岚笔记小说中有关新疆的记述进行了专门性的梳理,认为其中包括了自然风光及怪异之事、当地将士及遣犯怪异之事、内地民众入疆后当地风俗的变化、考证当地汉唐遗迹四个方面的内容。上述内容生动体现出纪晓岚对不同地域文化的观察与认知,同时也扩展了志怪小说的题材类型,接续了志怪小说的博物传统,丰富了清代志怪小说的艺术风貌,为当时及后学了解、研究边疆文化提供了一个窗口。

选取特定视角对某一作品进行再度挖掘与探究也是个案研究经常采用的一种方式。

如王进的硕士学位论文《学人小说:试论〈阅微草堂笔记〉的文化品格》③ 以纪晓岚的笔记小说《阅微草堂笔记》为主要研究对象,从作品内容、创作旨趣、美学风格等几个方面深入分析了《阅微草堂笔记》作为学人小说所具有的独特文化品格,以此完成对《阅微草堂笔记》文学价值的重新估量与判定。

薛五莉的《〈金云翘传〉的灵异文化探析》④ 一文对《金云翘传》的海外传播情况进行了专门化的研究与探讨,认为《金云翘传》流传至越南、

---

① 唐思思:《〈子不语〉市井人物出现情况及原因探析》,《邵阳学院学报(社会科学版)》2021年第3期。
② 吴卉:《纪昀小说中的清代新疆文化书写》,《石家庄铁道大学学报(社会科学版)》2019年第4期。
③ 王进:《学人小说:试论〈阅微草堂笔记〉的文化品格》,曲阜师范大学2017年硕士学位论文。
④ 薛五莉:《〈金云翘传〉的灵异文化探析》,《民族论坛》2014年第5期。

日本等国后，对当地的文学发展产生了深远的影响。经越南学者改写后的《金云翘传》更加凸显出了灵异文化的特质。

包蕾的《清代民间果报信仰中反映的三教关系——以志怪小说〈子不语〉为例》①一文以清代袁枚的《子不语》为主要研究对象，梳理出清代笔记小说对民间信仰的描述，从中分析清代民间信仰对佛教思想的选择性吸收与摒弃。

（三）专题性研究

专题性研究是近些年来比较时兴的研究方法，往往会选择一种全新的视角对某一类型的作品进行综合性梳理与探究，以此发现新的价值与意义。

如郜敏慧的硕士学位论文《明清章回小说中的异域游历研究——以〈西游记〉〈西洋记〉〈镜花缘〉为中心》②以《西游记》《三宝太监西洋记》《镜花缘》这三部作品为基点，延及其他游历小说，分析这三部作品在游历渊源、文人心态和叙事艺术方面的异同，以此探求明清背景下异域游历类型小说的普遍性特征。

殷慧茹的硕士学位论文《略论明清章回小说"侠"文化的嬗变——以英雄传奇与侠义公案两类小说为研究对象》③一文指出明代以后的侠义小说性质上逐渐由"侠义为本"转变为"以忠全义"。文章以英雄传奇与侠义公案两类小说为研究对象，从历史背景、文学发展现状着手，探讨"侠"文化嬗变的过程及种种表现，揭示"侠"文化在走向堕落的途中所带来的社会影响与文学影响。

① 包蕾：《清代民间果报信仰中反映的三教关系——以志怪小说〈子不语〉为例》，《内蒙古农业大学学报（社会科学版）》2012 年第 2 期。
② 郜敏慧：《明清章回小说中的异域游历研究——以〈西游记〉〈西洋记〉〈镜花缘〉为中心》，闽南师范大学 2023 年硕士学位论文。
③ 殷慧茹：《略论明清章回小说"侠"文化的嬗变——以英雄传奇与侠义公案两类小说为研究对象》，湖北师范大学 2016 年硕士学位论文。

熊臻臻的硕士学位论文《明清章回小说中的"榜"研究》① 以《水浒传》《封神演义》《红楼梦》《儒林外史》《镜花缘》这五部作品中的"榜"进行较详细的文本解读,归纳"榜"对小说的结构和人物塑造的作用与意义,从历时性的角度勾勒小说"榜"的演变轨迹。研究以"榜"的功能和特点为论述重点:功能从"榜与小说结构、榜与人物塑造"两方面来探讨,并揭示出小说中的"榜"反映了"鲜明的等级观念"、"榜"是臧否人物的"新变"和天命权威的"代言"以及"榜"见证了"人物形象的变迁"四个方面的特点。最后从"科举文化的创作延伸""臧否人物的文史传统""神秘文化的有机承革"三个维度挖掘"榜"的文化内涵,凸显"榜"的价值。

吴光正《神道设教:明清章回小说叙事的民族传统》② 一文以"神道设教"这一概念来描述明清章回小说的叙事特性,认为作者利用宗教描写来搭建时空架构,结构故事情节,确立叙事权威,传达创作意图,预设情节走向,完成人物设计;同时借助宗教描写来营造象征性情节、象征性人物和象征性意象,并据以提升小说的哲学品位。厘清这一体现民族传统的叙事特征,有助于找到解读明清章回小说的门径,有助于探寻中国文学民族精神的内在特质,有助于建立中国自己的叙事理论。

张莉的硕士学位论文《明清话本小说的序跋研究》③ 对现存明清话本小说近 80 篇序跋进行了梳理,认为这些序跋不仅具有十分重要的文献价值、社会史料价值,而且作为小说批评的传统理论形式之一,也具有较高的文学理论价值。由于序跋作者大多具有较高的文学素养,其中也不乏优秀的文章,因而还具有一定的文学审美价值。作为小说评点的主要形式之一,序跋中蕴含着丰富的小说理论。明清话本小说序跋中涉及了小说观、

① 熊臻臻:《明清章回小说中的"榜"研究》,湖北大学 2019 年硕士学位论文。
② 吴光正:《神道设教:明清章回小说叙事的民族传统》,《文艺研究》2007 年第 12 期。
③ 张莉:《明清话本小说的序跋研究》,宁夏大学 2018 年硕士学位论文。

小说史观和小说美学等方面的小说理论，其中对小说本体的认识、小说短篇意识的萌芽，对"小说"这一文体发生与嬗变的梳理，对"奇"与"常"，"实"与"虚"等命题的探讨等，都对中国古代小说理论的成熟与完善作出了重要贡献。

游庆超的《论明清小品文中的茶文化》①一文对明清小品文中的茶描写进行了有效梳理，围绕明清时代人们追求饮茶的器具之美、追求品茶的艺术之美和明清茶馆的风行三个方面来论述明清小品文中的茶文化。

贾蕾《谈雅舍小品与明清小品文的内在精神联系》②一文认为梁实秋的雅舍小品继承了明清小品文对市民文化的关注，并以现代文化的目光加以审视。在创作心态上，梁实秋的文学选择与明清小品文大家的文学选择一样，经历了由迫不得已、不再关心重新架构文学理想，选择独抒性灵的小品写作，到认同这种边缘的文化身份而终的过程。

徐笑一的《颠狂与超脱：明清笔记小说中的世俗化圣愚研究》③一文通过梳理相关明清笔记小说文本中的圣愚形象，归纳和总结出明清笔记小说中的圣愚形象所具有的世俗化特征，并从预测吉凶、善心济世、重情重义、超脱避世四个角度进行探究，以此阐释明清笔记小说中的文化内涵和民族精神。

瞿丽莎的《明清笔记小说中的另类梦境故事：昼寝梦享》④一文对明清笔记小说中有关昼寝之梦的描写进行梳理，认为昼寝梦享与古人"灵魂不灭""万物有灵"的信仰有着紧密的联系，并由此对明清笔记小说的文化

① 游庆超：《论明清小品文中的茶文化》，《福建茶叶》2022 年第 12 期。
② 贾蕾：《谈雅舍小品与明清小品文的内在精神联系》，《湖北大学学报（哲学社会科学版）》2006 年第 3 期。
③ 徐笑一：《颠狂与超脱：明清笔记小说中的世俗化圣愚研究》，《辽宁师范大学学报（社会科学版）》2020 年第 6 期。
④ 瞿丽莎：《明清笔记小说中的另类梦境故事：昼寝梦享》，《湖南广播电视大学学报》2019 年第 4 期。

渊源进行探析。

岳莹的《论明清世说体笔记小说中士人道德观对魏晋的继承》[①] 一文指出明清时期的世说体小说在文体与语言方面很好地继承了《世说新语》的创作特点，除此之外，在人物精神品德的塑造方面也深受魏晋之时士人风貌的影响。由此可见，《世说新语》对明清世说体笔记小说的创作产生了深远的影响。

邓英竹的硕士学位论文《明清小说中的"惧内"现象研究》[②] 对明清小说中存有的"惧内"现象描写内容进行了较为详细的梳理，以此完成对明清时期"惧内"这一社会现象的分析，将这一社会现象上升为一种独特的文化样态进行思考，从社会思潮、因果报应思想和女性的自觉反抗意识等几个方面对"惧内"现象的产生进行归因。

王林莉的《志怪小说中狐男形象的嬗变及其成因探析》[③] 一文对明清笔记小说中的狐男形象进行分析，着重梳理了自六朝到明清的志怪小说中狐男形象的发展与演变规律，并从民间信仰、文化背景及社会观念等几个方面探究了狐男形象发展与演变的原因。

专题性研究往往可以从文学文本出发完成对作品所处时代背景的宏观分析与文化思考。

如陈麒如在《明清小说"遗才场"情节之构建与作者科举观》[④] 一文中结合相关作品对明清小说有关"遗才场"的情节描写进行了梳理，认为创作主体通过对"遗才场"情节的揭露与批判，表达出自己渴望获得公平

---

① 岳莹：《论明清世说体笔记小说中士人道德观对魏晋的继承》，《昭通学院学报》2018年第 4 期。

② 贺小舟：《明代商人的经营风险研究——以笔记小说为材料》，云南大学 2018 年硕士学位论文。

③ 王林莉：《志怪小说中狐男形象的嬗变及其成因探析》，《河南师范大学学报（哲学社会科学版）》2012 年第 4 期。

④ 陈麒如：《明清小说"遗才场"情节之构建与作者科举观》，《理论界》2020 年第 8 期。

考试机会的心声。

王立《中古汉译佛经反复仇思想与明清小说》① 提出明清小说中的"反复仇"书写与中古以来的汉译佛经传播有着密切关系。佛经中的"果报""业报"以及戒杀等观念迎合并强化了中土的反复仇思想。受其影响，明清时期的小说作品以世俗化、日常化经验消解了除恶务尽的简单化诛仇理念，在释仇解怨之上加有更高一层的"忠义"伦理范畴，从而将因果报应转化为有利于家族、民生的价值观，丰富了传统复仇文化体系。

瞿丽莎的另外一篇文章《明清笔记小说墓葬"孝感"奇异现象研究》② 对明清笔记小说中的墓葬"孝感"故事所描绘的奇异景观进行了分类梳理，并指出墓葬"孝感"故事表现出古代社会对孝道的推崇，在一定程度上起到了维护社会秩序的作用，但同时也会造成人的思想僵化。

苏羽等人的《明代凶宅小说与道德主题》③ 一文对明代笔记小说中有关凶宅题材的讲述进行了梳理，认为凶宅小说是一种题材较为特殊的笔记小说，寄寓了作者深层次的人生体验。此类小说中的女鬼形象表达出了作者较为强烈的道德批判意识，以此完成了对社会现实的体味与反思。

郭皓政的《明清小说视域中的海南》④ 一文对明清笔记小说中的海南形象进行了梳理，认为其中对海南的描绘往往掺杂了作者的神秘想象和历史记忆，这表明海南与内陆之间存在着隔阂，也是海南文化被内地文化"同化"的表征。

---

① 王立：《中古汉译佛经反复仇思想与明清小说》，《河南大学学报（社会科学版）》2020年第2期。

② 瞿丽莎：《明清笔记小说墓葬"孝感"奇异现象研究》，《扬州教育学院学报》2019年第3期。

③ 何永智：《书写法律：明清案狱故事中的民众法律认知与司法文化》，《史志学刊》2015年第4期。

④ 郭皓政：《明清小说视域中的海南》，《史志学刊》2015年第4期。

海力波的《生死间的暧昧：清代"尸变"故事中的观念与情感》① 一文通过对清代"尸变"题材的笔记小说进行分析与梳理，认为故事本身表现出中国传统文化对生死、灵肉、人鬼等概念的分类与理解，也揭示出清代社会"停柩浮厝"与"入土为安"两种相冲突的观念给人们带来的文化张力和社会压力。

李金善等人的《"奇"解——明清小说评点范畴例释》② 一文对中国传统文学批评理论中的"奇"这一标准进行了梳理和阐释，提出"奇"这一文学批评标准也时常用于点评小说文本。明清笔记小说创作实践中尚"奇"的审美趋向经历了从"以幻为奇"到"不奇之奇"的发展阶段。

以文学文本为基础史料进行跨学科的分析与探究也是专题研究的重要方式之一。如贺小舟的硕士论文《明代商人的经营风险研究——以笔记小说为材料》③ 以明代笔记小说为研究资料，通过大量的相关文本梳理，对明代商人的群体构成及经营方式进行了较为深入的探究，并着重分析了明代商人的经营风险及应对措施。研究视角较为独到，论据也较为充分。

何永智的《书写法律：明清案狱故事中的民众法律认知与司法文化》④ 一文聚焦于明清笔记小说中的案狱故事，认为这些案狱故事不仅记述了明清时期的司法实践活动，也表现出了当时民间对司法实践的认知、态度和情感。

顾玥的《明清笔记小说与医案中稳婆形象刍议》⑤ 一文通过分析明清

---

① 海力波：《生死间的暧昧：清代"尸变"故事中的观念与情感》，《民俗研究》2012 年第 2 期。

② 李金善、陈心浩：《"奇"解——明清小说评点范畴例释》，《河北学刊》2009 年第 3 期。

③ 贺小舟：《明代商人的经营风险研究——以笔记小说为材料》，云南大学 2018 年硕士学位论文。

④ 何永智：《书写法律：明清案狱故事中的民众法律认知与司法文化》，《史志学刊》2015 年第 4 期。

⑤ 顾玥：《明清笔记小说与医案中稳婆形象刍议》，《中医药文化》2019 年第 1 期。

笔记小说对稳婆这类人物形象的描写与塑造，分析出明清时期存在对稳婆这一职业的社会刻板印象，这导致了明清笔记小说对稳婆形象的塑造有一定的片面性，从而忽视了这一明清时期罕见的职业女性群体的特殊性和专业性。

（四）城市书写研究

近年来出现的以"城市书写"角度对明清叙事文学进行研究的主要成果有以下几类：

其一是对叙事文学的城市书写进行梳理和总结。如陕西师范大学的郑继猛在 2009 年博士毕业论文《宋代都市笔记研究》中对古代都市笔记研究概况做了初步的梳理；上海师范大学刘海霞在 2014 年博士毕业论文《中国古代城市笔记研究》中依照时间顺序对中国古代城市笔记进行有意义的学术梳理。葛永海的博士论文《古代小说与城市文化》① 以古代小说作为考察对象，来探讨其中以各种形态存在的城市文化。将唐代至晚清的历代小说中的城市文化作纵向、历时性的描述，同时采用纵中有横的结构方式，对历代小说中反映的典型城市进行不同角度的透视分析，从文献价值的层面来论证小说中城市描写的史料价值，同时指出这些城市描写所具有的小说个性和艺术价值，重点探究城市的精神文化层面，以期从小说的角度揭示古代城市文化的特质和内涵。

其二是以城市为核心进行城市文学创作情况的研究。如詹丹《简论苏州城市书写与〈红楼梦〉人物之关系》② 一文以小说中的苏州城市书写为切入点，从苏州之于人生转折的意义、苏州物产对于刻画人物心理等所起的作用，以及苏州地域特点对人物性格形成的可能影响等方面，做了初步探讨。意在通过城市地域文化的探讨，深入剖析对于《红楼梦》小说人物

---

① 葛永海：《古代小说与城市文化》，上海师范大学 2004 年博士学位论文。
② 詹丹：《简论苏州城市书写与〈红楼梦〉人物之关系》，《曹雪芹研究》2014 年第 2 期。

创作中，影响作家构思的某个侧面。丁涵《试析明清小说中的大运河京津段沿线城市书写》① 对明清小说中的大运河京津段沿线城市书写文本进行梳理，指出京津段的相关书写较集中在明清两朝国势不振、漕运受阻的时段，且展露了更为复杂的城市之盛衰形象和人物之矛盾情态。此现象背后固然有地域差别因素，但在本质上关乎的是国家的局势、运河的特性及沿线城市的定位、小说文体的发展。苏州大学 2011 年朱琴博士论文《苏州古代笔记研究》以"苏州"为地理范围，对其历史上产生的笔记作品进行系统全面的考察。尉维星的硕士学位论文《张岱〈西湖梦寻〉西湖景观呈现研究》② 从客观景色、近自然历史人文、西湖景观层级三个维度将《西湖梦寻》中的西湖景观进行分类梳理，分析《西湖梦寻》中张岱西湖景观书写所呈现的整体结构和基本因子，分析张岱对历代西湖重要赏景人游赏风格的总结和评价，进而分析张岱提出其自身所推崇的西湖审美之趣味与审美理想，由此概括出张岱的西湖景观审美思想。

通过上述梳理可见，目前学界对明清叙事文学的研究仍以个案研究和阶段性研究为主，尚缺乏整体性的研究成果。尤其对明清叙事文学中大量存在的城市书写内容尚未进行更为深入的分析和思考。明清处于中国封建社会的最后阶段，在这一时期，中国的城市化进行不断加快，随之出现了诸多不同于前朝的新变化：其一，大量新城市得以发展和兴起；其二，囿于政治、经济等原因，原有城市转型发展；其三，部分城市出现没落；其四，受到历史事件的影响，城市文化受到不同程度的冲击和改变。上述这些情况可视为明清之时城市化进程中的转型发展，相关记载多存在于大量典籍中，可以作为研究的依据。但是就丰富性和形象性而言，明清叙事文学中的相关城市书写内容作为关于城市的一种蕴涵丰富的文本资料，是其

---

① 丁涵：《试析明清小说中的大运河京津段沿线城市书写》，《明清小说研究》2023 年第 2 期。
② 尉维星：《张岱〈西湖梦寻〉西湖景观呈现研究》，浙江师范大学 2021 年硕士学位论文。

他材料无法替代的，有着不可忽视的文献价值。因此，从"城市书写"角度对明清叙事文学进行整体性考量和阐释将有助于深化该领域的研究。鉴于此，本书在搜集整理明清叙事文学文本的基础上，探讨明清叙事文学中城市书写的发展轨迹和演变规律，打破以时间顺序梳理作家作品的惯常方法，以具体的文本内容为主要观测点，选取有代表性的文本进行重点论述。通过论述明清叙事文学中城市书写的新变化，观照中国城市文明在明清之时呈现出的具体风貌和独特气质，并以此挖掘明清时期叙事文学城市书写的文学价值。该书以明清时期叙事文学中的城市书写为载体，在历史长河中做一番游历，以求读者了解中国古代城市的发展壮大和城市生活的繁荣昌盛，于城市兴衰中认识中华文明演进的规律。

第一章　城市景观的呈现

城市景观构成了明清笔记小说的主要内容，城市中的亭台楼阁、商铺会所以及大街小巷既是笔记小说中所述故事的叙事背景，也是众多事件的发生地。在历代文人的笔下，古老的城市幻化为生动的文学形象，成为故事中的一分子，从而具有了文学生命。

第一节　亭台楼阁：古代城市的地理标识

城市社会学家帕克指出："城市，它是一种心理状态，是各种礼俗和传统构成的整体，是这些礼俗中所包含、并随传统而流传的那些统一思想和感情所构成的整体。"① 由此可见，城市不仅仅是一种物质景观和人口聚居地区，也是一种承载着人类文明的生活中心和活动场所。城市中的大街小巷、官署府衙、亭台楼阁、道观寺院无不昭示着生活在城市中的人们对于生活的体验与思考，一座城市的建筑物也是城市人心理的投射。明清叙事文学中有大量关于城市建筑的描写，如亭台楼阁、街道铺面、歌馆酒肆等，这些被历代文人观照的客体，呈现出多样的文学形象。

---

① 陈继会：《关于城市文学的文化前考察》，《艺术广角》1991 年第 6 期。

有关亭台楼阁的说法最早源于清代文康的《儿女英雄传》①，泛指城市中多种供游赏、休息的建筑物。明清叙事文学对城市中的亭台楼阁有着极为充分的描写，以此展示古代都市的繁华之气。

作为明清两朝的都城，北京有着天然的区位优势，自然获得明清两朝文人的特别关注。有大量的明清叙事文学作品选择以北京作为描写的对象或故事发生的地域环境，通过对北京城市样貌的描写，寄托自己独特的情感。如《警世通言》就曾这样描述北京："扫荡残胡立帝畿，龙翔凤舞势崔嵬；左环沧海天一带，右拥太行山万围。戈戟九边雄绝塞，衣冠万国仰垂衣，太平人乐华胥世，永永金瓯共日辉"，并且特地补充说明"这首诗，单夸我朝燕都的形势，北倚雄关，南压区夏，真乃金城天府，万年不拔之基。"②明清文人对北京城的向往与赞颂由此可见一斑。

明代陆云龙在《魏忠贤小说斥奸书》中专门对北京皇宫园囿的景色进行了如画般地描述："（魏忠贤）故意把狗马声色游玩的事引诱上位，经筵才罢，便请去西苑游船，把一个海子装点得：亭亭锦绮，榭榭笙歌，齐飞画，冲开水底天光，遍列牙樯，界破空中云影。龙舟内列几行红妆翠袖，恍疑太液芰荷开。沙堤上排数队绣袄紫衫，恰似昆明李桃发，正是一片水中楼阁，何殊镜里游行。"孙景贤在《轰天雷》中也通过描写北京城中的亭台楼阁展现京城士大夫们的生活："三人逢暇，无非听戏、上馆子，有时也到些清静的地方，如陶然亭、崇效寺、龙爪槐、法源寺，都是著名的。鞭丝帽影，往来征逐，这是做京官的习气……"其中提及陶然亭的还有"一日，仲玉等四人约北山同到陶然亭。陶然亭在锦秋墩东南，是本朝江藻所盖，孤亭翼然。墙外有数十株杨柳环绕，亦都中一名胜之地。每逢

---

① （清）文康《儿女英雄传》第一回："虽然算不得大园庭，但亭台楼阁，树木山石，却也点缀结构得幽雅不俗。"

② （明）冯梦龙：《警世通言》，人民文学出版社1956年版，第485页。

天气晴朗，游人士女络绎不绝。"①在这些描述中，亭子成为北京这一繁盛之地的绝佳点缀，对烘托气氛、塑造人物都起到了很好的作用。

晚明之时，刘侗、于奕正等人完成了一部著名的城市笔记小说《帝京景物略》，该书写于大明王朝风雨飘摇之际，故而其中所描写的景物带有几分别样的色彩。正如于奕正在《略例》的开篇中所说："长安，都秦称也。都燕，非所称也。战国曰燕，金曰燕京，元曰大都，我明而袭古称，奚可哉我明曰顺天，迄八府而一称之曰北京，对南京而二称之。今约略古甸服内也，称曰帝京。""至尊内苑，非外臣见闻传闻所得梗概。四坛、诸陵，臣庶瞻望焉。罔敢至止。今略。所记帝京景物，厥惟游趾攸经，坐谭攸析者。苍莽朝曛攸至也，近百里而瞻言之，丰碑孤冢攸存也，远千年而凭吊之。粤有僻刹荒荒，家园琐琐，游莫至，至莫传矣。略之。"②从这些讲述可见，作者对于作为明王朝都城的北京充满了由衷的敬仰之情，而面对风雨飘摇的现实，又不免心生哀叹。《帝京景物略》以北京城的景观为叙事线索，将北京划分为城北内外、城东内外、城南内外、西城内、西城外、西山上、西山下、畿辅等不同区域并以此设置章节结构，所述景观大至名山宝刹、小至花鸟虫鱼，几乎无所不包，可谓是明代北京城风景名胜的大汇集，其中对于名寺祠堂的记载尤为详尽。收入其中的《三圣庵》一文对德胜门外三圣庵一带的风光进行了传神的描写，文章用不同的色彩对四季的风光进行概括，通过色彩的变化来表现四季的更替，给人以别出心裁之感：

> 德胜门东，水田数百亩，沟洫浍川上，堤柳行植，与畦中秋稻分露同烟。春绿到夏，夏黄到秋。都人望有时，望绿浅深，为春事浅

---

① 《中国近代文学大系·小说集五》，上海书店 1992 年版，第 799 页。

② （明）刘侗、于奕正著，孙小力校注：《帝京景物略》，上海古籍出版社 2001 年版，第 1 页。

深；望黄浅深，又为秋事浅深。望际，闻歌有时：春插秧歌，声疾以欲；夏桔槔水歌，声哀以啴；秋合酺赛社之乐歌，声哗以嘻；然不有秋也，岁不辄闻也。

　　有台而亭之，以极望，以迟所闻者。三圣庵，背水田庵焉。门前古木四，为近水也，柯如青铜，亭亭。台，庵之西。台下亩，方广如庵。豆有棚，瓜有架，绿且黄也，外与稻杨同候。台上亭，曰观稻，观不直稻也，畦陇之方方，林木之行行，梵宇之厂厂，雉堞之凸凸，皆观之。①

　　这段德胜门外的景物描写是通过作者的登高眺望完成的。观察位置的变换一方面为读者展现出一个更为广阔的空间，登高远望可见"畦陇之方方，林木之行行，梵宇之厂厂，雉堞之凸凸"，顿生辽阔之感；另一方面也为景物描写提供了一个崭新的视角，文章对于四季的认知，也是通过色彩完成的："春绿到夏，夏黄到秋。都人望有时，望绿浅深，为春事浅深；望黄浅深，又为秋事浅深"。以绿色指代春季，以黄色指代秋季，这种高度概括性的描写给人以整体性的印象和感知，令读者对三圣庵的景色有了别样的认知。

　　在《灵济宫》一文中，刘侗同样对四季进行了概括性的描写："皇城西，古木森林。春峨峨，夏幽幽，秋冬岑岑柯柯。风无风声，日无日色。中有碧瓦黄脊，时脊时角者，灵济宫。"②这段文字连续运用几个叠词来表现灵济宫一带的四季风光，并描写一年四季都是"风无风声，日无日色"，在淡若无色的环境背景中，作者着意凸显了灵济宫的碧瓦黄脊，两者对比之

① （明）刘侗、于奕正著，孙小力校注：《帝京景物略》，上海古籍出版社2001年版，第50页。
② （明）刘侗、于奕正著，孙小力校注：《帝京景物略》，上海古籍出版社2001年版，第254页。

下彰显出灵济宫的光彩夺目，引发读者的无限遐想，灵济宫也就给读者留下了深刻的印象。

六朝古都南京也是明清叙事文学重点描写的城市之一，文人群体对南京城的各色建筑都给予了充分的关注。凌濛初在《初刻拍案惊奇》中对南京城进行了这样的描述：

> 这个燕子矶在金陵西北，正是大江之滨，跨江而出，在江里看来，宛然是一只燕子扑在水面上，有头有翅。昔贤好事者，恐怕他飞去，满山多用铁锁锁着，就在这燕子项上造着一个亭子镇住他。登了此亭，江山多在眼前，风帆起于足下，最是金陵一个胜处。①

这段文字对南京城重要风景名胜之一燕子矶进行了传神地描写，突出表现燕子矶横卧大江之滨、跨江而出、宛如一只燕子扑在水面的姿态。在完成对燕子矶的描写之后，作者笔锋一转，讲述有好事者担心燕子矶真如燕子一般飞去，特意建造了一个亭子镇在燕子矶上，游人登上此亭则可以饱览南京城的大好风光。通过这段文字，可以了解亭子这一城市中常见的建筑物所具有的独特功能。

古城苏州也是明清叙事文学热衷描写的一座城市，《警世通言》卷十五《金令史美婢酬秀童》一文就对苏州成的玄都观进行了介绍："话说苏州府城内有个玄都观，乃是梁朝所建。……一名为玄妙观。这观踞郡城之中，为姑苏之胜。基址宽敞，庙貌崇宏，上至三清，下至十殿，无所不备。"② 成书于清代的《吴郡岁华纪丽》对此地春节期间的热闹景象进行了详尽的描写："城中圆妙观为游人争集。观左右门名吉祥、如意。郡人走

---

① （明）凌蒙初：《初刻拍案惊奇》，岳麓书社 1988 年版，第 241 页。
② （明）冯梦龙：《警世通言》，人民文学出版社 1956 年版，第 199 页。

此二门，以取新年吉谶。观建于晋咸宁间，基广五百亩，宏丽甲吴中。卖设色印板画片者聚三清殿，乡人争买芒种春牛图。观内广场，五方群估丛萃，支布幕为庐，鬻糖饵食物、琐屑玩具、橄榄果品。杂要诸戏，各奏其技，以资谋食。如绳伎走索、狡童缘橦、舞盆飞水、吞刀蹻跷、傀儡牵丝、猴猱演剧，或隔帷象声、围场扑打、盲叟弹词。"① 由此可见，玄都观一带在清代已成为苏州城的民俗文化中心，展现出苏州古城早期的商业风貌。

《扬州画舫录》中曾记载曹寅为迎接圣驾而修建的"三汊河行宫"的样貌：

> 三汊河在江都县西南十五里。扬州运河之水至此分为二支：一从仪征入江，一从瓜洲入江。岸上建塔名天中塔。寺名高旻寺。其地亦名宝塔湾，盖以寺中之天中塔而名之者也。圣祖南巡，赐名"茱萸湾"。行宫建于此，谓之塔湾行宫。上御制诗有"名湾真不愧"句，即此地也。
>
> 行宫在寺旁。初为垂花门，门内建前中后三殿、后照房，左宫门前为茶膳房，茶膳房前为左朝房。门内为垂花门、西配房、正殿、后照殿，右宫门入书房、西套房、桥亭、戏台、看戏厅。厅前为闸口厅，厅旁廊房十余间，入歇山楼；厅后石版房、箭厅、万字亭、卧碑亭。歇山楼外为右朝房，前空地数十弓，乃放烟火处。郡中行宫以塔湾为先，康熙间旧制。②

"三汊河行宫"，即"塔湾行宫"，也叫"高旻寺行宫"。这段文字十分

① 转引自山谷：《遥望姑苏台——苏州》，上海古籍出版社2001年版，第18页。
② （清）李斗：《扬州画舫录》，周光培点校，江苏广陵古籍刻印社1984年版，第154—155页。

细致地介绍了行宫内的房屋布置，可谓是一应俱全。行宫内的房屋均符合轴对称的结构，宏大开阔，带有着浓郁的皇家气息。

除此之外，作为中国叙事文学集大成者的《红楼梦》对城市中亭台楼阁的描写则更为丰富和多样。如在描写大观园中专为贾元春而建的省亲别墅时，这样写道：

> 见崇阁巍峨，层楼高起，面面琳宫合抱，迢迢复道萦纡，青松拂檐，玉栏绕砌，金辉兽面，彩焕螭头。……只见正面现出一座玉石牌坊来，上面龙蟠螭护，玲珑凿就。正楼曰"大观楼"，东面飞楼曰"缀锦阁"，西面斜楼曰"含芳阁"。①

这段文字用了复道萦纡、青松拂檐、玉栏绕砌、金辉兽面、彩焕螭头等几个短语来描写省亲别墅的别样风姿，平添几分庄重严肃之感，以此体现其不同于大观园中其他院落的体量、气势和布局，于景观描写之中暗自提醒读者注意贾元春的独特身份。

作为《红楼梦》的核心人物，贾宝玉的住所怡红院自然是作者重点描述的对象。在描述贾宝玉的住处时，作者别出心裁地通过乡下人刘姥姥的视角进行讲述：

> 于是进了房门，只见迎面一个女孩儿，满面含笑迎了出来。……刘姥姥便赶来拉他的手，"咕咚"一声，便撞到板壁上，把头碰的生疼。细瞧了一瞧，原来是一幅画儿。……一转身方得了一个小门，门上挂着葱绿撒花软帘。刘姥姥掀帘进去，抬头一看，只见四面墙壁玲珑剔透，琴剑瓶炉皆贴在墙上，锦笼纱罩，金彩珠光，连地下踩的

---

① （清）曹雪芹：《红楼梦》，人民文学出版社 2008 年版，第 242 页。

砖，皆是碧绿凿花，竟越发把眼花了，找门出去，那里有门？左一架书，右一架屏。刚从屏后得了一门转去，只见他亲家母也从外面迎了进来。……说毕伸手一摸，再细一看，可不是，四面雕空紫檀板壁将镜子嵌在中间。……这镜子原是西洋机括，可以开合。不意刘姥姥乱摸之间，其力巧合，便撞开消息，掩过镜子，露出门来。刘姥姥又惊又喜，迈步出来，忽见有一副最精致的床帐。①

这段描述文字的长度超过了贾元春的省亲别墅。作者通过乡下人刘姥姥的视角来观察贾宝玉的住所，将住所描述成了一个"迷宫"般的存在，带有着迷幻的空间效果，尽显其中的富丽堂皇与装饰之繁。同时，也流露出清代城乡的巨大差异。

藕香榭是大观园中一个较为独特的建筑，属于傍水而建的一个亭台。《红楼梦》对此有以下描写：

一时进入榭中，只见栏杆外另放着两张竹案，一个上面设着杯箸酒具，一个上头设着茶筅茶盂各色茶具。……贾母听了，又抬头看匾，因回头向薛姨妈道："我先小时，家里也有这么一个亭子，叫做什么'枕霞阁'。"……说着，一齐进入亭子，献过茶，凤姐忙着搭桌子，要杯箸。上面一桌，贾母、薛姨妈、宝钗、黛玉；东边一桌，史湘云、王夫人、迎、探、惜；西边靠门一小桌，李纨和凤姐的，虚设座位，二人皆不敢坐，只在贾母王夫人两桌上伺候。②

这段文字不仅描写了藕香榭的外在形貌，更细致地介绍了水榭这一特

---

① （清）曹雪芹：《红楼梦》，人民文学出版社 2008 年版，第 555—556 页。
② （清）曹雪芹：《红楼梦》，人民文学出版社 2008 年版，第 503—505 页。

殊建筑的实际功用。通过作者的描述可知,大观园中的水榭兼具了南北方古典园林水榭的特色,既有装点景致的作用,也有聚会、居住的实际功能。

亭桥是《红楼梦》中经常出现的又一个城市景观。所谓的亭桥是亭与桥相结合的一种形式。与亭子相比,因亭桥建在桥上,既可凭借桥梁的高度远眺,又可依栏俯瞰流水游鱼,可谓远近咸宜。与普通的桥梁相比,形体更为突出、造型更为美观。在《红楼梦》营造的城市院落大观园中,也有这样一座亭桥,名曰沁芳亭桥,可谓是大观园中的名胜佳景,也是《红楼梦》人物交游聚会经常光顾的场所。沁芳亭桥是进入大观园的第一座桥,位于大观园的中轴线上,文中对沁芳亭桥有以下描述:

> 俯而视之,则清溪泻雪,石磴穿云,白石为栏,环抱池沿,石桥三拱,兽面衔吐。桥上有亭。①

此段文字生动地描绘出沁芳亭桥的气势,此桥通身洁白,桥侧面还有兽面石雕,做工精巧细致,与园内的水面、绿柳相映成趣,不失为园内一大景观。

第二节　各色商铺:市井经济的直观表征

明清叙事文学在进行城市景观描写时善于捕捉最具城市特色的标识,这些独特标识使故事的发生环境带有明显的城市特征,令读者在阅读故事的同时也真切感受到城市文化不一样的特质。市井经济是与中国传统的农耕经济相对的经济形式,是伴随城市的出现和兴起逐渐产生和发展而成

---

① (清)曹雪芹:《红楼梦》,人民文学出版社 2008 年版,第 220 页。

的。明清时期是市井经济高速发展的时期，城市中出现了大量有别于以往的新鲜事物，这成为明清叙事文学表现的重要内容。

一、市井商铺

市面上种类繁多的货物与商品成为市井经济的生动标识。《二刻拍案惊奇》就对北京城庙会上的商品进行了描写："京师有个风俗，每遇初一、十五、二十五日，谓之庙市，凡百般货物俱赶在城隍庙前，直摆到刑部街上来卖，挨挤不开，人山人海的做生意。"① 明代陆人龙所著《型世言》第十二回讲述了北京城苏州胡同锦衣卫王指挥因妻子宝钗失而复得而报恩于李侍讲的故事，其中对王指挥妻子与邻家婆子逛灯市的情景进行了细致的讲述："两个在灯市上闲玩，只见：东壁铺张珠玉，西摊布列绫罗。商彝周鼎与绒绂，更有苏杭杂货。异宝传来北房，奇珍出自南倭。牙签玉轴摆来多，还有景东奇大。"② 由此可见，明代的北京城内汇集了来自全国各地的商品货物，可谓是琳琅满目、无所不有。

作为明清两朝的都城，北京城内居住了大量的高官，这些封建士大夫阶层的代表更多地热衷于古玩字画类的特殊商品。北京城中久负盛名的琉璃厂就是兴起于清代的古玩字画类商品交易市场，是当时官员与文人常去的地方。对于琉璃厂的兴起过程，孙殿起编辑的《琉璃厂小志》中有详细的记录："清乾隆后，渐成喧市，特商贾所经营者，以书铺为最多，古玩、字画、文具、笺纸等次之，他类商品则甚少。旧时图书馆之制未行，文人有所需，无不求之厂肆；外省士子，入都应试，亦皆趋之若鹜。盖所谓琉璃厂者，已隐然为文化之中心，其地不特著闻于首都，亦且驰誉于全国也。"③ 明清叙事文学对北京城的琉璃厂也有不少的描写，如清代郭广瑞

① （明）凌濛初：《二刻拍案惊奇》，岳麓书社1988年版，第450页。
② （明）陆人龙：《型世言》，齐鲁书社1995年版，第109页。
③ （清）孙殿起：《琉璃厂小志》，北京古籍出版社1982年版，第1页。

所编《永庆升平前传》就提到了一个在琉璃厂开店的生意人："前门外南孝顺胡同住着一个人，姓张，名奎元，家中富丽，在琉璃厂开设四宝斋南纸铺的买卖……"《负曝闲谈》也写到了清末时期的北京琉璃厂，此时的琉璃厂相比以往更具规模："这番光景竟不同了，只见一家一家都是铺子，不是卖字画的，就是卖古董的，还有卖珠宝玉器的。有一家门上贴着'代办泰西学堂图书仪器'。劲斋进去一看，见玻璃盒内摆着石板、铅笔、墨水壶之类，向掌柜的要一本泰西的图书看看。……又到隔壁一家，见玻璃窗内贴着许多字样儿，都是些状元，什么翁同、骆成骧、张謇，进去一问，可以定写，连润笔、连蜡笺纸价，一古脑儿在内，也不过三四钱银子。"[1] 琉璃厂中的古玩文具种类齐全、名目繁多，据潘荣陛在《帝京岁时纪胜·琉璃厂店》中的记载："灯屏琉璃，万盏棚悬；玉轴牙签，千门联络，图书充栋，宝玩填街。"[2] 褚维垲在《燕京杂咏》中也写道："琉璃厂畔逐闲人，古玩般般列肆陈。汉玉唐碑宋元画，居然历劫见风尘。"[3] 晚清之时的琉璃厂有大量的书店，依据清人李文藻《琉璃厂书肆记》的统计，琉璃厂中仅书铺就有三十多处。

明代北京最为繁华的商业中心位于正阳门一带，正阳门与大明门之间的棋盘街正是最热闹的商业街，其中商铺林立、堪称一绝。于慎行《谷山笔麈》一书中有以下记载：

> 大明门前府部对列，棋盘天街百货云集，乃向离之景也。……五部在天街之左，天下士民工贾各以牒至，候谒未出，则不免盘桓天街，有所贸易，故常竟日喧嚣，归市不绝。[4]

① （清）蓬园：《负曝闲谈》，吉林文史出版社1987年版，第45—46页。
② （清）潘荣陛：《帝京岁时纪胜》，北京古籍出版社1981年版，第9页。
③ （清）孙殿起：《琉璃厂小志》，北京古籍出版社1982年版，第91页。
④ （明）于慎行：《谷山笔麈》卷三，中华书局1984年版，第30页。

在北京市民看来，这种商贾云集的繁华景象正预示着国家的兴盛。对于初入京城的外地人而言，这条繁华的商业街正是北京内城的标志，与威严的帝王宫阙相得益彰，均是帝都气象。以正阳门为中心，棋盘街向东西两侧延伸的东江米巷与西江米巷，正阳门外大街、廊房胡同各条与西河沿街等处商品贸易都非常活跃。《警世阴阳梦》中就特地提及西江米巷"各店都挨挤不开"。

明清时期的苏州也是重要的商贸中心，有许多叙事文学也写到了苏州城商业的繁荣景象。《豆棚闲话》中对苏州的市井繁荣进行了直观的描写："那平江是个货物码头，市井热闹，人物凑集。开典铺的甚多……"文中所说的"平江"即为宋代对苏州的旧称。苏州有着极为便利的水上交通，来自各地的商人都将货物在苏州转运或直接在苏州开店经营。《杜骗新书》第六类《牙行骗》专门描写了一个在苏州经营造纸生意的商人："施守训，福建大安人，家赀殷富，常造纸卖客。一日自装千余篓，价值八百余两，往苏州卖，寓牙人翁滨二店。"①《喻世明言》中的名篇《蒋兴哥重会珍珠衫》中提到了苏州的码头："原来兴哥在广东贩了些珍珠、玳瑁、苏木、沉香之类，搭伴起身。那伙同伴商量，都要到苏州发卖。兴哥久闻得'上说天堂，下说苏杭'，好个大码头所在，有心要去走一遍，做这一回买卖。方才回去。"②《醒世恒言》也写到了一个在苏杭之间往来贸易的商人徐阿寄："遂雇船到苏州。正遇在缺漆之时，见他的货到，犹如宝贝一般，不勾三日，卖个干净，一色都是见银，并无一毫赊账。除去盘缠使用，足足赚对合有余。"③成书于清代的《人中画》讲述了主人公李天造在苏州做桐油生意的故事：李天造贩来桐油在芜湖却无法出售，于是将一部分送到苏州，"过了年余，忽然苏州桐油长了，他六百两银子桐油，就卖了一千两

① （明）张应俞：《杜骗新书》，山西古籍出版社 2003 年版，第 65 页。
② （明）冯梦龙：《喻世明言》，陕西人民出版社 1985 年版，第 23 页。
③ （明）冯梦龙：《醒世恒言》，人民文学出版社 1956 年版，第 748—749 页。

有余，又思量要到芜湖载那一半来卖。"①这一充满戏剧性的经商经历生动说明了苏州一地货物流通快捷，是经商的重要区域。

明清之时的城市相比以往更加重视文教事业的发展，因此城市往往也是一个地区乃至全国的文教中心。明清之时的苏州城是久负盛名的人文之薮、才子之乡，走出了众多的知名文人。正因如此，明清叙事文学在描写苏州时，也注意凸显苏州城这一方面的特质。

明代《醒世恒言》中就专门提到苏州当地的一个年轻秀才："却说苏州府吴江县平望地方，有一秀士，姓钱名青，字万选。此人饱读诗书，广知今古，更兼一表人才。"②作品对这位钱姓秀才的描写可谓是苏州文人的集体画像，苏州的才子气质大都如此。清代《人中画》也特地描写了苏州城的一位唐姓才子："话说苏州府长汀县，有一少年才子，姓唐名辰，字季龙。他生得双眉耸秀，两眼如星，又兼才高学富，凡做文章，定有惊人之语。"清初话本小说集《照世杯》也同样关注到了一个年轻的书生："话说苏州一个秀士，姓阮讳莅，号江兰，年方弱冠，生得潇洒俊逸，诗词歌赋，举笔惊人。只是性情高傲，避俗如仇。"③相比前面几人，《型世言》中所提及的读书人更显气度不凡："话说弘治间有一士子，姓陆名容，字仲含，本贯苏州府昆山县人。少丧父，与寡母相依，织纴自活。他生得仪容俊逸，举止端详，飘飘若神仙中人，却又勤学好问，故此胸中极其该博，诸子百家，无不贯通。"④由此可见，在明清叙事文学中，苏州才子的文学形象大都具有才貌双全的特征。

在明清时期，苏州城文人科举蟾宫折桂的人数令天下为之侧目。清代

---

① （清）不题撰人：《人中画》，春风文艺出版社 1997 年版，第 69 页。

② （明）冯梦龙：《醒世恒言》，人民文学出版社 1956 年版，第 131 页。

③ （清）徐震：《照世杯》，春风文艺出版社 1997 年版，第 198 页。

④ （明）陆人龙：《型世言》，齐鲁书社 1995 年版，第 97 页。

的江苏巡抚陈夔龙在他的《梦蕉亭杂记》中写道："苏浙文风相将，衡以
浙江一省所得之数，尚不及苏州一府。其他各省，或不及十人，或五六
人，或一二人。"① 据沈道初在《略论吴地状元的特色》一文中的统计，在
明代的 89 科会试中，苏州城的读书人被录取为进士的达 1075 人，占全国
进士总人数的 4.32%，出现了"户部十三司胥算，皆吴、越人也"的情景。
到了清代，114 个状元中有 26 人来自苏州，此外苏州还包揽了 13 个会元、
6 个榜眼、12 个探花、658 个进士，成为全国知名的"状元之乡"。② 对于
苏州城盛产文人雅士的状况，《醒世恒言》中也借故事中人物之口评价说：
"吴江是人才之地，见高识广，定然不同。"③《负曝闲谈》也极为生动地讲
述："却说苏州城外，有一所地方，叫作甪直，古时候叫作甫里。……这
甪直姓陆的人居其大半，据他们自己说，一个个俱是陆龟蒙先生的后裔。
明哲之后，代有达人，也有两个发过榜、做过官的，也有两个中过举、进
过学的。列公不信，只要到三高祠门口，看那报条贴得密密层层，有两张
新鲜的，有两张被风吹雨打得旧的，都写着贵祠裔孙某某大人、某某老
爷、某某相公，攀了指头也算不了。"④

　　正是由于文人辈出，苏州城充满了浓厚的文化气息，书画成就尤其令
世人称道。《警世通言》中的《唐解元一笑姻缘》就是讲述苏州书画名家
唐伯虎的故事，文中提到："却说苏州六门：葑、盘、胥、阊、娄、齐。那
六门中只有阊门最盛，乃舟车辐辏之所。真个是：翠袖三千楼上下，黄金
百万水东西，五更市贩何曾绝，四远方言总不齐。唐解元一日坐在阊门游
船之上，就有许多斯文中人，慕名来拜，出扇求其字画。"书中所讲述的

① （清）陈夔龙：《梦蕉亭杂记》，中华书局 2007 年版，第 106—107 页。
② 参见沈道初：《略论吴地状元的特色》，载《吴文化论坛·1999 卷》，中央民族大学出版社 1999 年版，第 201 页。
③ （明）冯梦龙：《醒世恒言》，人民文学出版社 1956 年版，第 138 页。
④ （清）蘧园：《负曝闲谈》，吉林文史出版社 1987 年版，第 1 页。

唐伯虎为娶秋香不惜卖身为奴的故事"至今吴中把此事传作风流话柄"①。类似的才子佳人传说在苏州城还有很多，如明代《鼓掌绝尘》也记载了一个苏州才子与临安贵族小姐的爱情故事，故事的线索就是苏州名家高峙所画的名作，小说写道："说这高峙画师，原是姑苏人氏，一生唯以丹青自贵，也算得是姑苏城中第一个名人。聘请的俱贵戚豪门，交往的尽乡绅仕宦。"②苏州文人对于字画的喜好程度可见一斑。除此之外，普通市民阶层中也有着赏玩字画的风气，如《初刻拍案惊奇》就有着这样的描述：

> 姑苏城里有一个人，名唤郭庆春，家道殷富，最肯结识官员士夫。心中喜好的是文房清玩。……其时有个御史大夫高公，名纳麟，退居姑苏，最喜欢书画。郭庆春想要奉承他，故此出价钱买了这幅纸屏去献与他。高公看见画得精致，收了他的，忙忙里也未看着题词，也不查着款字，交与书童，分付且张在内书房中，送庆春出门来别了。只见外面一个人，手里拿着草书四幅，插个标儿要卖。高公心性既爱这行物事，眼里看见，就不肯便放过了，叫取过来看。那人双手捧递，高公接上手一看，字格类怀素，清劲不染俗。若列法书中，可载《金石录》。③

这段文字记载了苏州城中普通的市民对于书画的热爱程度与极高的鉴赏力，《二刻拍案惊奇》中有：唐代大诗人白居易曾抄写《金刚般若经》，其手写卷传至明代多已湮灭不闻，"唯有吴中太湖内洞庭山一个寺中，流传得一卷，直至国朝嘉靖年间依然完好，首尾不缺。凡吴中贤士大夫、骚

① （明）冯梦龙：《警世通言》，人民文学出版社1956年版，第408页。
② （明）金木散人：《鼓掌绝尘》，春风文艺出版社1997年版，第254页。
③ （明）凌濛初：《初刻拍案惊奇》，岳麓书社1988年版，第275页。

人墨客曾经赏鉴过者，皆有题跋在上，不消说得；就是四方名公游客，也多曾有赞叹顶礼、请求拜观、留题姓名日月的，不计其数。算是千年来希奇古迹，极为难得的物事"①。

除了书画之外，苏州城的评弹等曲艺也是全国闻名的娱乐形式。苏州城的市民多自幼学习，在当地形成了人人习曲的浓厚风气。如《型世言》所载："女名芳卿，年可十八岁，生得脸如月满，目若星辉……他父亲是个老白想起家，吹箫鼓琴，弹棋做歪诗，也都会得，常把这些教他，故此这女子无件不通。"② 明代的《石点头》第十则所讲述的就是一群以教习曲艺、帮闲帮嫖为业的清客的故事。其中讲到一位致仕的官员刘谦在还乡之后"要在苏州买些文玩骨董，置些精巧物件，还要寻添几个清秀小子，标致丫头，教习两班戏子"，结果引来当地清客们的争相逢迎。③

值得注意的是，苏州城独特的文人气质使这座城市的文化民俗具有别样的风貌。如顾禄在《清嘉录》中记载苏州市民将农历六月六日定为"晒书"之日："六日，故事：人家曝书籍图书于庭，云蠹鱼不生。"又引钱思元《吴门补乘》云："六月六日曝书画"④。苏州市民家中的装饰也颇具文人气息，明代的《欢喜冤家》就详细描写了一个苏州市民家庭的陈设："举目一看，他房屋虽然极是低小，自是收拾得十分精细。苏州人极会装点的，两边壁子上边，斗方贴满，上边挂一幅姜太公钓鱼的图画，花瓶内插的桃李、木笔、粉团、海棠几种名花，十分精雅。"⑤苏州市民家中陈设的饰物也是工艺精湛，张岱在《陶庵梦忆》中就有这样的精彩讲述："吴中绝技，陆子

① （明）凌濛初：《二刻拍案惊奇》，岳麓书社 1988 年版，第 424 页。
② （明）陆人龙：《型世言》，齐鲁书社 1995 年版，第 98 页。
③ （明）天然痴叟：《石点头》，上海古籍出版社 1983 年版，第 118 页。
④ （清）顾禄：《清嘉录》，上海古籍出版社 1986 年版，第 102 页。
⑤ （明）西湖渔隐主人：《欢喜冤家》，春风文艺出版社 1994 年版，第 802 页。

冈之治玉，鲍天成之治犀，周柱之治嵌镶，赵良璧之治梳，朱碧山之治金银，马勋荷叶李之治扇，张寄修之治琴，范昆白之治理三弦子，俱可上下百年，保无敌手。"①

二、青楼歌馆

随着明清之时市井经济的高度繁荣，城市中的娱乐场所已经呈现出规模化、专业化的特征，表明此时城市中的娱乐业日趋成熟。北京城最负盛名的娱乐方式莫过于看戏，京戏之有名，闻于全国。有许多叙事文学就对京戏进行过专门的描写，如在清代李海观的《歧路灯》第十回中，就有以下的记述：

> 到了次日傍午时，宋云岫来了。恰好二公在寓，进门来拱手道："我今日来请看戏，江西相府班子，条子上写《全本西游记》我亲自进同乐楼拣的官座占定。二公只穿便服，娃娃们带上垫子，咱就同去。"立催二公各带一仆，邓祥套车送去。云岫坐在车前，一径直到同乐楼下来。将车马交与管园的，云岫引着二公，上的楼来。一张大桌，三个座头，仆厮站在旁边。桌面上各色点心俱备，瓜子儿一堆。手擎茶杯，俯首下看，正在当场，秋毫无碍。恰好锣鼓响处，戏开正本。唱的是唐玄奘西天取经，路过女儿国。②

这段文字将京城中人对于看戏的重视与痴迷程度进行了真实的描写，通过对于同乐楼内的陈设与布置也可以看出当时娱乐业的兴旺与发达。类似的讲述还出现在清代蓬园所著《负曝闲谈》的描述中：

---

① （明）张岱：《陶庵梦忆》，上海古籍出版社 1982 年版，第 9 页。
② （清）李海观：《歧路灯》，中州书画社 1980 年版，第 108 页。

　　劲斋久闻京师的戏子甲于天下，今番本打算见识见识，焉有不往之理？午饭后同车而出，到了一个很窄很窄胡同里面。门口花花绿绿，贴着许多报条。门口有块匾，叫"同庆园"。……其时台上正唱着《天水关》。子蛰道："这些都是乏角儿，不用去听他。"劲斋不懂，回脸一望，只见嚷卖冰糖葫芦的、瓜子儿的，川流不息。……一会台上唱过了四五出戏，大家嚷道："叫天儿上来了！"原来叫天儿这日唱的《空城计》。二人听过一段摇板，便有人哄然喝彩。还有闭着眼睛，气都不出的。也有咕咕嚷嚷在那里骂的，说："你们老爷别只管喝彩，闹得我听不着！我今天好容易当了当，才来听戏的！"①

　　相比上一则，这段文字更具有轻松活泼和幽默的特质，以极富感染力的语言描写了普通市民争相看戏的情景，通过对底层百姓为看戏而典当家产的描写，真实再现了民众对京戏的痴迷程度。《儿女英雄传》中也对类似的场景进行过描写："瞧了瞧那些听戏的，也有咂嘴儿的，也有点头儿的，还有从丹田里运着气往外叫好儿的，还有几个侧着耳朵不错眼珠儿的当一桩正经事在那里听的。看他们那些样子，比那书上说的闻《诗》闻《礼》还听得入神儿！"②北京市民群体对京戏的痴迷程度由此可见一斑。

　　狎妓也是明清之时城市中的主要娱乐方式之一。自唐代以来，风月场所逐渐成为扬州城的一大特色，正如张岱在《陶庵梦忆》中所感慨的那样：

　　广陵二十四桥风月，邗沟尚存其意。渡钞关横亘半里许，为巷者九条，巷故九，凡周旋折旋于巷之左右前后者什百之。巷口狭而肠曲，寸寸节节有精房密户。名妓歪妓杂处之，名妓匿不见人，非向导

---

① （清）蘧园：《负曝闲谈》，吉林文史出版社1987年版，第47—48页。

② （清）文康：《儿女英雄传》，上海书店1993年版，第566页。

莫得入。歪妓多可五六百人，每日傍晚，膏沐薰烧，出巷口，倚徙盘礴于茶馆酒肆之前，谓之站关。茶馆酒肆岸上纱灯百盏，诸妓掩映闪灭于其间……①

这段文字对扬州城中的风月场所进行了详细而生动的描写，使一个城市的样貌跃然纸上。《杏花天》中这样描写道："这日正是九月九日，处处登高，人人赏菊。店主人亦备酒盏食物，请傅花二客登高。出城在于广陵涛沿堤处铺了毡，坐于草茵之上。摆列酒肴。三人环坐畅饮。当时登高的人挟妓饮酒弹唱，不计其数。"② 将扬州一城的狎妓之风刻画得生动形象。

《型世言》也谈到了扬州城中的狎妓之风。小说在描写石不磷招待秦凤仪时专门交代"随即置了酒，拉了两个妓，同游梅花岭，盘桓半饷"。再如小说提到了扬州瘦马的情形。所谓瘦马是明清之时城市中流行的一种畸形行业的代称。商家先出资购买贫苦家庭中面貌姣好的女孩，教授她们琴棋、书画、歌舞等才艺，待其长大后卖与富人作妾或卖入青楼歌馆，以此获利。因贫寒之家的女子多羸弱不堪，故有"瘦马"之说。正如《型世言》所载："扬州地方，人家都养瘦马，不论大家小户，都养几个女儿，教他吹弹歌舞，索人高价。故此娶妾的都在这里，寻了两个媒妈子，带了五七百开元钱，封做茶钱，各家看转。出来相见，已自见了，他举动、身材、眉眼，都是一目可了的。那媒妈子又掀他唇，等人看他牙齿；卷他袖，等人看他手指；挈起裙子，看了脚；临了又问他年纪，女子答应一声，听他声音。费了五七十个钱，浑身相到。"

张岱在《陶庵梦忆》中也记叙了有关扬州瘦马的内容，比上文更为详尽：

---

① （明）张岱：《陶庵梦忆》，上海古籍出版社 1982 年版，第 32 页。
② （清）嘉禾餐花主人编，郑志点校：《明清艳情小说丛书·浓情快史》，长江文艺出版社 1993 年版，第 215 页。

扬州人日饮食于瘦马之身者数十百人。娶妾者切勿露意，稍透消息，牙婆驵侩，咸集其门，如蝇附膻，撩扑不去。黎明，即促之出门，媒人先到者先挟之去，其余尾其后接踵伺之。至瘦马家，坐定，进茶，牙婆扶瘦马出，曰姑娘拜客，下拜；曰姑娘往上走，走；曰姑娘转身，转身向明立，面出；曰姑娘借手睄睄，尽襭其袂，手出臂出肤亦出；曰姑娘睄相公，转眼偷觑，眼出；曰姑娘几岁了，曰几岁，声出；曰姑娘再走走，以手拉其裙，趾出，然看趾有法：凡出门裙幅先响者，必大；高系其裙，人未出而趾先出者必小；曰姑娘请回。一人进，一人又出，看一家必五六人，咸如之。看中者，用金簪或钗一股插其鬓，曰插带。看不中，出钱数百文，赏牙婆或其家侍婢，又去看。①

《陶庵梦忆》除了介绍了扬州城养瘦马的习俗之外，还详细介绍了扬州城妓女的出身、规矩等内容。如扬州城中的妓女除了本地商人豢养的瘦马之外，也有大量的外来女子。

第三节　水乡、织机与鼻烟、花卉：明清城市特质的博物书写

博物学兴起于魏晋之时，是中国传统知识积累的成果，指对动物、植物、矿物、生态系统等所做的宏观层面的观察、描述、分类等。明清叙事文学对城市景观的分类陈述与描摹，体现出显著的博物观念。

---

① （明）张岱：《陶庵梦忆》，上海古籍出版社1982年版，第46页。

一、城市特质的观察与呈现

同是环境描写，城市与乡村存在着本质上的区别。明清叙事文学在进行城市环境书写时，特别注重观察与呈现城市独特的样貌，注意彰显出城市的繁华与兴盛，同时也留意到了不同城市之间的差异性。

《警世通言》中有一则名为《玉堂春落难逢夫》的故事，讲述的是明正德年间北京名妓与官宦子弟王景隆相爱的传奇经历，其中对北京城市进行了较为深入的描写："二人前至东华门，公子睁眼观看，好锦绣景致。只见门彩金凤，柱盘金龙。王定道：'三叔，好么？'公子说：'真个好所在！'又走到前面去，问王定：'这是那里？'王定说：'这是紫禁城。'公子往里一视，只见城内瑞气腾腾，红光熌熌。看了一会，果然富贵无过于帝王，叹息不已。"[①]作品以故事中人物的视角对作为都城的北京进行了一番渲染，凸显其非凡的气势。

京城有京城的气势，水乡也有水乡的格调。唐代诗人杜荀鹤在《送人游吴》一诗中写道："君到姑苏见，人家尽枕河。古宫闲地少，水港小桥多。夜市卖菱藕，春船载绮罗。遥知未眠月，相思在渔歌。"生动地写出了苏州城典型的江南水乡特色。这种水乡的独特魅力在《喻世明言》卷十二《众名姬春风吊柳七》中有极为细致的描写：

> 不一日，（柳耆卿）来到姑苏地方，看见山明水秀，到个路旁酒楼上，沽饮三杯。忽听得鼓声齐响，临窗而望，乃是一群儿童，掉了小船，在湖上戏水采莲。口中唱着吴歌云："采莲阿姐斗梳妆，好似红莲搭个白莲争。红莲自道颜色好，白莲自道粉花香。粉花香，粉花香，贪花人一见便来抢红个也忒贵，白个也弗强。当面下手弗得，

---

① （明）冯梦龙：《警世通言》，人民文学出版社 1956 年版，第 340 页。

和你私下商量。好象荷叶遮身无人见，下头成藕带丝长。"柳七官人听罢，取出笔来，也做一只吴歌，题于壁上。歌云："十里荷花九里红，中间一朵白松松。白莲则好摸藕吃，红莲则好结莲蓬。结莲蓬，结莲蓬，莲蓬生得忒玲珑。肚里一团清趣，外头包裹重重。有人吃着滋味，一时劈破难容。只图口甜，哪得知我心里苦？开花结子一场空。"①

这段文字充分调动视觉、听觉、嗅觉，从声响、色彩、布景多个方面对苏州城的水乡景致进行了生动描绘。尤其是对于湖中莲花的描写更显细腻温婉，活脱脱地表现出莲花的可人之态。

丰沛的水资源使苏州城获得了便捷的水路交通，为苏州城市的商业发展奠定了重要的基础。《型世言》中就曾这样讲述："（周于伦）他积祖在阊门外桥边，开一个大酒坊，做造上京三白、状元红、莲花白，各色酒浆。桥是苏州第一洪，上京船只必由之路，生意且是兴。"②正是由于往来商船密集，酒坊的生意异常红火，这也是苏州城商贸发展的一个缩影。《喻世明言》中的《蒋兴哥重会珍珠衫》也有类似的讲述："（陈大郎）一路遇了顺风，不两月行到苏州府枫桥地面。那枫桥是柴米牙行聚处，少不得投个主家脱货，不在话下。"③《醒世恒言》也写到在苏杭之间跑买卖的徐阿寄在卖漆获利之后"却又想道：'我今空身回去，须是趁船，这银两在身边，反担干系；何不再贩些别样货去，多少寻些利息也好。'打听得枫桥籼米到得甚多，登时落了几分价钱，乃道：'这贩米生意，量有几两赚钱。'糴了六十多担籼米，一径到杭州出脱。"④这些故事都提到了一个

---

①　（明）冯梦龙：《喻世明言》，陕西人民出版社1985年版，第174页。

②　（明）陆人龙：《型世言》，齐鲁书社1995年版，第23页。

③　（明）冯梦龙：《喻世明言》，陕西人民出版社1985年版，第23页。

④　（明）冯梦龙：《醒世恒言》，人民文学出版社1956年版，第748—749页。

重要的历史史实：自明代中后期开始，由于商品经济的发展，农作物的结构发生了重要变化，太湖流域以及长江三角洲地区一度成为缺粮区，不得不依赖于从长江中上游各地输入米粮，苏州的枫桥因此成为重要的米市中心。刘石吉在《明清时代江南市镇研究》一书中就明确指出："此地以枫桥为中心的米市，其繁盛之状，甚至超过彼时号称为四大镇的河南朱仙、江西景德、广东佛山与湖北汉口，而被认为是当时全国最大的米豆集散地。"① 提到枫桥，人们大都会想到唐代诗人张继所写的《夜泊枫桥》，这首诗使得苏州的枫桥名扬天下。枫桥不仅仅是一个集贸中心，更是一个富于文化内涵的景点。如《警世通言》中的《宋小官团圆破毡笠》这一则故事就讲述了刘有才与宋敦皆膝下无子，"闻得徽州有盐商求嗣，新建陈州娘娘庙于苏州阊门外，香火甚盛，祈祷不绝"，两人便在北门大坂桥上船，"趁着顺风，不勾半日，七十里之程，等闲到了。舟泊枫桥，当晚无话。有诗为证：月落乌啼霜满天，江枫渔火对愁眠。姑苏城外寒山寺，夜半钟声到客船。"② 故事的讲述者在提及枫桥时随即想到了这首脍炙人口的唐诗，可见枫桥的文化积淀之深厚。

苏州城的商贾意识非常浓郁，《初刻拍案惊奇》中特意提及杨氏劝告侄子王生的话："你到江湖上做些买卖，也是正经"，王生则欣然同意："这个正是我们本等"。其后故事继续讲述王生做生意的经过："王生与一班为商的计议定了，说南京好做生意，先将几百两银子置了些苏州货物。拣了日子，雇下一只长路的航船，行李包裹多收拾停当。别了杨氏起身，到船烧了神福利市，就便开船"；"住在家一月有余，又与人商量道：'扬州布好卖。松江置买了布到扬州就带些银子籴了米豆回来，甚是有利。'杨氏又凑了几百两银子与他。到松江买了百来筒布，独自写了一只满风梢的船，

---

① 刘石吉：《明清时代江南市镇研究》，中国社会科学出版社 1987 年版，第 65 页。
② （明）冯梦龙：《警世通言》，人民文学出版社 1956 年版，第 309—310 页。

身边又带了几百两籴米豆的银子，合了一个伙计，择日起行。"这则故事对王生经商的行走路线进行了细致的记录，由此可知王生经商多选择水路，这也刚好印证出苏州作为水乡的城市特色。

除此之外，纺织业的高度发达也是苏州城市的一大特色。《醒世恒言》中的《施润泽滩阙遇友》这一故事经常被当作证明苏州纺织业繁荣的重要材料：

> 说这苏州府吴江县离城七十里，有个乡镇，地名盛泽，镇上居民稠广，土俗淳朴，俱以蚕桑为业。男女勤谨，络绎机杼之声，通宵彻夜。那市上两岸紬丝牙行，约有千百余家，远近村坊织成紬疋，俱到此上市。四方商贾来收买的，蜂攒蚁集，挨挤不开，路途无伫足之隙；乃出产锦绣之乡，积聚绫罗之地。江南养蚕所在甚多，惟此镇处最盛。有几句口号为证：东风二月暖洋洋，江南处处蚕桑忙。蚕欲温和桑欲干，明如良玉发奇光。缲成万缕千丝长，大筐小筐随络床。美人抽绎沾唾香，一经一纬机杼张。咿咿轧轧谐宫商，花开锦簇成疋量。莫忧八口无餐粮，朝来镇上添远商。①

这段文字详细介绍施复的经营方式："家中开张紬机，每年养几筐蚕儿，妻络夫织，甚好过活。这镇上都是温饱之家，织下紬疋，必积至十来疋，最少也有五六疋，方才上市。那大户人家积得多的便不上市，都是牙行引客商上门来买。"当施复偶然拾得六两多银子之后，他仍然依照苏州城手工业者的思维习惯去考虑如何使钱生钱："如今家中见开这张机，尽勾日用了。有了这银子，再添上一张机，一月出得多少紬，有许多利息。这项银子，譬如没得，再不要动他。积上一年，共该若干，到来年再添上

---

① （明）冯梦龙：《醒世恒言》，人民文学出版社 1956 年版，第 359 页。

一张。一年又有多少利息。算到十年之外，便有千金之富。"这则颇具传奇色彩的小故事对苏州城手工业者的经营之路进行了生动细致的讲述，令读者对明代城市手工业生产有了直观了解。

《型世言》也对苏州城的纺织业进行了描述，作品描写了生活在嘉定县的一户普通市民，妻子"纺得一手好纱，绩得一手好麻，织得一手赛过绢的好布"。除了民间之外，官府也雇佣了大量的织染工人。早在明洪武初年，苏州府就设立了织染局。在清初顺治四年，织造局所属织机有 800张，到了乾隆四十五年，苏州一城官营和民间的织机已超过一万张，其时"织作在东城，比户习织，专其业者不啻万家"①。纺织业的快速发展，势必促使与纺织有关的商贸活动的兴盛，《杜骗新书》在其中第一类《脱剥骗》中记载："吴胜理徽州府休宁县人，在苏州府开铺，收买各样色布。揭行生意最大，四方买者极多，每日有几拾两银交易。外开铺面，里藏各货。"②《型世言》中也写道："……不知这个人，正是桐乡章必达……家事尽可过，向贩震泽绸绫，往来苏州。"除此之外，一些作品中还刻意描写了商人们的经营技巧，如清代的许仲元在《三异笔谈》中就描写："新安汪氏，设益美字号于吴阊，巧为居奇。密嘱衣工，有以本号机头缴者，给银二分。缝人贪得小利，遂群誉布美，用者竞市。计一年消布约以百万匹，论匹赢利百文，如派机头多二万两，而增息二十万贯矣。十年富甲诸商，而布更遍天下。"通过故事中汪氏的快速致富，十年就达到"布更遍天下"的程度可见苏州纺织业的巨大市场。类似的描写还有《二刻拍案惊奇》中的讲述："庚辰秋间，又有苏州商人贩布三万匹到辽阳，陆续卖去，已有二万三四千匹了。"③

伴随着纺织业的发展，苏州城的服装加工行业也蓬勃发展，如《型世

---

① （清）顾治禄等：乾隆《长洲县志》卷十六。
② （明）张应俞：《杜骗新书》，春风文艺出版社 1997 年版，第 15 页。
③ （明）凌濛初：《二刻拍案惊奇》，岳麓书社 1988 年版，第 827 页。

言》中就讲述了周于伦"与人商量，道买了当中衣服，在各村镇货卖，只要眼力，买得着，卖时也有加五钱"，这种初级的服装批发生意为他赢得了不少利润。周于伦尝到了这一行业获利的甜头，开始进一步尝试在批发的同时进行适当的加工："如今我做了这生意，也便丢不得手。前次剩下几件衣服，须要卖去。如今我在这行中，也会拆掇，比如小袖道袍，把摆拆出裈，依然时样，短小道袍，变改女袄，袖也有得裈。其余裙袄，乡间最喜的大红大绿，如今把浅色的染木红官绿，染来就是簇新，就得价钱。况且我又拿了去闯村坊，这些村姑见了，无不欢天喜地，拿住不放，死命要爹娘或是老公添，怕不趁钱？"①凡此种种，都说明苏州城市的商业特色十分显著。在明清时期，苏州是东南地区的商业大都会之一，既有丰富的自然和人文景观，又有雄厚的物质基础。

扬州是江南地区另一重要的城市。除了具有江南水乡的一般特征之外，扬州城内的芍药花构成了扬州城的又一大特色。芍药是扬州的名花，有着极为悠久的历史，历代有许多吟咏扬州芍药的名篇佳作。如苏轼的《题赵昌芍药》："扬州近日红千叶，自是风流时世妆。"黄庭坚的《广陵早春》："红药梢头初茧栗，扬州风物鬓成丝。"以及姜夔在《扬州慢》中所说："二十四桥仍在，波心荡、冷月无声。念桥边红药，年年知为谁生！"明清叙事文学也将芍药花作为扬州城的典型特征进行着意描绘。如《风月梦》中就提到扬州城内的芍药市聚集了众多游人，以至于难以雇到船只。又写道"将船开到桃花庵、法海寺、平山堂、尺五楼各处游玩。看了各处芍药，红白相间，烂漫争妍。月香折了几枝玉楼春芍药带到船上。"②清代的《雅观楼》在描写扬州的时候也提到了芍药："时维首夏，芍药初酣，二人公议：'次日湖上看芍药，永日一乐。……'""假馆午饭饭毕，船到三贤

---

① （明）陆人龙：《型世言》，齐鲁书社1995年版，第23—25页。
② （明）邗上蒙人：《风月梦》，北京大学出版社1990年版，第32页。

祠，看芍药男女杂遝，一时毕至。观保眼都望花，真个心花儿大放了。回船上平山，复登尺五楼看花。尤进缝促登舟：'泊花台左右，看来回船只，看女戏子唱船，晚间看灯船打招。'"①等等。清代的李斗在《扬州画舫录》中也写道："筱园本小园，在廿四桥旁，康熙间土人种芍药处也。孙豹人有《小园芍药》诗云：'几度江南劳客思，今年江北绕花行；便教风雨犹多态，花况好时天更晴。'园方四十亩，中垦十余亩为芍田。"②扬州城内的芍药栽种范围极为广泛，可谓是遍布全城，每当花开时节城内就会出现许多"芍药市"。这些专门培植芍药的地方引来大量市民争相游览："西山墙圆牖中皆芍田。花时人行其中，如东云见鳞，西云见爪"，再如"药栏十五间在仰止楼西，栏外即芍田，中有一水界之……以上七间面西为游人看花处"③。

二、描写对象的分类表述

明清叙事文学对于城市中的独特事物往往采用极为细致的分类表述的方法，使读者能够对某个城市特有的典型文化样式有更为清晰的认识，也使作品具有了诸多知识性和趣味性。

在描写北京城时，有许多叙事文学作品关注到老北京市民对玩物的酷爱。比如北京市民多爱收藏赏玩鼻烟壶，鼻烟壶有着令人眼花缭乱的名目和种类。《品花宝鉴》中就写到北京城内有一个经营鼻烟壶的店铺，里面陈设有琥珀壶儿、松香壶儿等多种鼻烟壶。更为详细的记载出现在《负曝闲谈》中：

> 京城里人用鼻烟壶，有个口号，叫做："春玉，夏晶，秋料，冬

---

① （清）檀园主人：《雅观楼》，春风文艺出版社 1994 年版，第 299 页。
② （清）李斗：《扬州画舫录》，中华书局 1960 年版，第 343 页。
③ （清）李斗：《扬州画舫录》，中华书局 1960 年版，第 349—350 页。

珀。"玉字所包者广，然而绿的也不过是翡翠，白的也不过是羊脂。晶有水晶有墨晶，有茶晶，还有发晶。料的那就难说了，有要是真的，极便宜也要五六十金，还有套料的，套五色的，套四色的，套三色的，套两色的。红的叫做西瓜水，又叫做山楂糕，黄的有南瓜地，白的有藕粉地，其余青绿杂色，也说不尽这许多。①

这段文字对于鼻烟壶品种样式的描写可谓是细致传神，这部作品还写到了一个专爱收藏鼻烟壶的市民代表大少爷春和，他收藏有大量不同款式的鼻烟壶："还有磁鼻烟壶，磁鼻烟壶，以出自古月轩为最。扁扁的一个，上面花纹极细，有各种蟲豸的，有各种翎毛的，有各种花卉的，有各种果品的。春大少爷他有不同样的磁鼻烟壶三百六十个，一天换一个，人家瞧着，无不纳罕。"②京城里有个杠房头，也讲究此道："他单有一个料鼻烟壶，上面刻着两个老头子，又刻着两个小孩子，一个编了条辫子，一个囟门口留着一搭胎发。据说这个壶的名字叫做：'七十九，八十三，歪毛儿，淘气儿。'是顶旧的旧货，现在再要找也找不出来了。"③杠头在茶馆里夸海口，结果春大少爷就跟他较上劲了，后来从老家人处得来个更好的，把杠头给比下去了。④《儿女英雄传》中也写到了北京市民对鼻烟壶的鉴赏过程："……又见还有二位在那里敬鼻烟儿，一个接在手里，且不闻，只把那个爆竹筒儿的磁鼻烟壶儿拿着翻来覆去看了半天，说'这是'独钓寒江'啊，可惜是个右钓的，没行；要是左钓的，就值钱咧！'"⑤鼻烟壶对于老北京市民来说是极为重要的赏玩之物，《闻尘偶记》中就提到："宗室

①　（清）蓬园：《负曝闲谈》，吉林文史出版社1987年版，第153页。
②　（清）蓬园：《负曝闲谈》，吉林文史出版社1987年版，第155页。
③　（清）蓬园：《负曝闲谈》，吉林文史出版社1987年版，第155页。
④　（清）蓬园：《负曝闲谈》，吉林文史出版社1987年版，第153—155页。
⑤　（清）文康：《儿女英雄传》，人民文学出版社2020年版，第172页。

名子有绝异者，绵字辈某将军，好鼻烟壶，长名奕鼻，次名奕烟，三名奕壶。"① 可见北京市民对鼻烟壶的痴迷程度。

除了鼻烟壶之外，北京市民还有其他把玩之物。如清代夏仁虎在《旧京琐记》中记载："贵家子弟，驰马试箭，调鹰纵犬，不失尚武之风，至于养鱼、斗蟋、走票、纠赌、风斯下矣。别有坊曲游手，提笼架鸟，抛石掷弹，以为常课。"《负曝闲谈》中也写到北京城的公子哥喜斗鹌鹑："看看又是初冬光景了。京城内世家子弟，到了这时候，有种兴致，就是斗鹌鹑。那鹌鹑生的不过麻雀般大小，斗起来却奋勇当先，比蟋蟀要厉害十倍。却是一种：那鹌鹑天天要把，把得它骨瘦如柴，然后可以拿出来斗。有些旗人们一个个腰里挂了平金绣的袋，把鹌鹑装在袋里，没有看见过的，真真要把它当做新鲜笑话。"② 这些讲述也都采用了较为细致的分类梳理的方式。

苏州城的山水景观天下闻名，明清叙事文学作品对此多有描述，其中对于虎丘的描写最令人称道。如清代《女开科传》开篇就对此进行了描写：

> 却说这苏州，古名阳羡。东际大海，西控震泽，山川沃衍，江南之都会也。佳胜第一是虎丘山，在府城西北，一名海涌峰，上有剑池、千人石、生公说法台、吴王阖闾墓。为何唤作虎丘？世传冢内金银之气化作白虎，踞其上，因以为名。至迤逦而南，西施洞、馆娃宫、浣花池、采香径及琴台诸胜，无不了然在目。而下瞰太湖，洞庭两山滴翠浮烟，何异那白银铺世界，景致奇绝。每逢月上风来，游人箫管，和歌石上，各奏所长，虽万籁无声之后犹有清音缭绕，尤非他处名胜可以仿佛一二。③

---

① （清）蓬园：《负曝闲谈》，吉林文史出版社 1987 年版，第 156 页。
② （清）蓬园：《负曝闲谈》，吉林文史出版社 1987 年版，第 53 页。
③ （清）岐山左臣：《女开科传》，春风文艺出版社 1983 年版，第 12 页。

　　这段文字依照地理位置的分布对虎丘山一带的风景名胜进行了分类描述，令人读来有既视之感。同时期的《雨花香》在《乩仙偈》一篇中也写道："康熙某年，（觉道人）同两个朋友往苏州有事，顺便到虎丘山游玩。是时夏末秋初，进得山门，至千人石、可中亭、剑池、大殿前后，各处玩赏，又到山顶登宝塔。向太湖一望，茫茫白亮，真是奇观。续又到后天门，但见松荫树色，蔽日张空，幽僻至境"，罗列了虎丘山中的多处景观，使虎丘山的景致跃然纸上。

　　苏州市民大多喜欢在虎丘山看月赏花。清代的《凤凰池》就详细描写了苏州人在虎丘赏月的情景："看看八月一到，那姑苏人，常到中秋节日，都到虎丘山上看月。富贵的备了佳肴美酒，挟妓邀游，弹丝品竹，直要闹到月落西山，方才人影散乱；就是贫贱的，也少不得一壶一榼，猜枚掷色，欢呼快饮。定以为常。"①虎丘山的中秋之夜更是热闹非凡，《吴郡岁华纪丽》中的《千人石听歌》一则有以下描写："中秋之夕，共游虎丘，千人石听歌，樽垒云集，士女杂遝。郡志称虎阜笙歌彻夜，作胜会。各据胜地，延名优清客，打十番争胜负。十二三日始，十五日止。邵长蘅《冶游诗》有：'中秋千人石，听歌细如发'之句，盖其俗由来久矣"②。对此张岱在《陶庵梦忆·虎丘中秋夜》中也有讲述："虎丘八月半，土著、流寓、士夫、眷属、女乐、声伎、曲中名妓、戏婆、民间少妇、好女、崽子、娈童，及游冶恶少、清客、帮闲、傒僮、走空之间，无不鳞集。自生公台、千人石、鹤涧、剑池、申文定祠下至试剑石、一二山门，皆铺毯席坐。登高望之，如雁落平沙，霞铺江上，喧闹直至三鼓，已是月孤气肃，仍有人放歌，为同好者品赏不已。"③这些作品均对虎丘山的赏月情景进行了细致的描写，尤其侧重于对赏月之人的描述。作品注意前来赏月的市民群体的

---

① （清）刘璋：《凤凰池》，春风文艺出版社1997年版，第351页。

② 转引自山谷：《遥望姑苏台——苏州》，上海古籍出版社2001年版，第173页。

③ （明）张岱：《陶庵梦忆》，上海古籍出版社1982年版，第42页。

身份差异，并以此对群体进行分类描写，生动表现出苏州城的繁荣景象。

苏州城也是一个鲜花盛开的城市。清代顾禄的《清嘉录》在卷首就有何桂馨的题词："吴趋自古说清嘉，土物真堪纪岁花。一种生涯天下绝，虎丘不断四时花。"① 说的就是虎丘山鲜花盛开的美景。清人所刊《人中画》卷一所讲述的故事就是从虎丘赏花开始的："一日，闻得虎丘菊花盛开，约了一个相知朋友，叫做王鹤，字野云，同往虎丘去看。二人因天气晴明，遂不雇船，便缓步而行。将到半塘，只见一带疏竹高梧，围绕着一个院子，院子内分花间柳，隐隐的透出一座高楼，楼中一个老妇人同着一个少年女子伏着阁窗，低头向下，不知看些甚么。……"，"不觉步到虎丘，果然菊开大盛，二人玩赏多时，遂相携上楼沽饮。"② 可见赏花已成为苏州市民的一大乐事，虎丘一地是苏州最大的花卉市场。《清嘉录》卷九《菊花山》记载："畦菊乍放，虎丘花农已千盎百盂担入城市。" 又，卷十一《窖花》："冬末春初，虎丘花肆能发非时之品，如牡丹、碧桃、玉兰、梅花、水仙之类，供居人新年陈设，谓之'窖花'。"③ 李渔在笔记小说《十二楼·萃雅楼》中也记录了自己逛虎丘花市的经历："因到虎丘山下卖花市中，看见五采陆离，众香芬馥，低回留之不能去。"④

虎丘另有一处景点为贞娘墓，该处景点也常出现在一些笔记小说之中。贞娘也称真娘，是隋唐时期的苏州名妓。贞娘自幼饱读诗书、能歌善舞，却不幸坠入青楼，因自幼结有婚约，她一直守身如玉。后遇一王姓男子以巨资买通鸨母逼迫贞娘屈从，贞娘遂自刎而死。王姓男子懊悔不已，修花冢以葬之，是为贞娘墓。唐代诗人李绅在《贞娘墓诗并序》中写道："吴之妓人歌舞有名者，死葬于吴武丘寺前，吴中少年从其志也。墓多花

---

① （清）顾禄：《清嘉录》，上海古籍出版社 1986 年版，第 1 页。
② （清）不题撰人：《人中画》，春风文艺出版社 1997 年版，第 12 页。
③ （清）顾禄：《清嘉录》，上海古籍出版社 1986 年版，第 144、161 页。
④ （清）李渔：《十二楼》，上海古籍出版社 1986 年版，第 116—117 页。

草，以满其上。"《吴地记》中对此有明确的记载："（虎丘）寺侧有贞娘墓。吴国之佳丽也。行客才子多题诗墓上。"①《海上繁华梦》后集中写道谢幼安等一群文人相约到虎丘游玩，特地来到贞娘墓前，"戟三见后人立着块'古真娘墓'的四字墓碑，甚易辨识，说：'古来名妓甚多，却除西泠苏小，虎阜真娘，芳冢一抔，艳名千古，此外尚有何人？……'"由此看来，虎丘山贞娘墓这一景点正契合了苏州文人风流自赏的心理，吸引了大量的游人来此观瞻，成为虎丘山中一个重要的文化载体。

　　远近的友人来虎丘山赏玩往往选择走水路。《孽海花》中有这样的描写："这日正是清明佳节，日丽风和，姑苏城外，年年例有三节胜会，倾城士女如痴如狂，一条七里山塘，停满了画船歌舫，真个靓妆藻野，炫服缛川，好不热闹。"②这条七里山塘即是通到虎丘的一条重要水路，名为山塘河，起自阊门，直抵虎丘，为唐刺史白居易主持开凿。《清嘉录》卷八援引了《吴歌》中描写山塘的内容："七里山塘七里船，船船笙笛夜喧天。十千那彀一船费，月未上弦直到圆。"③《五石脂》也有生动的表述："山塘盛时，每年必数集，每集必灯舫如云。大要元夕谓之灯节，市廛悬灯最盛。其次则清明节，游人亦众。又次为端午节，南北濠一带，则龙舟竞渡之中心点也。又次为六月廿四日，号荷花生日。则游船群集于葑门外之黄天荡，俗以其花盛，今通称荷花荡矣。当斯之际，画船家家自丁中修竣，油漆一新。加以彩绸扎成栏楯，尤觉炫耀生光。"④这些描写别出心裁地将节日的气氛与山塘的景色融合在一起，分别呈现出不同节日中的不同场景，既写出了山塘一带的繁华景象，也体现出苏州城市的水乡特色。

　　需要注意的是，便利的水上交通为苏州城带来了商业的繁荣，也为苏

---

① （唐）陆广微：《吴地记》，中华书局1985年版，第8页。
② （清）曾朴：《孽海花》，岳麓书社1993年版，第40页。
③ （清）顾禄：《清嘉录》，上海古籍出版社1986年版，第132页。
④ 见《丹午笔记》、《吴城日记》、《五石脂》合刊本，江苏古籍出版社1985年版，第338页。

州灵秀的山水笼上了些许世俗气息。正如《负曝闲谈》第三回中的讲述:
"且说苏州有一座大酒馆,开在阊门城外,名叫近水楼。打开了窗户,就
是山塘河。这山塘河里全是灯船,到晚上点了灯,明晃晃的,在河里一来
一往,甚是好看。"[①] 又如《石点头》第十则:"阊门外,山塘桥到虎丘,止
得七里。除了一半大小生意人家,过了半塘桥,那一带沿河临水住的,俱
是靠着虎丘山上,养活不知多多少少扯空研光的人。即使开着几扇板门,
卖些杂货,或是吃食,远远望去,挨次铺排,倒也热闹齐整。"[②] 自然状态
下的山水被人为增添了诸多营生所需的店铺酒楼,显得不协调,却也是苏
州城一道独特的风景线。

---

① (清) 蘧园:《负曝闲谈》,吉林文史出版社 1987 年版,第 17 页。
② (明) 天然痴叟:《石点头》,上海古籍出版社 1983 年版,第 108 页。

第二章　城市人文风光的描写

　　叙事文学作为民间文学色彩十分浓厚的作品，在实际写作过程中，往往带有诸多人文风貌的描写，不同城市在人文风俗上存在一定程度的差距。以叙事为主的文学形式往往需要用更为精炼简洁的语言，来表达更为丰富的内容。由于贴近民风民俗，叙事文学十分重视对城市人文环境方面的描写，在唐宋时期大量传奇类作品涌现时，专门对城市人文风貌进行描写的纪实类叙事文学一度充斥着大众的视野，而发展到明清时期叙事文学作品除了对于前朝的归纳与总结之外，还在原有基础上加入了一定的虚构成分和神话色彩，导致写作到后期内容有虚有实，但是其中关于城市人文环境的描写大多属于实写，对当时城市居民的日常生活、节日时期的独特民俗等方面进行了较为详尽的描述。

第一节　节日与时令：古代城市的众声喧哗

　　在我国古代生活实践过程中，逢年过节往往都会举行相应的信仰仪式，这形成了我国传统文化下独特的风景。城市景观与人文风貌在城市环境描写过程当中也是必不可少的一大元素，而不同时节在实际庆祝和生活的过程当中，各个地区的庆祝方式也不尽相同，这在笔记小说这一充满民间文化内容的文学形式当中经常出现。无论是我们熟知的春节，还是二月初二"龙抬头",或是七月初七的七夕节、正式入冬的寒衣节,在实际发展的过程当中,都被赋予了特殊的意义与内涵,对于不同地区的人民来说,都有着较为特殊的意义。而纪实类叙事文学往往会比较客观地反映城市当中的风俗人情,在对于节日氛围渲染及不同节气下独特民俗的内容阐述上有着极强的辨识度,然而关于民俗和时令的内容描述,在杂俎类及志怪类笔记小说当中也有一定程度的提及。

一、节日习俗

在古代人眼中,节日都有着极为特殊的含义,比如春节就是阖家团圆的日子,如今春节依然是我国的传统节日。无数家庭团圆共庆佳节的日子,冬至日这一天,不同地区的人也会汇聚一堂吃热食取暖,而正是这样的节日习俗形成了极具特色的人文风貌。明朝时期关于城市人文风貌的描写,多是前朝的内容汇集,而由于特殊的政治背景,实际内容呈现的过程当中,往往只有文化较为繁盛的地区有着较为完整详细的风俗人文内容记载,如在《帝京景物略》当中,我们就可以看到在京城之内市民在庆祝节日时的欢乐气氛:

> 正月元旦,五鼓时,不卧而嚏,嚏则急起,或不及衣,曰卧嚏者病也。不卧而语言,或户外呼,则不应,曰呼者鬼也。夙兴盥漱,啖黍糕,曰年年糕。家长少毕拜,姻友投笺互拜,曰拜年也。烧香东岳庙,赛放炮仗,纸且寸。东之琉璃厂店,西之白塔寺,卖琉璃瓶,盛朱鱼,转侧其影,小大俄忽。别有衔而嘘吸者,大声咏咏,小声哮哮,曰倒掖气。旦至三日,男女于白塔寺绕塔。①

---

① (明)刘侗:《帝京景物略》,故宫出版社 2013 年版,第 62 页。

明清小品文在节日氛围、内容等方面的描写上有着较多笔墨，明代除了《帝京景物略》之外，明末由张岱所写的《西湖梦寻》中也对于江南一带地区在节日期间的行为和表现进行了较为详细的叙述：

> 西湖七月半，一无可看，止可看看七月半之人。看七月半之人，以五类看之。其一，楼船箫鼓，峨冠盛筵，灯火优傒，声光相乱，名为看月而实不见月者，看之。其一，亦船亦楼，名娃闺秀，携及童娈，笑啼杂之，环坐露台，左右盼望，身在月下而实不看月者，看之。其一，亦船亦声歌，名妓闲僧，浅斟低唱，弱管轻丝，竹肉相发，亦在月下，亦看月而欲人看其看月者，看之。其一，不舟不车，不衫不帻，酒醉饭饱，呼群三五，跻入人丛，昭庆、断桥，嚣呼嘈杂，装假醉，唱无腔曲，月亦看，看月者亦看，不看月者亦看，而实无一看者，看之。其一，小船轻幌，净几暖炉，茶铛旋煮，素瓷静递，好友佳人，邀月同坐，或匿影树下，或逃嚣里湖，看月而人不见其看月之态，亦不作意看月者，看之。①

成书于明代的《水浒传》中也有大量的节日民俗描写。例如在端午佳节之时，梁中书府中就大排筵宴：

> 时逢端午，蕤宾节至。梁中书与蔡夫人在堂家宴，庆贺端阳。但见：盆栽绿艾，瓶插红榴。水晶帘卷虾须，锦绣屏开孔雀。菖蒲切玉，佳人笑捧紫霞杯；角黍堆金，美女高擎青玉案。食烹异品，果献时新。弦管笙簧，奏一派声清韵美；绮罗珠翠，摆两行舞女歌儿。当筵象板撒红牙，遍体舞裙拖锦绣。逍遣壶中闲日月，遨游身

---

① （明）张岱：《西湖梦寻》，上海古籍出版社2001年版，第62页。

外醉乾坤。①

这段文字句式整饬，语言华美，极言梁中书府中端午家宴的豪奢之气，食物均为异品菜肴、时新水果，器具则有紫霞杯、青玉案，更兼身边服侍的一众美女，生动显示出梁中书生活之奢靡，也表现出两宋之时城市中人对端午佳节的看重。同样是端午节的家宴，小王都尉府中的饮宴则更为惊艳：

> 香焚宝鼎，花插金瓶。仙音院竞奏新声，教坊司频逞妙艺。水晶壶内，尽都是紫府琼浆；琥珀杯中，满泛着瑶池玉液。玳瑁盘堆仙桃异果，玻璃碗供熊掌驼蹄。鳞鳞脍切银丝，细细茶烹玉蕊。红裙舞女，尽随着象板鸾箫；翠袖歌姬，簇捧定龙笙凤管。两行珠翠立阶前，一派笙歌临座上。②

同为端午家宴，这段文字描述的宴席显然比梁中书的更上一个档次。单就菜肴而言，出现了仙桃异果、熊掌驼蹄、鳞鱼脍丝等，饮用之物则有紫府琼浆和瑶池玉液，饮宴用具也尽是水晶壶、琥珀杯、玳瑁盘、玻璃碗。种种物件都表明饮宴的主人并不是普通的市民，也绝非一般的官员，从而彰显出小王都尉的皇亲身份。而这顿精心准备的端午家宴也正是为了招待当时的端王（后来的宋徽宗），自然与梁中书府中的饮宴不同。

在清代，纪实类叙事文学的写作得到了进一步的丰富和完善，有反映情怀和描写秦淮一代地域风情的《秦淮画舫录》，也有古代以景观人文为

---

① （明）施耐庵、罗贯中：《水浒传》，人民文学出版社1997年版，第171页。
② （明）施耐庵、罗贯中：《水浒传》，人民文学出版社1997年版，第19页。

主的笔记类小说集大成之作《扬州画舫录》，其间的人文风俗内容描写更为翔实细致，在节日的城市氛围描写中，也有着十分客观的记录。《扬州画舫录》中关于画舫节日间的盛况不难看出些许端倪。

> 画舫有市有会，春为梅花、桃花二市，夏为牡丹、芍药、荷花三市，秋为桂花、芙蓉二市；又心月财神会市，三月清明市，五月龙船市，六月观音香市，七月盂兰市，九月重阳市。每市，游人多，船价数倍。①

除《扬州画舫录》之外，《松窗梦语》在节日的氛围和气息营造及人文风俗的描写上，也有着一定的笔墨。作为清代笔记小说之一，《松窗梦语》在内容表现上虽难与《聊斋志异》《阅微草堂笔记》一类传世佳作相提并论，但在城市人文环境描写上仍有其独到之处：

> 元宵赏灯，始于汉祠太乙。今上元观灯，是其遗风。唐敕金吾弛禁三夜，宋增为五夜，至今因之。惟闻宫禁鳌山高十余层，饰以金碧，灯如星布，极其侈靡，而皇亲贵戚亦视效之。若民俗，最盛于杭，以皮绢纱纸之灯，皆产于此。而南北贵重如闽中珠灯、白下角灯、滇南料丝灯，皆萃焉。民间跨街构木为坊，饰以彩绘。至暮，灯火相望，金鼓相闻，一时男女塞途，竞相追逐，他省所无。②

明代的章回小说《水浒传》也对元宵节的赏灯场景进行了诸多描写，如小说第三十三回中就讲述了宋江在清风镇过元宵节的情景：

---

① （清）李斗：《扬州画舫录》，中华书局 2007 年版，第 94 页。
② （明）张瀚：《松窗梦语》，上海古籍出版社 1985 年版，第 197 页。

且说这清风寨镇上居民商量放灯一事，准备庆赏元宵，科敛钱物，去土地大王庙前扎缚起一座小鳌山，上面结采悬花，张挂五七百碗花灯。土地大王庙内，逞应诸般社火。家家门前扎起灯棚，赛悬灯火。市镇上，诸行百艺都有。虽然比不得京师，只此也是人间天上。当下宋江在寨里和花荣饮酒，不觉又早是元宵节到。至日，晴明得好。花荣到巳牌前后，上马去公廨内点起数百个军士，教晚间去市镇上弹压；又点差许多军汉，分头去四下里守把栅门。未牌时分，回寨来邀宋江吃点心。宋江对花荣说道："听闻此间市镇上今日晚点放花灯，我欲去观看观看。"

……

当晚，宋江和花荣家亲随梯己人两三个，跟随着宋江缓步徐行。到这清风镇上看灯时，只见家家门前搭起灯棚，悬挂花灯，不计其数。灯上画着许多故事，也有剪采飞白牡丹花灯，并荷花芙蓉异样灯火。四五个人手厮挽着，来到土地大王庙前，看那小鳌山时，怎见的好灯？但见：

山石穿双龙戏水，云霞映独鹤朝天。金莲灯，玉梅灯，晃一片琉璃；荷花灯，芙蓉灯，散千团锦绣。银蛾斗采，双双随绣带香球；雪柳争辉，缕缕拂华幡翠幕。村歌社鼓，花灯影里竞喧阗；织女蚕奴，画烛光中同赏玩。虽无佳丽风流曲，尽贺丰登大有年。①

文中所说的灯棚是指结扎各式花灯的彩楼或者百戏艺人献艺的灯棚，据《西湖老人繁盛录》记载，南宋庆元年间，每逢元宵灯节，杭州"南至龙山，北至北新桥，四十里灯光不绝。……州府扎山棚，三狱放灯"，"亲

---

① （明）施耐庵、罗贯中：《水浒传》，人民文学出版社 1997 年版，第 431 页。

王府第、中贵宅院。奇巧异样细灯，教人睹看"①。宋代吴自牧的笔记《梦
梁录》中也在"元宵"条下记"大内前缚山棚，对宣德楼，悉以彩结，山
沓上皆画群仙故事，左右以五色彩结文殊、普贤，跨狮子、白象，各手指
内五道水出"②。两宋之时城市中元宵节的灯火展演由此可见一斑。

《水浒传》第二次对元宵节灯会的描写是河北大名府的元宵之夜，由
于大名府是北宋的大城市，元宵节的灯会自然更加热闹：

> 　　且说北京梁中书唤过李成、闻达、王太守等一干官员商议放灯一
> 事。梁中书道："年例北京大张灯火，庆赏元宵，与民同乐，全似东
> 京体例。如今被梁山泊贼人两次侵境，只恐放灯因而惹祸。下官意欲
> 住歇放灯，你众官心下如何计议？"闻达便道："可以传下钧旨，晓示
> 居民：比上年多设花灯，添扮社火，市心中添搭两座鳌山，照依东京
> 体例，通宵不禁，十三至十七放灯五夜。"
>
> 　　这北京大名府是河北头一个大郡，冲要去处。却有诸路买卖，云
> 屯雾集，只听放灯，都来赶趁。在城坊隅巷陌，该管厢官每日点视，
> 只得装扮社火。豪富之家，各自去赛花灯，远者三二百里去买，近者
> 也过百十里之外。便有客商，年年将灯到城货卖。家家门前扎起灯
> 棚，都要赛挂好灯，巧样烟火。户内缚起山棚，摆放五色屏风炮灯，
> 四边都挂名人画片并奇异古董玩器之物。在城大街小巷，家家都要点
> 灯。大名府留守司州桥边搭起一座鳌山，上面盘红黄纸龙两条，每片
> 鳞甲上点灯一盏，口喷净水。去州桥河内周围上下，点灯不计其数。
> 铜佛寺前扎起一座鳌山，上面盘青龙一条，周回也有千百盏花灯。翠
> 云楼前也扎起一座鳌山，上面盘着一条白龙，四面灯火不计其数。原

---

① （宋）西湖老人：《西湖老人繁盛录》，中国商业出版社 2007 年版，第 98 页。
② （宋）吴自牧：《梦梁录》卷十六，中华书局 1985 年版，第 21 页。

来这座酒楼，名贯河北，号为第一。上有三檐滴水，雕梁绣柱，极是造得好。楼上楼下，有百十处阁子。终朝鼓乐喧天，每日笙歌聒耳。城中各处宫观寺院佛殿法堂中，各设灯火，庆赏丰年。三瓦两舍，更不必说。①

以小说的描写来看，河北大名府的元宵节比清风寨的元宵节要热闹许多，除了"六街三市，各处坊隅巷陌，点放花灯，大街小巷，都有社火"，"灯火家家有，笙歌处处楼"，更言明是年例大张灯火，与民同乐，通宵不禁，十三至十七放灯五夜。城市中的商贾也趁机做起生意："诸路买卖，云屯雾集，只听放灯，都来赶趁。"大名府元宵节的灯火也与众不同："五色屏风炮灯四边都挂名人画片并奇异古董玩器之物"，这样一来整个城市都充满着节日的氛围。

作为北宋都城的东京汴梁更是一个繁华的都市，《水浒传》对于东京汴梁的元宵节也进行了详细描绘：

故宋时，东京果是天下第一国都，繁华富贵，出在道君皇帝之时。当日黄昏，明月从东而起，天上并无云翳。宋江、柴进扮作闲凉官，戴宗扮作承局，燕青扮为小闲，只留李逵看房。四个人杂在社火队里，取路哄入封丘门来，遍玩六街三市，果然夜暖风和，正好游戏。转过马行街来，家家门前扎缚灯棚，赛悬灯火，照耀如同白日。正是：楼台上下火照火，车马往来人看人。

……

四个且出小御街，径投天汉桥来看鳌山。正打从樊楼前过，听得楼上笙簧聒耳，鼓乐喧天，灯火凝眸，游人似蚁。

---

① （明）施耐庵、罗贯中：《水浒传》，人民文学出版社 1997 年版，第 869 页。

……

过了一夜，次日正是上元节候，天色晴明得好。看看傍晚，庆赏元宵的人不知其数。古人有一篇《绛都春》词，单道元宵景致：融和初报。乍瑞霭霁色，皇都春早。翠幰竞飞，玉勒争驰都闻道。鳌山彩结蓬莱岛，向晚色双龙衔照。绛霄楼上，彤芝盖底，仰瞻天表。缥缈。风传帝乐，庆玉殿共赏，群仙同到。迤逦御香，飘满人间开嬉笑。一点星球小，渐隐隐鸣梢声杳。游人月下归来，洞天未晓。①

因为是北宋都城，东京汴梁的元宵节更显繁华富贵之气。不仅街上布置如同仙界，富贵人家甚至妓院都有华丽的灯饰。既有"试灯"，又有"正灯"，还有"残灯"。宋徽宗也对元宵节开了特例：一是"金吾弛禁，特许夜行"，二是允许未出阁女孩出门上街，天子同各级官员都须与民同乐。由于城市管理政策的宽松，东京汴梁的元宵之夜更加热闹繁华。

总体来看，明清时期叙事文学在进行节日风俗的内容描写的过程当中，带有很多有着前朝典故的书写，往往会将节日的来龙去脉和节日的盛况予以较为细致的描述和讲解。这使得在节日进行研究考证的过程当中，有更多的资料可以参考。在实际民间文学的创作和发展过程当中，也是可以作为参考和借鉴的重要蓝本。

二、节气习俗

除了大家所熟知的庆典、节日之外，二十四节气也是表现地域特色和民俗风情的一大重点领域。二十四节气是我国传统文化在农耕文明时期所产生的，与农务耕作及气候变化有着很大程度的关联，从很大程度上能够反映气候与农作物状态上的变化，正因如此，不同地区与不同节气形成了

---

① （明）施耐庵、罗贯中：《水浒传》，人民文学出版社 1997 年版，第 941 页。

十分具有特色的人文风俗，这样的内容在纪实类叙事文学当中呈现得较多，如《帝京景物略》《西湖梦寻》《扬州画舫录》《板桥杂记》中都有一定的篇幅书写，而部分地区的节日风俗还带有一定的少数民族气息。在众多节气的人文风俗描写下，我们可以看到各个地区的气候特点以及当地综合环境给人民生活所带来的长期影响。

在明代的纪实类叙事文学中，关于节气的内容描写是有文献资料可以追溯的，如在《帝京景物略》中对于京城立春这一时节的风俗礼仪就有一定的叙述：

> 立春候，府县官吏具公服，礼勾芒，各以彩仗鞭牛者三，劝耕也。退，各以彩仗赠贻所知。按造牛共法，日短至，辰日，取土水木于岁德之方。木以桑柘，身尾高下之度，以岁八节四季，日十有二时，踏用府门之扇，左右以岁阴阳，牛口张合，尾左右缴。芒立左右，亦以岁阴阳，以岁干支纳音之五行。三者色，为头身腹色。日三者色，为角、耳、尾，为膝胫，为蹄色，以日支孟仲季为笼之索，柳鞭之结子之麻苎丝。①

明代关于节气的叙事文学描写内容较少。发展到清代，随着文化交流、融合的密切、交通的逐步发达，人们对于不同地区风俗文化的了解更为透彻，关于节气、人文、风俗的内容记叙变得更为多样化，《扬州画舫录》《秦淮画舫录》都是描写节气下人文风俗内容较多的笔记小说著作。从内容书写的比例来看，小说对于节气人文风俗的描写依然带有一定的地域性，但是对于全国之内城市人文风貌都有一定的涉及。《扬州画舫录》对于江南一带的城市风情及节气中的风俗描写是较为细致的，人物的动作

---

① （明）刘侗：《帝京景物略》，故宫出版社 2013 年版，第 86 页。

生活习惯等均罗列在内：

> 叶公坟，明刑部侍郎叶公相之墓也。墓后土阜，高十余丈，前临
> 小迎恩河，右有石桥，土人称之为叶公桥。相传为骆驼地，其上石
> 枋、石几、翁仲、马羊，陈列墓道。里人于清明时坟上放纸鸢，掷瓦
> 砾于翁仲帽上，以卜幸获，谓之"飞"。重阳于此登高，浸以成俗。①

《扬州画舫录》中对于节气的描写远不止此一处，对于一些冬天所产
生的特殊行为在文中也会有一定的描写，而这样的描写往往能够呈现出部
分社会群体的客观特征，也对人文风俗的起因和发展脉络有一定程度的
说明：

> 新教场在西峰司徒庙神道下，南围蜀冈三峰，北列江上诸山，东
> 接破山口，西绕新河。乾隆庚寅，白秋斋云上镇扬州，相度是地以
> 农隙讲武，正月择吉辰操演，谓之游府出行；九月祭旗熹，谓之迎霜
> 降，二者皆湖上嘉会。后公自中河告休，寓居江都，与山僧相往还。
> 一日早，乘青马登平山堂与寺僧吃蔬面，忽有所感，肩舆而归，遂
> 卒。卒时湖上人皆见公乘青马上蜀冈而去云。②

相对于节日而言，节气的描写内容篇幅相对较少，但是也能从客观上
反映出人们在实际生活过程中随着气候及耕种阶段的不同时期发生的行为
变化，无论是《帝京景物略》，还是《扬州画舫录》，其中对于节气、人文、
风俗的描写，都有着相关的历史缘由说明和记载，这让很多代代相传的特

---

① （清）李斗：《扬州画舫录》，中华书局 2007 年版，第 27 页。
② （清）李斗：《扬州画舫录》，中华书局 2007 年版，第 238 页。

殊风俗和行为习惯有了更多可以追溯和考证的重要资料。

整体来看，无论是关于节日还是节气的城市人文环境描写，纪实类叙事文学所占篇幅都远远大于杂俎与志怪类笔记小说。在实际描写的过程当中，纪实类叙事文学关于城市中的典故内容描写更为细致。对于城市环境的客观真实还原所起到的作用是纪实类叙事文学功能性的一大体现。由于明清时期文化融合的加速及交通条件的大力改善，不同地区之间的交流变得更为容易，对于不同地区的文献梳理与总结也变得更为精炼，这对明清城市题材叙事文学的兴盛起到了重要的促进作用。

第二节　生活习俗：地域文化的集中体现

除了特定的节气习俗之外，城市中的日常生活习俗也是明清叙事文学着重表现的内容。城市中的人们有自己习以为常的生活习惯，不同城市的人们日常习惯也会千差万别，这种生活习俗的差异性也是地域文化的生动体现。明清叙事文学在描述城市生活习俗的时候，也注意到了不同城市之间的差异性，凸显出地域文化的不同。

一、饮食习俗

无论生活在城市还是乡村，饮食永远是头等大事。饮食习俗也在城市文化中扮演着极为重要的角色，明清叙事文学中对于饮食的描写自然尤为注重。在《水浒传》中就出现了诸多关于饮食的精彩描写。其中在第九十回中就讲述了宋徽宗设御宴的场景：

> 天子命光禄寺大设御宴。怎见的好宴？但见：香焚宝鼎，花插金瓶。挂虾须织锦帘栊，悬翡翠销金帐幕。武英宫里，屏帷画舞鹤飞

鸾；文德殿中，御座描盘龙走凤。屏开孔雀，列华筵君臣共乐；褥隐芙蓉，设御宴文武同欢。珊瑚碟仙桃异果，玳瑁盘凤髓龙肝。鳞鳞脍切银丝，细细茶烹玉蕊。七珍嵌箸，好似碧玉琉璃；八宝装匙，有如红丝玛瑙。玻璃碗，满泛马乳羊羔；琥珀杯，浅酌瑶池玉液。合殿金花翠叶，满筵锦绣绮罗。①

由于是天子的御宴，陈设排场自然是与众不同。不仅有专门负责安排御宴的机构，参与的人员也地位极高。佐酒的菜肴也是仙桃异果、凤髓龙肝、马乳羊羔，器皿也是珊瑚碟、玳瑁盘、七珍嵌箸、八宝装匙，尽显皇家气象。

与之形成鲜明对比的则是普通市民阶层的日常饮食场景。在第四回中，金翠莲父女为了答谢鲁智深的搭救之恩，专门设宴招待：

老儿接了杆棒包裹，请到楼上坐定。老儿分付道："我儿陪待恩人坐一坐，我去安排来。"鲁达道："不消多事，随分便好。"老儿道："提辖恩念，杀身难报。量些粗食薄味，何足挂齿。"女子留住鲁达在楼上坐地，金老下来，叫了家中新讨的小厮，分付那个丫嬛一面烧着火，老儿和这小厮上街来，买了些鲜鱼、嫩鸡、酿鹅、肥鲊、时新果子之类归来。一面开酒，收拾菜蔬，都早摆了，搬上楼来，春台上放下三个盏子，三双箸，铺下菜蔬果子下饭等物。②

相比皇宫中御宴，普通市民的家宴显得有些简单，吃食也只是些鲜鱼、嫩鸡、酿鹅、肥鲊和时新果子。但也表现出家常、实惠的一面，充满

---

① （明）施耐庵、罗贯中：《水浒传》，人民文学出版社 1997 年版，第 1159 页。
② （明）施耐庵、罗贯中：《水浒传》，人民文学出版社 1997 年版，第 55 页。

着生活的情趣和浓浓的市井气息。

同是在路边的酒馆就餐，林冲的这次饮酒就带有别样的气息：

> 林冲径到店里，主人道："客人那里来？"林冲道："你认得这个葫芦么？"主人看了道："这葫芦是草料场老军的。"林冲道："如何便认的？"店主道："既是草料场看守大哥，且请少坐。天气寒冷，且酌三杯权当接风。"店家切一盘熟牛肉，荡一壶热酒，请林冲吃。又自买了些牛肉，又吃了数杯。就又买了一葫芦酒，包了那两块牛肉，留下碎银子，把花枪挑了酒葫芦，怀内揣了牛肉，叫声相扰，便出篱笆门，依旧迎着朔风回来。①

此时的林冲因高太尉的陷害而惨遭充军发配，在沧州牢城营负责看管草料场，正是人生落魄之时。在此境遇之中，林冲无意间发现了这家小店，为了抵御寒冷，在小酒馆中买了熟牛肉和一壶热酒。相比之前的饮宴而言，这顿饭甚是简单，只能算作是充饥。这样的描写更显出林冲此时的落魄境遇，但与此同时，作者反复提及"牛肉"和"酒"又充满着豪迈与英武之气，与林冲的好汉本质相合。

《水浒传》在第二十四回中也描写了市井之间的一次寻常饮食活动：

> 不多时，王婆买了些见成的肥鹅熟肉，细巧果子归来，尽把盘子盛了果子，菜蔬尽都装了，搬来房里桌子上，看着那妇人道："娘子且收拾过生活，吃一杯儿酒。"那妇人道："干娘自便，相待大官人。奴却不当。"那婆子道："正是专与娘子浇手，如何却说这话？"王婆

---

① （明）施耐庵、罗贯中：《水浒传》，人民文学出版社1997年版，第138页。

将盘馔都摆在桌子上。三人坐定，把酒来斟。①

　　这段描写看似十分寻常，但生动再现了北宋市井中人的日常饮食风貌。王婆为了招待潘金莲，很快在街面上买回了现成的肥鹅熟肉和细巧果子。由此可见，在当时城市之中，已经有大量从事日常生活用品经营的店铺。因此城市中人的日常饮食变得方便又快捷。

　　成书于清代的《红楼梦》也有大量对于城市之中日常饮食的描写。如第七十五回就描写了贾府之中的一次日常饮食。此时的贾府已经渐渐流露出几分颓败的光景，因而这次家庭聚餐也有些不同之处：

　　　　说话之间，早有媳妇丫鬟们抬过饭桌来，王夫人尤氏等忙上来放箸捧饭。贾母见自己的几色菜已摆完，另有两大捧盒内捧了几色菜来，便知是各房另外孝敬的旧规矩。……王夫人笑道："不过都是家常东西。今日我吃斋，没有别的。那些面筋豆腐老太太又不大甚爱吃，只拣了一样椒油莼齑来。"……鸳鸯又指那几样菜道："这两样看不出是什么东西来，大老爷送来的。这一碗是鸡髓笋，是外头老爷送上来的。"……贾母因问："有稀饭吃些罢了。"尤氏早捧过一碗来，说是红稻米粥。贾母接来吃了半碗，便吩咐："将这粥送给凤哥儿吃去，"又指着"这一碗笋和这一盘风腌果子狸给颦儿宝玉两个吃去，那一碗肉给兰小子吃去"②。

　　此时的贾府因为日渐萧条，在贾母等人的要求下精简了菜肴，因此只有几样菜肴，但"各房另外孝敬的旧规矩"还是没有变。由此一来，这样

------

① （明）施耐庵、罗贯中：《水浒传》，人民文学出版社1997年版，第324页。
② （清）曹雪芹、高鹗：《红楼梦》，人民文学出版社1982年版，第324页。

的晚餐便带有着别样的气氛：一方面流露着些许哀伤气息，另一方面又为了家族颜面而刻意讲求排场。家族中用餐之人也竭尽所能地赔着笑脸。而此时的贾府掌门人贾母面对一众吃食也毫无胃口，只吃了半碗红稻米粥，却又令人将鸡髓笋和风腌果子狸给宝玉和黛玉送去，在寻常家宴之中流露出难得的温情。

二、求吉习俗

早在两千多年前，老子就对"求吉信仰"进行了探讨，"祸兮福之所倚，福兮祸之所伏"，生命是互相依存，福祸也是相互依存的，对于城市居民来说，各种各样的意外，都有可能导致人财两空、家破人亡。因此，身上的负重越多，不被命运捉弄、追求快乐、充实生活的愿望就越强烈，这就演变成了特殊的"求吉信仰"。一般而言，市民阶级所追求的"吉"大体包括福、禄、寿、财、喜五大方面，贯穿在生活中的各个方面。

李岳瑞《悔逸斋笔乘》中，主人公李芬是一个算命先生出身，为了吃饱饭便弃文从武，投入行伍。后因军队中的士兵都是文盲，李芬却能掐会算，被大家视为神人。每一次开战前，士兵们都要求神问卜，祈求战争胜利。在城市生活中，善男信女卜卦求福习俗自古就有，卜卦完全适应了人们求福、求平安的心理，满足人们祈求好运的心理倾向。因此，民间卜卦先生所设的卦，无论吉卦还是凶卦，"都是鼓励人们求福报、战病魔、避灾祸"。很明显，这些卦词都是为适应人们求好运、求福禄而设的，从而使人们信服，使人们一次又一次地愿意花钱卜卦，在本质上就是"求吉信仰"的一种体现。

明清时期，很多城市向来有赏月、咏月与拜月的风气。最具代表性的是中秋拜月习俗。中秋赏月本是华夏大地普遍存在的民俗，只是在城市似乎更有代表性，也更具文化底蕴。李斗《扬州画舫录》中记载："临水开轩，供养太阴，绘缯亭彩幄为广寒清虚之府，谓之月宫纸。列素娥于饼上，谓之月宫人，银钩尽卷，舟随湾转，树合溪回，如一幅屈膝灯屏也。"①在一系列活动中寄托着对生活圆满、祈福求吉的美好愿望。值得一提的是，虽然古今无数文人墨客赏月、咏月，但当地城里的风俗是"男不拜月，女不祭灶"，月亮是女人的专利，"用纸绢做宝塔，士女围饮"就是这种习俗的具体体现。

城市民间的诸神信仰一般分为四类：第一位是自然之神，天、地等；第二位是英雄神，关帝、天师等；第三位是宗教神，佛祖等；第四位是家族神，灶王爷等。在城市民间信仰中，这四种神灵几乎互不相干，彼此能够和谐相处。三面佛、菩萨、皇帝、四方神，很多地方都会有这样不分上下的风俗，城市也不例外。值得一提的是，城市市民对众神的崇拜中，存在着一种非常明显的功利倾向。这一功利倾向甚至扭曲了纯宗教信仰，使神灵崇拜带有强烈的世俗色彩。

城市民间传说除皇天后土崇拜外，对龙神的崇拜也各具特色。《柳毅传书》是一部以城市和龙为主题的传奇作品，里面有主人公通过与龙一族签订契约而致富的故事。同《张生煮海》相比，这种情节所包含的主题，似乎不再局限于写男女之间的浪漫爱情，而是强调了对世俗欲望的满足。除了想象中的龙神，城市省会中的赛龙舟也在笔记中多次出现。清代于邕《花烛闲谈》记载两湖一带竞技性赛龙舟的情形，各个城市都有各自的龙船会所造龙船，主要供市民来观赏："船长十余丈，前为龙首，中为龙腹，后为龙尾，各占一色，执之者谓之'拿尾'。尾长丈许，牵彩绳令小儿水嬉，谓之'掉梢'。有'独占鳌头'、'红孩儿拜观音'、'指日高升'诸戏。"

从根本上讲，所谓"自然崇拜"，实质上是指对天、地、山、草、鸟的精神信仰和崇拜。这种现象在城市中很常见，人口的聚集和城市的发

---

① （清）李斗：《扬州画舫录》，中华书局 2007 年版，第 138 页。

展，各种各样的宗教能够在城市中传播，主要是因为城市的历史有一个起伏的过程，城市很容易在国家变动的时候幻灭，也很容易将一切生命带入到黑暗中，与命运、幽灵、死亡联系起来。因此，在明清叙事文学中，城市里的各种祭祀活动层出不穷，不仅有城市人对美好生活的憧憬和向往，也有灾祸发生时的呻吟与哀伤，以及对社会生活的价值评判等。明清两代的叙事文学是当时城市民俗信仰的真实写照，通过对文本的分析，可以捕捉当时城市精神的脉动，使之再现眼前，以城市的角度重新审视城市民间信仰。

对于市民阶层的求吉习俗，《红楼梦》中有着诸多生动的表述。在第五十三回中，小说就详细讲述了宁国府祭祀宗祠的场景：

已到了腊月二十九日了，各色齐备，两府中都换了门神、联对、挂牌，新油了桃符，焕然一新。宁国府从大门、仪门、大厅、暖阁、内厅、内三门、内仪门并内塞门，直到正堂，一路正门大开，两边阶下一色朱红大高照，点的两条金龙一般。次日，由贾母有诰封者，皆按品级着朝服，先坐八人大轿，带领着众人进宫朝贺，行礼领宴毕回来，便到宁国府暖阁下轿。诸子弟有未随入朝者，皆在宁府门前排班伺候，然后引入宗祠。

……

只见贾府人分昭穆排班立定：贾敬主祭，贾赦陪祭，贾珍献爵，贾琏、贾琮献帛，宝玉捧香，贾菖贾菱展拜垫，守焚池。青衣乐奏，三献爵，拜兴毕，焚帛奠酒。礼毕，乐止，退出。众人围随贾母至正堂上，影前锦幔高挂，彩屏张护，香烛辉煌。上面正居中悬着宁荣二祖遗像，皆是披蟒腰玉；两边还有几轴列祖遗影。贾荇贾芷等从内仪门挨次列站，直到正堂廊下。槛外方是贾敬、贾赦，槛内是各女眷。①

　　从这段文字可以看出，贾府这样的城里大户人家对于祭祀宗祠一事十分的重视。单是贾府为祭宗祠前期所做的准备工作，就不是一般小富之家所能想象的，从参加祭祀人员的衣着到祭祀的流程皆有明确的规定，而到了真正祭祀之时，则更是隆重。

　　除了家中的祭祖活动，贾府对于外出打醮祈福活动也十分看重。《红楼梦》第二十九回就记载了贾母一干人等前往清虚观打醮的经过。由于是在宫里的贾元春授意自己的娘家打平安醮，贾府众人自然十分重视，于是全家出动、声势浩荡：

　　　　到了初一这一日，荣国府门前车辆纷纷，人马簇簇。那底下凡执事人等，闻得是贵妃作好事，贾母亲去拈香，正是初一日乃月之首日，况是端阳节间，因此凡动用的什物，一色都是齐全的，不同往日。少时，贾母等出来。贾母坐一乘八人大轿，李氏、凤姐儿、薛姨妈每人一乘四人轿，宝钗、黛玉二人共坐一辆翠盖珠缨八宝车，迎春、探春、惜春三人共坐一辆朱轮华盖车。然后贾母的丫头鸳鸯、鹦鹉、琥珀、珍珠，林黛玉的丫头紫鹃、雪雁、春纤，宝钗的丫头莺儿、文杏，迎春的丫头司棋、绣桔，探春的丫头侍书、翠墨，惜春的丫头入画、彩屏，薛姨妈的丫头同喜、同贵，外带着香菱，香菱的丫头臻儿，李氏的丫头素云、碧月，凤姐儿的丫头平儿、丰儿、小红，并王夫人两个丫头也要跟了凤姐儿去的金钏、彩云，奶子抱着大姐儿带着巧姐儿另在一车，还有两个丫头，一共又连上各房的老嬷嬷奶娘并跟出门的家人媳妇子，乌压压的占了一街的车。贾母等已经坐轿去

①　（清）曹雪芹、无名氏：《红楼梦》，人民文学出版社2008年版，第723页。

了多远，这门前尚未坐完。①

　　贾府全家出动的场面在小说中并不多见，作者在讲述这段独特的经历时，也是极尽详细，甚至连主子的丫鬟，都一一介绍。这种翔实的描写使小说更有画面感，令读者产生直观的印象。《红楼梦》对于贾府打醮经历的讲述显现出贾府豪阔的一面，也是清代城市生活的一个侧面。

　　除了市民阶层外，明清叙事文学中也记叙了各级官员的祭祀活动。在明清时期，这些官员都是属于贵族阶层，属于平民的管理者。在《西游记》中，土地有土地神管理，山川有山神管理，即便是一棵树，也有树精管理。这告诉读者，在明清时期，即便是山涧丘陵，无人问津的黄土地，都是有人管着的，外人是不可随便干涉的。再加上古代官员们天生的优越感，让他们认为自己是"文曲星下凡"，因此，就有了"官神"的崇拜。官神崇拜的最早来源，至今尚无定论，但明清时期的各种野史、笔记小说等文献中，都有大量的描写和记录。如袁枚的《子不语》、李伯元的《官场现形记》、汪辉祖的《学治臆说》、李绿园的《歧路灯》，都有相关的记载。这也充分证明了在明清时期，官神是最受欢迎的。一般说来，中国的神明极少是纯粹的抽象的神，大部分神生来就是人，死后成了神，这是一种人格和精神价值的升华。因此，在中国古代人眼中，神就是圣人。譬如韩愈、沈约、岳飞，都是朝廷中的重臣、贤臣、廉吏，才干、业绩、品德都是极好的，只有这种人才能称为官神。而这与市民阶级的诸神崇拜有着明显的差别。

　　《论语》有云："子不语怪力乱神"，对鬼魂的态度在中国传统儒教中本来是回避的。但随着城市社会生活发展、思想的解放、各种宗教色彩

---

① （清）曹雪芹、无名氏：《红楼梦》，人民文学出版社 2008 年版，第 723 页。

的印染，市民阶层的鬼神之说开始迸射出巨大的影响力。关于"鬼"的探讨，在中国古典文学中也有所体现，因为鬼神总有其特殊之处。从《搜神记》到蒲松龄的《聊斋志异》，再到《子不语》，纵观中国文学发展的历史历程，鬼的形象可谓令人印象深刻。即便是在现代社会，以鬼神为主题的小说也能列出一长串的名单。在明清时期，鬼神之说是与城市生活密切相关的，鬼神题材的作品中可能反映出更为真实的民间信仰。鬼的概念有两个来源。一是泛灵论，二是生命转世说。万灵论形成的先决条件，是形态与精神能够分开的信仰。最能体现"敬鬼远之"和生命循环的关系，是葬礼文化中的"回煞避告"习俗。

　　沈复《浮生六记》中有记载："民俗回煞之期，俗传是日魂必随煞而归，故居中铺设一如生前，且须铺生前旧衣于床上，置旧鞋于床下，以待魂归瞻顾，邗江俗例，设酒肴于死者之室。一家尽出，谓之'避告'。以故有因避被窃者。芸娘告期，房东因同居而出避，邻家嘱余亦设肴远避。"① 沈复的描述并不是很清晰。"回煞之期"或许当时的读者都能心领神会，但对于现代人来说，只能去联想。对于此，有学者认为回煞之期说的是"头七"，也就是人死之后"七日回魂"。事实上，这样的描述是错误的。而这位煞神，究竟是什么，却是一无所知。小说描述了作家在回煞期非但没有逃避，反而希望能与自己的妻子再见一面。他的同乡在门口守着，称为"坐夜"。《浮生六记》里有记载，"坐夜"是"守灵"的一种说法，等到鬼回魂之期，一家人外出躲避凶灵，往往会引来小偷，于是请了亲友做伴，避免出现不吉利的事情。这就是所谓的"坐夜宴"。从这点来看，这个解释与当下的丧葬习俗有很大的相似之处。

　　除了鬼魂丧葬文化外，各种树精、狐狸精、画皮鬼，也是明清笔记

---

① （清）沈复：《浮生六记》，中华书局2018年版，第117页。

小说中经常出现的意象。《聊斋志异》中，蒲松龄将那些神出鬼没的鬼怪刻画得栩栩如生，将那阴森、神秘的黑暗世界描写得有声有色。蒲松龄以"鬼"形象和"冥界"的主观情感感化来表现其对"现实死亡"的残酷状态的反抗。《聊斋志异》中的"阴间"仍保持着阴冷、潮湿等传统宗教特征。蒲松龄努力把冥府世俗化和具体化，让那些对死亡没有反抗之力的人有了活下去的希望。《聊斋志异》中的许多怨灵围绕着活人，渴望着人间的家，渴望着世间的美好爱情、温馨的亲情和深厚的友情。就拿《聊斋志异》来说，阴间也有类似于人间的社会，有房屋，有村庄。《伍秋月》中王鼎向秋月问道："冥中亦有城郭否"，秋月："等尔。冥间城府，不在此处，去此可三四里。但以夜为昼。"①这表明，冥界也是有城市的，鬼魂之间可以同凡间的人相互交流，而且，冥界也遵循着凡间的礼节。比如《水莽草》中，祝生和他的鬼妻子寇三娘一同留在阳间伺候着母亲；《公孙九娘》里的朱生，则是让莱阳生来阳间主持婚礼。可以说，明清笔记小说中的鬼怪形象"恢复"了早逝的生命的生机与自由，让他们在充满生机的状态下超脱了死亡。小说主人公的独特个性，反映出作家在认识人生短暂的现实中，对人生和死亡的深刻同情，表现了一种富有人性意味的生命关怀。

从明清叙事文学中对于鬼魂"玄之又玄"的特点来看，这与佛教思想在明清时期的长足发展不无关系。佛教不但宣扬转世的思想，还认为转世是因缘而生。包含了世间、地狱、阿修罗界等鬼神思想。对于城市来说，这种脱胎于佛教思想，又融合了民间故事、城市传说的杂糅体，已经成为城市文化的一部分并逐渐成为最具吸引力的文化体现之一。

---

① （清）蒲松龄著，张友鹤辑校：《聊斋志异会校会注会评本》，岳麓书社 2011 年版，第 669 页。

第三节 日常片段：城市图景的散点透视

在时代逐渐发展和演变的过程当中，随着极具特色的文化和独特的经济发展模式的出现，各种各样的行业与从业人员构成了城市中独特的风景，也是历史发展进程的独特见证，无论是古代的娼妓、太监，还是街头卖艺的戏子和街边叫卖的摊贩，都是时代发展与社会进步当中所出现的产物，而正是这些特点鲜明的行业，构筑了我国封建时期在统治阶级主导下的社会发展现象。明清时代的叙事文学对于各类特色行业的总结和归纳及相关书写众多，可视为了解明清市民生活图景的重要资料和文献。如《聊斋志异》《阅微草堂笔记》《帝京景物略》《扬州画舫录》等都是具有较高参考价值的叙事文学作品。

一、琴瑟歌舞

我国的歌舞文化由来已久，从一开始用于祭祀庆典时的舞蹈和动作到后来的茶余饭后增添气氛的即兴表演都离不开音乐和舞蹈，而这样的音乐和舞蹈往往能够给人提供一定程度的精神享受，在商周时期就已经有专门进行组织排练的舞蹈机构，在当时被称为女闾，而在时代逐渐发展和进步的过程当中这一行业也在逐渐发展和完善，歌舞及乐器演奏的种类也变得更多，而在明清叙事文学中，关于这类行业的发展与变迁有着一定程度的内容描写，在带有民间色彩的内容记叙中，我们可以看到不同时代背景下的琴瑟舞者。

明代《青泥莲花记》是专门以娼妓的生平与故事作为主要内容的叙事文学，但其中的笔墨重点并不是相见之事，反而是对命运多舛的女性的描写，是对屈服在时代背景下追求思想和身份自由的杰出女性的刻画，内容不乏对封建礼教荼毒女性的深入思考与深刻批判：

　　京师娼女高三者，自幼美姿容，昌平候杨俊与之狎，犹处子也。昌平去备北边者数载，娼闭门谢客。天顺中，昌平与范都督广，为石亨所构诛。以正统十四年大驾陷土木，昌平坐视不救为不忠。二人赴市，英气不挫，杨尤挺劲，但云："陷驾者谁，今何在？吾提军救驾，杀之固宜！"亲戚故吏，无一人往者，俄有一妇人缟而来，乃娼也。杨顾谓曰："若来何为？"娼曰："来事公死。"因大呼曰："天乎，忠良死矣！"观者骇然。杨止之曰："已矣，无益于我，更累若耳。"娼曰："我已办矣。公先往，妾随至。"杨既丧元，娼恸哭，吮其颈血，以针线纽结，著于颈，顾杨氏家人曰："去葬之。"即自取练，经于旁。①

《青泥莲花记》虽然对于琴瑟舞者的历史发展和生活写照有着较为真实的反映，但至今所留下来的书籍也已然是残缺版本，很多内容已经在历史发展的过程当中出现了残缺或遗失，但对于这一职业的书写在清朝时期也有着较为详细的内容，《扬州画舫录》中就有很多关于江南一带歌舞文化发展及艺伎的文化介绍：

　　小秦淮妓馆常买棹湖上，妆掠与堂客船异。大抵梳头多双飞燕、到枕松之属。衣服不着长衫，夏多子儿纱，春秋多短衣，如翡翠织绒之属；冬多貂覆额、苏州勒子之属。船首无侍者，船尾仅一二仆妇。游人见之，或隔船作吴语，或就船拂须握手；倚栏索酒，倾卮无遗滴。甚至湖上市会日，妓舟齐出，罗帏翠幕，稠叠围绕。韦友山诗云"佳话湖山要美人"谓此。②

① （明）梅鼎祚：《青泥莲花记》，人民文学出版社 2017 年版，第 140 页。
② （清）李斗：《扬州画舫录》，中华书局 2007 年版，第 142 页。

如果说《扬州画舫录》更倾向于对于脂粉行业特色风情及整体风貌的内容书写，那《板桥杂记》更多的则是对于从艺娼妓的人物介绍和事件书写，对于当时的社会风气和人文风貌也有一定程度的客观呈现：

> 尹春，字子春，姿态不甚丽，而举止风韵，绰似大家。性格温和，谈词爽雅，无抹脂鄣袖习气，专工戏剧排场，兼擅生、旦。余遇之迟暮之年，延之至家，演《荆钗记》，扮王十朋，至《见母》、《祭江》二出，悲壮淋漓，声泪俱迸，一座尽倾，老梨园自叹弗及。余曰："此许和子《永新歌》也，谁为韦青将军者乎！"因赠之以诗曰："红红记曲采春歌，我亦闻歌唤奈何。谁唱江南断肠句，青衫白发影婆娑。"春亦得诗而泣，后不知其所终。①

当然，《板桥杂记》中也对于脂粉行业所涉及的建筑物、道具、乐器的内容进行了描写。这些内容与人物的生涯及表演技巧等内容形成联系，可以达到更为良好的表现效果：

> 教坊梨园，单传法部，乃威武南巡所遗也。然名妓仙娃，深以登场演剧为耻，若知音密席，推奖再三，强而后可，歌喉扇影，一座尽倾，主之者大增气色，缠头助采，遽加十倍。至顿老琵琶、妥娘词曲，则祇应天上，难得人间矣！②

相对于前两者而言，《秦淮画舫录》更注重的是对于脂粉家人的内容书写，对于其生平、歌唱技巧等内容的书写更为详尽，整体篇幅较短，所

---

① （清）余怀：《板桥杂记》，上海古籍出版社 2000 年版，第 49 页。
② （清）余怀：《板桥杂记》，上海古籍出版社 2000 年版，第 41 页。

能呈现出的行业风貌也较为有限：

> 　　宫雨香，名福龄。桃花颊浅，柳叶眉浓。离合神光，不可迫视。性恬雅，见客不甚作寒暄语。居邻玩花园侧，结楼曰"听春"。莳梅种竹，小室深沈。暖幕低垂，凉棚高架。时与二三心契，瀹茗清谈，辄娓娓忘倦也。吾友子固，早有盟订。及应廷试北上，殁于京邸。先为姬作折梅小照，自题四律，以志兰絮因缘。至是令兄子山寄归江南，姬披读之馀，一恸几绝。或云姬本城北担水者女。芝草醴泉，岂有根源哉！①

在我国传统文化的影响下，歌舞的发展和演变，与卖艺舞者之间的联系较为密切，而在与脂粉行业相关的内容书写中，有描写行业风貌和行业人文特点的《扬州画舫录》《秦淮画舫录》《板桥杂记》等，也有着如《青泥莲花记》一般揭露这一行业女子命运悲惨，向往自由思想的书籍，从客观上说，脂粉行业的发展确实促进了我国歌舞及音乐文化的发展与进步，但也一定程度上对妇女思想和行为自由造成了影响和约束。

二、引车叫卖

说到百姓的实际生活，总是离不开衣食住行，而古代人想要满足自己在吃穿用度上的需求，很多时候会来到集市来进行商品的购买，而有时去集市进行商品购买需要耗费大量的时间，这时就会就近选择购买地点，这也是为什么车水马龙般的街道中总有无数商贩涌现的一大原因，在很多历史文献当中都可以得到考证。明清叙事文学尤其是其中从民间视角出发进行内容写作的文学作品，往往可以较为真实地将这些市井生活当中进行商

---

① （清）捧花生：《秦淮画舫录》，上海古籍出版社 2012 年版，第 102 页。

品贩卖的行业进行较为真实的记录与撰写。

相对于音乐和舞蹈而言，市井商贩作为带有生活气息的行业，可以更多地在各地奇闻异事记载的志怪类及杂俎类笔记小说当中看到，我们所熟知的《聊斋志异》和纪昀所写的《阅微草堂笔记》当中都有较大的篇幅对此类内容进行描写，明代的《庚巳编》《古今谭概》中亦是如此，但从写作风格上来看，《帝京景物略》《扬州画舫录》一类纪实类笔记小说具有客观真实性的一面，但此类小说在进行行业记叙的过程当中更具有烟火气，主观情绪更为明显。

《古今谭概》作为讽刺意味较为浓厚的叙事文学作品，在进行商贩类人物塑造的过程当中，也带有一定的批判和讽刺意味，故事内容之中往往含有较为深刻的寓意，也对当时的社会人文环境下行业特征有一定程度的描述与说明：

> 青州鲁聪，以自丸药往外郡卖之，遇一宦，强其贱售。鲁不从，遂至诟詈。宦曰："何处人？"鲁曰："山东。"宦曰："可知愚矣！山东何曾有好人！"鲁曰："山东信无好人，只有一孔夫子！"宦有惭色。近有于考试日，鄙徐州无人才者。徐州一生出曰："敝州止出徐达等八人。"谈者愧之。苏郡文风，惟崇明为下。有陈生者，巨擘也，馆于太仓，同馆者乃本州廪生，数以海县侮之。陈艴然曰："崇明人固不才，然非我，太仓人固多才，然非汝。何得相欺！"馆生默然。①

相对于《古今谭概》而言，《庚巳编》在进行商贩的人物塑造以及行业内容描写的过程当中，带有一定的神鬼化色彩，但这种神鬼化的元素往往能够起到较好的夸张效果，将商贩身份作为故事背景衬托的同时，

---

① （明）冯梦龙：《古今谭概》，中华书局 2007 年版，第 138 页。

也能通过寓意的赋予与相应行业的发展背景相关联：

> 苏城大鹿巷唐豆腐家，以磨面为生。其子妇陆氏有弟，死四年矣。唐之季子尝昼假寐，梦陆子来语之曰："予不幸死，被罚为牛，今卖于君家。君以亲故，幸善遇我，视眼上有白翳者，乃我也。"惊觉，问之其家佣工，两日前正买二牛，一小者目果有白翳。后卖者来，说此牛适四岁矣。陆子平日与唐交易，负其直，不时输，尝誓云："我若欠钱，应作畜生偿汝。"至是人以为果报云。

《庚巳编》当中对于神鬼化色彩的故事在情节刻画以及环境表现上还有较大的提升空间，而清代的《聊斋志异》，同样是以神鬼故事为主要题材的志怪类小说，在行业内容描述的过程当中简短扼要，但是与寓意结合紧密，和时代背景也息息相关，往往能够发人深省，通过正面描写与侧面烘托相结合的方式，将市井商贩的行业状态实现更为具象化的呈现：

> 有乡人货梨于市，颇甘芳，价腾贵。有道士破巾絮衣，丐于车前。乡人咄之，亦不去；乡人怒，加以叱骂。道士曰："一车数百颗，老衲止丐其一，于居士亦无大损，何怒为？"观者劝置劣者一枚令去，乡人执不肯。肆中佣保者，见喋聒不堪，遂出钱市一枚，付道士。道士拜谢，谓众曰："出家人不解吝惜。我有佳梨，请出供客。"或曰："既有之，何不自食？"曰："我特需此核作种。"于是掬梨大啖。

《聊斋志异》在故事情节构造的过程当中，将商贩的形象描绘得十分生动具体，将生活情况中特定性格人群的实际进行表现，这也是为什么聊斋世界至今仍然能够广为流传，并被人们广泛讨论的一大原因。街边商贩作为经济贸易发展至今长期存在的职业，追求利益本无可厚非，但是若因为逐利而失去了原本的道德与善良，那就得不偿失了。而此类的内容书写在《阅微草堂笔记》当中也有一定的呈现：

> 崔崇叶，汾阳人，以卖丝为业，往来于上谷云中有年矣。一岁，折阅十余金，其曹偶有怨言，崇吁恚愤，以刀自剖其腹，肠出数寸，气垂绝，主人及其未死，急呼里胥与其妻至，问有冤耶？曰：吾拙于贸易，致亏主人资本，我实自愧，故不欲生，与人无预也。其速移我返，毋以命案为人累。主人感之，赠数十金为棺敛费。奄奄待尽而已。有医缝其肠纳之腹中，敷药结痂，竟以湖渐愈，惟遗矢从刀伤处出，谷道闭矣。后贫甚，至邀其妻，日共卖丝者怜之。[①]

总体来看，明清叙事文学对于商贩的描写较多，招揽叫卖的商贩在实际生活中没有太高的身份地位，更多的是在谋生赚取钱财补贴家用，这和封建时代的发展模式及对于文化礼仪的尊崇有着密切的联系。通过这些珍贵的历史资料，我们能够了解到处于封建时期商人的社会地位，以及在社会当中出现的常见矛盾，商人与社会其他群体之间的关系，从而对这一行业有更加准确客观的认知。

三、曲艺杂技

在封建社会逐渐发展变迁的过程当中，以戏剧唱书来逗人欢愉，赚取钱财的形式也是一种谋生手段，逐渐成为了一个行业，而这样的行业主要是通过合理的手段来进行观众的招揽，以容易吸引大众眼球的方式来进行新奇技法的表演，这个行业在技法表演上存在地域的显著区别，对于我国

---

① （清）纪昀：《阅微草堂笔记》，中华书局 2014 年版，第 936 页。

传统文化记忆的追溯与研究有着重要的意义，很多看似普通的技法，实则是后来戏曲、音乐甚至是其他文化产物的前身。而在明清叙事文学内容记录的过程当中，为了更好地表现城市人文环境，将事件的趣味性提升，戏法艺人的书写内容篇幅是较多的，特别是后世广为流传的民间故事很多都来源于明清笔记小说，其中关于戏法的内容更是不胜枚举，而这些内容主要集中于《庚巳编》《古今谭概》等志怪类及杂俎类笔记小说中。政治因素对明朝时期发展造成的影响是较大的，对于文字上的要求在一段时期内十分苛刻，也正是因此，很多作家对于前朝内容的收纳总结较多，却很少能够给予一定程度的主观评价，诸如冯梦龙所写的《智囊》《古今谭概》一类带有讽刺意味的作品流传较少，但也能够从明代笔记小说作品当中看到不同人群对于戏法艺人行业的看法和戏法的发展与传承，《古今谭概》中所言：

> 沈屯子入市，听唱书，至杨文广被围柳城，内乏粮，外阻救，蹙然兴叹不已。友拉之归，日夜忧念不置，曰："文广围困至此，何由得解？"家人因劝出游，以纾其意。忽见担竹入市者，则又念曰："竹末甚锐，道上行人必有受其刺者。"归益忧病。家人为之请巫。巫曰："稽冥籍，若来世当轮回作女人。所适夫麻哈回也，貌甚陋。"沈忧病转剧。亲友来省者慰曰："善自宽，病乃愈耳。"曰："若欲吾宽，须杨文广围解，负竹者归家，麻哈回作休书见付乃得也。"①

作为明朝时期的笔记小说，《庚巳编》虽然对于戏剧和方术的内容较少，但仍然有部分篇目会有所涉及，如下文当中提到的山西人金箔张便是其中之一：

① （明）冯梦龙：《古今谭概》，中华书局 2007 年版，第 86 页。

国初有金箔张者，山西人，自幼多技能。尝以乡人不善金箔，往学于杭，归以授之，用此得名。一日，经河南济源，其神号灵异，人有乞贷帛者，随所须浮出水。张见之曰："是恶足言神，盖伏机耳。"归即凿池，仿其制为之，已而果然。客至，勋以为戏。尝遇道人，引之观池，道人曰："吾亦有小术，君当至吾所观之。"翌日天未明，张见空中两童乘一龙，复控一龙下其家，请张升龙，龙不服，两鞭之乃得上。须臾至一山，草屋三间，道人坐其中。①

在《大明律》当中明确规定禁止戏法及戏剧的演出，故而关于明朝时期民间所流行的戏法记叙内容相对较少，元杂剧流传的也相对较少，对于戏曲及说唱艺术有一定传承的艺人，也很难在相关文献和笔记小说当中有所呈现。而发展到清代，对于戏剧的宽容程度更高，文化的交流与融合变得更加密切，因此在民间可以看得到更多的戏剧艺人。在以笔记小说为首的文学作品当中，也经常可以看到相关的记叙，《聊斋志异》中就曾经提到过关于戏法的内容：

有桶戏者，桶可容升；无底，中空，亦如俗戏。戏人以二席置街上，持一升入桶中；旋出，即有白米满升，倾注席上；又取又倾，顷刻两席皆满。然后一一量入，毕而举之，犹空桶。奇在多也。利津李见田，在颜镇闲游陶场，欲市巨瓮，与陶人争直，不成而去。至夜，窑中未出者六十余瓮，启视一空。陶人大惊，疑李，踵门求之。李谢不知。固哀之，乃曰："我代汝出窑，一瓮不损，在魁星楼下非与？"如言往视，果一一俱在。楼在镇之南山，去场三里馀。佣工运之，三

①　（明）陆灿：《庚巳编》，中华书局1987年版，第63页。

日乃尽。①

而无论是戏曲还是戏法，在古代民间传播都是极广的，而笔记小说很多都会对各地奇闻异事来进行收集，故事很多关于戏法的记叙有利对各类传承至今的戏剧和表演模式进行源头的追溯与考证，也可以对于明清时期乃至于其他时代人民文娱活动的情况有一定程度的了解，《阅微草堂笔记》中也有关于戏剧内容的表述：

> 去余家十余里，有聋者姓卫，戊午除夕，偏诣常呼弹唱家辞岁，各与以食物，自负以归。半途失足，堕枯井中。既在旷野僻径，又家家守岁，路无行人，呼号嗌干，无应者。幸井底气温，又有饼饵可食，渴甚则咀水果，竟数日不死。会屠者王以胜驱豕归，距井有半里许，忽绳断，豕逸狂奔野田中，亦失足堕井，持钩出豕。乃见聋者，已气息仅属矣。井不当屠者所行路，殆若或使之也。先兄晴湖问以井中情状，聋者曰：是时万念皆空，心已如死。惟念老母卧病，待聋子以养。今并聋子亦不得计，此时恐已哦幸，觉酸彻肝脾，不可忍耳。先兄曰：非此一念，干以胜所驱豕必不断绳。②

明清叙事文学在实践内容撰写的过程当中，对说书、唱戏的内容更多的是侧面性的描写，这一行业在民间有着较为深入的发展，而这些侧面描写足以证明，在一些地区戏剧及戏法文化的传播是较为广泛的，这一行业也在当时普遍存在，在其他与戏曲、戏法相关的历史典籍当中也可以有所考证，甚至很多戏剧经过不断的传承、发扬与改变，已经成为了我国珍贵

---

① （清）蒲松龄：《聊斋志异》，中华书局 2015 年版，第 586 页。
② （清）纪昀：《阅微草堂笔记》，中华书局 2014 年版，第 1539 页。

的非物质文化遗产并列入保护名录之内。

　　总体而言，明清叙事文学对于城市之中所存在的不同行业有一定程度的描述和记载，特别是纪实类笔记小说中，对于戏剧人、唱书人、戏法艺人、商贩与舞女等职业都有着较为客观的内容记载，很多内容素材来源于史书，具有真实性，对城市文化环境考证上更具有现实意义。志怪类笔记小说及杂俎类笔记小说当中带有一定的虚化与神鬼色彩，但对于行业内容的描述依然有较高的还原度，作为封建社会末期的两个朝代，对于前朝行业有着较高强度的归纳与总结，这为后世对于前朝行业发展变化及文化上的变迁有了更多可以参考的文本。

　　明清叙事文学在城市人文环境方面的描写十分透彻，对于市民群体，行业发展以及节日和时令下的风俗人情，都有着很多的笔墨，从明代的《苏谈》《庚巳编》《古今谭概》《帝京景物略》，到清代的《聊斋志异》《松窗梦语》《阅微草堂笔记》等作品，城市人文环境内容的描写十分丰富。部分作品虽带有一定的主观色彩，但是更多的是对于城市客观环境的真实叙述，可以通过人物、地点及现场事物的具体描述来达到更为良好的文字表现效果，并将民间文学色彩中城市环境渲染抬升至新高度。

第三章　林林总总的市民形象

　　明清时代的叙事文学在内容上有着较强的集大成性，经常会将前朝的很多故事汇集于其中。作为热衷于表现人类社会生存与发展变化的文学形式，明清叙事文学往往从多方位的角度对城市环境进行展现。也正是因此，在明清叙事文学当中，读者看到的城市人文环境会有更为清晰的历史脉络，相关作品在内容表现上也更具多样性。尤其是在纪实类的叙事文学当中，作者善于对不同人群的特点进行勾勒，塑造出的人物形象也更为生动、真实，更像是站在第三人称视角来进行城市空间的审视。这样的写作可以较为宏观地体现不同人物特点，共同塑造出时代背景下所产生的城市景观。对城市中的各色人物进行细致描写，可以从城市景观中将不同人物的存在形态予以剥离，从而将人物特点提炼出来。志怪类叙事文学的描写重点往往是故事情节及人物，故此在内容书写的过程中，对于人物的交代较为详细。同时，在城市人文环境描写的过程中，往往会用更多的文字来交代不同社会群体在实际生活过程当中的特征和习性。而在如《阅微草堂笔记》等笔记类叙事文学中，我们能够看到不同地区社会群体所展现出来的行为差异。在实际内容描述的过程中，社会群体的行为所带有较为鲜明的身份性特征也会因当地的实际情况而产生适应性的变化。在作者笔下，既有手握强权的朝廷官员，衣食无忧的乡绅大户，又有劳碌奔波的商贾之流和渴望安定的贫苦百姓。这几类社会群体在地位、权力以及经济能力上都有着一定程度的差异，在封建统治时期却有着极为鲜明的社会代表性。

叙事文学正是通过这些林林总总的市民形象来深刻反映社会当中的各种风气及社会群体之间的复杂关系。

第一节　城市中的士人群体

科举取士制度在明清时期的发展臻于成熟，是明清两朝选拔人才和进行官员筛选的一个重要途径。一代又一代的读书人为了功名而选择在科举之路上踽踽独行，当然并不是所有人都会按照科举的规定来进行诗书的阅读与学习，也有一些文人选择通过读书来钻研学问、陶冶身心。故此，我们能够看到寒窗苦读的穷书生，淡泊名利、云游四海的诗人和饱读诗书却看破红尘、独处僻静的修行者，而基于不同的人生选择，不同类型文人的人生阅历和自身感悟也不尽相同。明清叙事文学中有很多内容都着意表现作者的内心世界，对于文人墨客的情感体验也有着较多的描写。例如成书于晚明时期的《帝京景物略》就以文人的视角对京城的景观、人文、风俗进行了细致入微的考量，其中部分人文景观便和这一文化造诣较深的社会群体有着千丝万缕的联系：

> 假山复阁，不得志于山水者所作也，杖履弥勤眼界则小矣。崇祯癸酉岁深冬，英国公乘冰床，夫长廊曲池，渡北湖，过银锭桥之观音庵，立地一望而大惊，急买庵地之半，园之，构一亭、一轩、一台耳。但坐一方，方望周毕。其内一周，二面海子，一面湖也，一面古木古寺，新园亭也。园亭对者，桥也。过桥人种种，入我望中，与我分望。南海子而外，望云气五色，长周护者，万岁山也。左之而绿云者，园林也。东过而春夏烟绿、秋冬云黄者，稻田也。北过烟树，亿万家，烟缕上而白云横。西接西山，层层弯弯。晓青

暮紫。近如可攀。①

　　这段文字表面看来是单纯的景物描写，仔细品味则会理解作者背后的深意。文中讲述英国公在无意间发现了一块中意的地方，马上决定购买下来建成一座小园，只有"一亭、一轩、一台"，似乎并没有什么值得令人称道的地方。但英国公唯独喜爱此园面对着外面的一座桥，每天身处园中可以看到往来于桥上的行人，"入我望中，与我分望"，更可以眺望远处的浮云和山峦，感受四季的景物变化。由此可见，英国公在园中并不仅仅贪图享乐，更多的是以读书人的眼光来细细观察和体味外面的世界。此时的小园已成为英国公品味世间百态的一个窗口，当然，这种品味需要一个宁静的、无功利的心态才能实现。英国公是一个饱读诗书的文人，但享有世袭爵位的他又不同于普通文人那样皓首穷经、案牍劳神，因而可以用放松的心情、淡然的心态来好好品读眼前的景致。《帝京景物略》中的这篇《英国公园》就是以此来表现身处城市之中、不为科举所累的文人所怀有的这种洒脱的心态。

　　对于大多数的文人来说，科举永远是一道绕不开的坎。对于这些文人来说，科举制度既是改变命运的机遇，也是令身心备受煎熬的噩梦。在明代的笔记小说中，关于文人科举噩梦的描写在《庚巳编》中也有着一定的体现。相对而言，《庚巳编》中的文人对于科举制度的认可程度更高，其中很多桥段都带有一定的时代局限性。

　　　长洲学生王絙，弘治己酉初应乡试。时有校官托所亲鬻举于苏，适无愿者，亟欲贱售焉。同学生奚纯来招絙共图之，事滨就矣。一夕，絙梦身中乡试六十七名。甫中试而父死，妻继死，妻之父亦死，

---

① （明）刘侗：《帝京景物略》，故宫出版社 2013 年版，第 132 页。

俄而身亦死。及觉，心怪之，且往见纯，秘不言梦，但托以年幼学疎，不欲暴得名第，辞不就。纯怒，责以重利轻名，曰："我即自为之，计所费不过数十金。"已而果中式，名次正如所梦。絅方以为异，既而其父与妻之父相继皆死，絅益异之。居无何，纯竟死。絅乃以所梦告人曰："使当时我为之，今已入鬼录矣。"科名之不可以侥幸得也如此。①

《庚巳编》收录的这则小故事充满着诡谲的色彩。一介书生王絅在参加乡试时偶然参与到了一起买卖科举功名的案件中。先前的一场噩梦使王絅得到了警示，及时终止了科举舞弊的行径。然而，与他一起谋划此事的同窗好友奚纯却一意孤行，最终应验了王絅的噩梦。这则故事带有浓重的民间传奇色彩，其根本目的还是劝人向善，体现出的是民间故事的教化功能。与此同时，也能体察到当时的文人群体对于科举的重视以及对于科举公平的渴求，这也代表了广大文人群体的真实心声。

清代短篇小说集的优秀代表《聊斋志异》更是集结了大量有关城市文人的故事。《聊斋志异》中不乏众多品行良好、心地善良的书生形象，其中的名篇《聂小倩》就塑造了宁采臣这一书生形象。宁采臣将自己在书中所学的礼仪道德应用于现实生活，时刻要求自己的一言一行都符合礼法：

宁采臣，浙人，性慷爽，廉隅自重。每对人言："生平无二色。"适赴金华，至北郭，解装兰若。寺中殿塔壮丽，然蓬蒿没人，似绝行踪。东西僧舍，双扉虚掩，惟南一小舍，扃键如新。又顾殿东隅，修竹拱把，阶下有巨池，野藕已花。意甚乐其幽杳。会学使案临，城舍价昂，思便留止，遂散步以待僧归。日暮，有士人来，启南扉。宁趋

---

① （明）陆灿：《庚巳编》，明万历四十五年本。

为礼，且告以意。士人曰："此间无房主，仆亦侨居。能甘荒落，旦
暮惠教，幸甚！"宁喜，藉藁代床，支板作几，为久客计。是夜，月
明高洁，清光似水，二人促膝殿廊，各展姓字。士人自言："燕姓，
字赤霞。"宁疑为赴试者，而听其音声，殊不类浙。诘之，自言："秦
人。"语甚朴诚。既而相对词竭，遂拱别归寝。①

这则小故事的第一部分就向读者交代了宁采臣这位书生的不同之
处——他品行端方、洁身自好。作品首先通过宁采臣在赶考路上投宿的一
段经历来表现这位书生的忠厚品行：着急投宿的宁采臣面对路旁"蓬蒿没
人，似绝行踪"的寺院仍然不愿贸然留宿，而是"散步以待僧归"，这种
自律的品行也为后文他不贪财色的经历做好了铺垫。

前文已经提及，古代士人阶层最高的政治理想就是能够科举得中、步
入仕途，对此有切肤之感的蒲松龄在自己的《聊斋志异》中不可避免地塑
造了大量皓首穷经、志在科场的读书人形象。《王子安》一篇就生动地塑
造了一个久困科场的读书人形象：

王子安，东昌名士，困于场屋。入闱后，期望甚切。近放榜
时，痛饮大醉，归卧内室。忽有人白："报马来。"王踉跄起曰："赏钱
十千！"家人因其醉，诳而安之曰："但请睡，已赏矣。"王乃眠。俄
又有入者曰："汝中进士矣！"王自言："尚未赴都，何得及第？"其人
曰："汝忘之耶？三场毕矣。"王大喜，起而呼曰："赏钱十千！"家人
又诳之如前。又移时，一人急入曰："汝殿试翰林，长班在此。"果见
二人拜床下，衣冠修洁。王呼赐酒食，家人又绐之，暗笑其醉而已。
久之，王自念不可不出耀乡里。大呼长班，凡数十呼，无应者。家人

---

① （清）蒲松龄：《聊斋志异》，中华书局 2015 年版，第 323 页。

笑曰："暂卧候，寻他去。"又久之，长班果复来。王捶床顿足，大骂：
"钝奴焉往！"长班怒曰："措大无赖！向与尔戏耳，而真骂耶？"王怒，
骤起扑之，落其帽。王亦倾跌。妻入，扶之曰："何醉至此！"王曰：
"长班可恶，我故惩之，何醉也？"妻笑曰："家中止有一媪，昼为汝
炊，夜为汝温足耳。何处长班，伺汝穷骨？"子女皆笑。王醉亦稍解，
忽如梦醒，始知前此之妄。然犹记长班帽落，寻至门后，得一缨帽如
盏大，共疑之。自笑曰："昔人为鬼揶揄，吾今为狐奚落矣。"①

　　这则令人读来啼笑皆非的小故事生动演绎出了古时读书人参加科举后
等待发榜的焦灼心态，故事的主人公王子安因久困科场而对科举结果有了
一种近乎痴狂的期盼，以至于被人戏耍而不觉。整篇故事虽然充满了戏谑
的味道，却也有个中辛酸。《聊斋志异》的作者蒲松龄也正是一位久困科
场的读书人，对于科举制度当然有着深刻的体会。正因如此，蒲松龄在
《王子安》这则故事之后也忍不住留下了自己对于读书人参加科举的体会：
"秀才入闱，有七似焉：初入时，白足提篮，似丐。唱名时，官呵隶骂，
似囚。其归号舍也，孔孔伸头，房房露脚，似秋末之冷蜂。其出场也，神
情惝恍，天地异色，似出笼之病鸟。迨望报也，草木皆惊，梦想亦幻。时
作一得志想，则顷刻而楼阁俱成；作一失志想，则瞬息而骸骨已朽。此际
行坐难安，则似被絷之猱。忽然而飞骑传人，报条无我，此时神色猝变，
嗒然若死，则似饵毒之蝇，弄之亦不觉也。初失志，心灰意败，大骂司衡
无目，笔墨无灵，势必举案头物而尽炬之；炬之不已，而碎踏之；踏之不
已，而投之浊流。从此披发入山，面向石壁，再有以'且夫'、'尝谓'之
文进我者，定当操戈逐之。无何，日渐远，气渐平，技又渐痒，遂似破卵

---

① （清）蒲松龄著，张友鹤辑校：《聊斋志异会校会注会评本》，上海古籍出版社 2011 年
版，第 1238 页。

之鸠，只得衔木营巢，从新另抱矣。如此情况，当局者痛哭欲死，而自旁
观者视之，其可笑孰甚焉。"①

清代笔记小说《新齐谐》虽尚未达到《聊斋志异》的文学成就，但是
在故事构思与人物刻画方面与《聊斋志异》有着诸多相似之处。其中也有
大量关于文人的描写，同样也是通过一个个动人的小故事道出了身处科举
重压之下的读书人的辛酸与悲苦：

> 余甥韩宗琦，幼聪敏，五岁能读《离骚》诸书，十三岁举秀才。
> 十四岁，杨制军观风拔取超等，送入敷文书院，掌教少宗伯齐召南见
> 而异之，曰："此子风格非常，虑不永年耳。"……揭榜后，名落孙山，
> 甥怅怅不乐。旋感病，遂不起。临终苦吟"举头望明月，低头思故乡"
> 二句，张目谓母曰："儿顿悟前生事矣。儿本玉帝前献花童子。因玉
> 帝寿诞，儿献花时偷眼观下界花灯，诸仙嫌儿不敬，即罚是日降生人
> 间，今限满促归，母无苦也。"卒年十五，盖俗传正月初九为玉帝生
> 日云。②

这则故事同样充满了神秘和玄幻的色彩，故事的主人公韩宗琦自幼才
思敏捷，得以进入敷文书院学习。就在大家以为他科举高中唾手可得之
时，韩宗琦却出人意料地名落孙山，自己也因此一病不起。临终之时，韩
宗琦忽然明白自己的前生原为玉帝前献花童子，因触犯天庭礼法而被贬下
界。这则故事有两点值得我们注意，其一是正值青春年少的韩宗琦因一次
科举失利而一病不起，以致殒命。由此可见科举在普通读书人心中有着至
高无上的地位，《新齐谐》的这一描写与清代的《儒林外史》中的"范进中举"

---

① （清）蒲松龄著，张友鹤辑校：《聊斋志异会校会注会评本》，上海古籍出版社 2011 年
版，第 1240 页。
② （清）袁枚：《新齐谐》，人民文学出版社 1996 年版，第 597 页。

一则有着异曲同工之妙。其二是韩宗琦的特殊身份值得读者关注，他既是少有才名的神童，前生又是玉帝前献花童子，不应该连个乡试的举人都考不上，作品暗含的意思是科举取士的公平性值得怀疑。

谈及质疑明清时期科举取士公平性的作品，《聊斋志异》中有一篇《司文郎》可谓是其中的杰作。作品讲述的是阴间的司文郎为学习借鉴科举取士的经验而来到人间混入参加科举的读书人中间。司文郎渐渐注意到了一位名叫王平子的读书人，此人才思敏捷更兼谦逊低调，司文郎悉心指导他的文章，并带他到附近的庙里请一位双目失明的老和尚来品鉴，老和尚让王平子将自己的文章点燃，通过闻气味判定王平子今科可以得中。此时被一同赶考的余杭生知晓，如法炮制地让老和尚判定自己的文章，老和尚却直言文章气味太臭，肯定无法登科。不料，等科举结束发榜之时，余杭生高中进士，王平子却名落孙山。得知此事的老和尚感到万分惊讶，说道："仆虽盲于目，而不盲于鼻，帘中人并鼻盲矣。"①老和尚这句无奈的感叹正是对良莠不分的考官的辛辣讽刺。

总体来看，明清叙事文学在城市士人阶层的人物塑造方面往往会将人物的性格特点突出表现出来，淡泊名利的隐居文人、墨守成规的迂腐文人和品德高尚的书生，都是古代科举制度下的产物，从带有民间文学色彩的记叙和故事内容构建中，我们不难看出明清时期的读书人在接受教育，学习和生活过程当中受科举制度的影响极大。一方面来说，科举制度确实令城市中读书人的群体日益增多，在提高国民的文化素养方面发挥了重要的作用；另一方面，科举制度也逐渐成为了读书人的一道精神枷锁。受其影响，城市中的读书人总会呈现出不同的状态，这也正丰富了明清叙事文学中的人物形象。

---

① （清）蒲松龄著，张友鹤辑校：《聊斋志异会校会注会评本》，上海古籍出版社 2011 年版，第 1101 页。

第二节　流连市井的商贾之流

相对于常年与书卷打交道的读书人而言，生于街边的小贩、行走于各个地方的商人更加贴近于普通市民的实际生活，他们也经常会出现在关于城市描写的篇幅之中。先秦时期《六韬引谚》中说"天下熙熙，皆为利来，天下攘攘，皆为利往"，虽然贪图利益是古往今来商人们的显著特点，但是商人形象在明清时期的叙事文学中也并非都是唯利是图的。作为反映众生万象的文学作品，明清时期的叙事文学在盘点各类奇闻异事之时，也将特点不尽相同的商人形象塑造在作品中，从而让城市人文环境的书写变得更有多样性与层次感。

明代的著名短篇小说集"三言"（《喻世明言》《警世通言》《醒世恒言》的合称）对商人群体进行了大量的描写。如《喻世明言》中就专门讲述了一名叫汪信之的商人。故事介绍汪信之偶然发现麻地坡"有很多的荒山，没有人烟，只有一座破庙，山上有丰富的炭材资源。汪信之因此从外部聚集了大量没有正规工作的人员，靠着开采山上的木炭为生，通过将木炭售卖所得购置铁矿石，并通过冶炼制作出铁器进行售卖。所用之人，各有职掌，恩威并重，无不钦服。数年之间，发个大家事起来。"[①]汪信之这位商人可以说是勤劳致富的典型，他依靠自身的努力通过卖炭、卖铁逐渐积累起财富，成为当地远近闻名的首富。更加难能可贵的是，汪信之富裕之后并没有忘记自己身边的人，而是将自己获得的钱财以做"义事"的形式来接济周围贫困的人群。除此之外，汪信之还善于寻找商机，不断拓宽自己的商业渠道，通过开垦荒山来开展炭材生意，为当地经济建设作出了自己的贡献。

---

① （明）冯梦龙：《喻世明言》，人民文学出版社1958年版，第583页。

《醒世恒言》中也讲述了一个含辛茹苦的商人阿寄的故事。与其他商人不同，原为徐家仆人的阿寄打定主意从商时已经年过半百了，身边的人都不看好他的经商决定。但是，阿寄不仅肯吃常人难以吃的苦，还能够勤俭持家，最终靠着微薄的本钱和辛苦努力，为徐家挣得了万贯家财，获得了事业上的成功。在阿寄刚刚开始从事商业活动时，他的主人一直担心他承受不了这么大的压力，阿寄却自信地表示："我即便有一定的年龄了，可是精力和体力都还不错，路还走得，苦也受得。"[①] 随后阿寄果然勤奋有加，商业经营井井有条，又非常注意节俭，从不乱花一文钱。即便是到了生命垂危之际，阿寄也不愿主人花钱为自己请郎中前来医治。以今天的眼光看来，这种节俭有些吝啬的味道，但对于古时的经商之人来说，正是这种极端的勤劳和节俭才能够获得生意上的成功。作者对此也给予了高度的评价："富贵本无根，尽从勤里得。请观懒惰者，面带饥寒色。"[②] 在这个故事中，老仆人阿寄不顾年老体衰，硬是凭借自己的勤劳和节俭获得了事业上的成功，也因此赢得了大家的尊重。在作者的讲述中，我们丝毫感觉不到商业活动是一种令人不齿的行业，相反更能体现出当事人的坚韧品格和社会头脑。而古代商人身上体现出的商业技能和职业道德，在当下的市场经济和商品社会中仍然有着重要的借鉴意义和价值。

《初刻拍案惊奇》是明朝末年凌濛初编著的拟话本小说集，里面也有对于商人的描写与记述。其中第一卷的"转运汉遇巧洞庭红 波斯胡指破鼍龙壳"这一回中，记述了一个动人的小故事。故事的主人公文若虚经商出身，只因做生意屡屡失败，得了一个"倒运汉"的谑号。有一天，几个生意上的朋友准备出海做生意，他也应邀一同前往，由于没有做生意的本钱，他只得用朋友周济的一两银子购买了一百余斤名为"洞庭红"的橘子

---

① （明）冯梦龙：《醒世恒言》（下），人民文学出版社1956年版，第726页。
② （明）冯梦龙：《醒世恒言》（下），人民文学出版社1956年版，第735页。

带到船舱之中。令人意想不到的是，到了他乡异国，这些橘子居然成了稀罕货物，竟被抢购一空，文若虚因此赚得了千余两的白银，从此"倒运汉"变成了"转运汉"。这个故事带有几分喜剧色彩，通过一个并不善于经营的失败商人的离奇经历，既表现出古时经商的艰险不易，也表现出商人重情义、重品行的一面。

清代时期，以写鬼写妖见长的《聊斋志异》也不乏对商人形象的塑造与描写。如其中的《罗刹海市》一篇就塑造了一位名叫马骥的奇特商人：

> 马骥，字龙媒，贾人子。美丰姿。少倜傥，喜歌舞，辄从梨园子弟，以锦帕缠头，美如好女，因复有"俊人"之号。十四岁，入郡庠，即知名。父衰老，罢贾而居，谓生曰："数卷书，饥不可煮，寒不可衣。吾儿可仍继父贾。"马由是稍稍权子母。①

这则故事开篇就介绍了马骥的身份是商人的儿子，同时也介绍了马骥的两大特征：其一是"美丰姿，少倜傥"；其二是"入郡庠，即知名"。只因马骥的父亲认为"数卷书，饥不可煮，寒不可衣"，要求马骥子承父业当一名商人。成为商人的马骥仍然没有改变自己书生的气质，丝毫不具有唯利是图的特征，也正因如此，马骥有了一番独特的经历。在一次出海做生意时，马骥因遭遇飓风而来到了罗刹国，因自己相貌英俊而被当地人视为妖怪。在罗刹国的海市，马骥因自己的才华而得到了龙王的赏识：

> 方至岛岸，所骑嘶跃入水，生大骇失声。则见海水中分，屹如壁立。俄睹宫殿，玳瑁为梁，鲂鳞作瓦，四壁晶明，鉴影炫目。下马

---

① （清）蒲松龄著，张友鹤辑校：《聊斋志异会校会注会评本》，上海古籍出版社 2011 年版，第 454 页。

揖入。仰视龙君在上，世子启奏："臣游市廛，得中华贤士，引见大王。"生前拜舞。龙君乃言："先生文学士，必能衔官屈、宋。欲烦椽笔赋海市，幸无吝珠玉。"生稽首受命。授以水精之砚，龙鬣之毫，纸光似雪，墨气如兰。生立成千余言，献殿上。龙君击节曰："先生雄才，有光水国多矣！"遂集诸龙族，宴集彩霞宫。①

身为商人的马骥还是因为自己的才学得到龙王的看重，并最终收获了美满的爱情。可见故事中的马骥虽有商人的身份，却始终没有改变读书人的本质。作者蒲松龄也是通过马骥这一人物形象来完成自己对理想人格的构建。

除此之外，《聊斋志异》当中还有其他的大量作品对纯粹的商人形象进行重点描述与刻画。作为至今仍然脍炙人口的短篇小说集，《聊斋志异》对商人进行描写时可谓是栩栩如生、入木三分，很多时候刻意表现了商人唯利是图的一面，如《梅女》《田七郎》等故事中都对商人形象表现出一定的批判意识。在另外一部分作品中，则表现出对于商人仁义道德行为的称赞。如在《布商》这则故事中，作者在塑造人物形象时就打破了商人唯利是图的固有认知，在人物的性格与行为方面进行了传统认知上的颠覆：

　　布商某至青州境，偶入废寺，见其院宇零落，叹悼不已。僧在侧曰："今如有善信，暂起山门，亦佛面之光。"客慨然自任。僧喜，邀入方丈，款待殷勤。僧又举内外殿阁，并请装修；客辞不能。僧固强之，词色悍怒。客惧，请倾囊倒装，悉以授僧。欲出，僧止之曰："君竭资实非所愿，得毋甘心于我乎？不如先之。"遂握刀相向。客哀

---

① （清）蒲松龄著，张友鹤辑校：《聊斋志异会校会注会评本》，上海古籍出版社2011年版，第459页。

求切，不听。请自经，许之。逼置暗室，且迫促之。适有防海将军经寺外，遥自缺墙外望见一红裳女子入僧舍，疑之。下马入寺，遍搜不得。至暗室所，严扃双扉，僧不肯开，托有妖异。将军怒，斩关入，则见客缢梁上。救之，复苏，诘得其情。又械问僧女子所在，实为乌有，盖神佛现化也。杀僧，财物仍以归客。客重慕修庙宇，从此香火大盛。赵孝廉丰原言之最悉。[①]

这则故事里的商人更像是弱势群体里的一员。该名布商原本打算捐资修庙，却被贪得无厌的僧人进一步胁迫，以致惨遭毒手，最后被防海将军发现获救。在故事的讲述中，作者蒲松龄将商人塑造成了一个忠厚老实、真心向佛的人物形象，而佛门的僧人却成了一个贪得无厌、阴险狡诈的亡命之徒。别具讽刺意味的是，商人的最终获救得益于佛祖的显灵。由此一来，商人更像是佛门的僧人，而僧人更像是个奸诈的商人，这种错位的描写使人物形象更为突出，也使小说的情节更具戏剧化色彩。而小说结尾部分的佛祖显灵，也正契合了人们的向善观念。

《聊斋志异》中通过传统认知与性格方面的差异进行人物形象塑造，进一步印证了人的道德建设与自我约束是长期的修行，并非取决于人的身份地位。而同为清代的短篇小说集《萤窗异草》当中也有着类似《聊斋志异》的内容。《萤窗异草》擅长讲述带有一定神话色彩的故事，同时又具有十分深刻的思想内涵。其中也有关于商人的内容描写，这些故事也较为鲜活地将人物形象展现了出来：

许皋鹤太史未第时，读书于溧水书院。有同舍生孙某，素同笔砚，为莫逆交。数年，肄业无所就，弃儒而商。随人航海，遂不复，

---

① （清）蒲松龄：《聊斋志异》，中华书局 2015 年版，第 2485 页。

疑其溺于弱水死矣。太史既贵，恒思忆之。嗣遇册封暹罗，太史充副使，远涉海外。既竣使事，归途遇飓，覆其舟。故事，凡奉使入海，正副使皆舆榇而行，以备不虞。枢前钉一金字牌，题曰"使某国某官某公之灵"，以为识。事迫，则先卧其中，束手待毙而已。太史既罹水厄，无复生望，在枢中载沉载浮，听其所之，不葬鱼腹为厚幸。①

这则故事在开头部分讲述了一位孙姓商人出海经商不幸葬身海底的遭遇。对于明清之时的人们来说，出海远行是九死一生的危险举动，所以"凡奉使入海，正副使皆舆榇而行，以备不虞"。故事以这样的一段离奇经历生动说明了古时商人所经受的常人难以想象的风险。

除了《聊斋志异》和《萤窗异草》等短篇小说集当中有较多篇幅对商人和社会现象进行一定程度的描写之外，笔记小说当中也会对于商人这一形象进行一定程度的塑造和描写。如在明代的《苏谈》中，就有关于商人的形象塑造：

> 元时富人陆道原，货甲吴下，为甫里书院山长，一时名流成与之游处。暮年，对其治财者二人，以赀历付之，曰："吾产皆与汝，惜为汝祸耳。"道原遂为黄冠师，居陈湖之上，开瑞云观居之。改名宗静，又纳赀为道判，时称陆道判，其故宅今为竹堂寺。所谓二者，其一即沈万三秀也，其一姓葛，亦富，名不传。②

这则小故事同样表现了古时商人忠厚仁义的一面，写的是一名陆姓商人富甲四方，在晚年的时候将自己毕生积累的财富无偿赠送给了两个善于

---

① （清）长白浩歌子：《萤窗异草》，人民文学出版社 2005 年版，第 109 页。
② （明）杨循吉：《苏谈》，商务印书馆（民国）1925 年版，第 32 页。

理财的人，并不无担忧地表示"吾产皆与汝，惜为汝祸耳"，而受到他恩惠的两人都成为赫赫有名的富豪。在故事的作者看来，商人并非都是贪财图利之人，这表现出作者难得的进步意识。

商人这一形象在明清之时的城市生活中扮演着越来越重要的角色，因而也成为明清叙事文学中经常塑造的重要人物群体形象。在传统的叙事文学作品当中，作者更加注重表现商人群体追逐利益的一面，并将其视为反面人物形象，与品德高尚、行为端正的正面人物形象放置在一起形成鲜明的对比，从而令人物形象更加鲜活生动，进一步深化了作品的主题。明清时期以来，随着商业活动的日益增多，人们对商人群体的认识也发生了深刻的转变。例如在"三言"和《聊斋志异》等作品中，作者通过角色的对立与转换，描绘了颇有趣味的人物形象，表现出古代商人这一特殊群体虽然掌握着大量的社会财富，但社会地位依然较低。大多数商人都是为了谋生而奔波劳碌，就如《聊斋志异》里的布商、"三言"中的"转运汉"一样。这些勤劳的商人也是城市人群的重要组成部分。

第三节　贫苦的底层市民

在古时城市当中，人口基数最多、生活状况最为艰苦的，当数底层的市民群体。明清之时的叙事文学也都是从民间视角来进行内容的叙述，对于贫苦百姓的内心诉求的描述及其形象塑造也十分细致。明朝时期的文学作品在对前朝生活经验进行归纳总结的过程当中，也可以经常看到历朝历代百姓在实际生活当中的形象面貌。作为权力、地位和金钱都很难占据优势的社会群体，贫苦百姓在实际生活的过程当中会因为生活条件上的差异而产生不同的想法和形成不同的性格，如《苏谈》《庚巳编》《新齐谐》《聊斋志异》等叙事文学作品，尤为注意表现底层市民的生存境况。

在明代的叙事文学之中，《古今谭概》是一部较为特殊的经典。《古今谭概》又名《古今笑史》《古今笑》《谈概》，是由明代著名小说家冯梦龙写的笔记小说。内容大多是历代的典故，如著名的"州官放火"。《古今谭概》取材历代正史，兼收多种稗官野史、笔记丛谈，按内容分为36类，一卷一类，所取多为真人真事。这些内容经过冯梦龙的纂评，组成一幅奇谲可笑的漫画长廊。李渔为此书作序，称"述而不作，仍古史也"。《古今谭概》对于前朝故事的收纳和汇编相对来说更为详尽，在构建带有民间色彩的故事过程当中，时常会以百姓作为主体，进行内容的书写。所写多为缺乏权力和金钱的贫苦百姓，在实际生活当中遇到的问题和与其他社会群体之间容易产生的矛盾。这类故事在此书当中多有体现：

> 赵司城永，号类庵，京师人。一日过鲁学士铎邸。鲁曰："公何之？"赵曰："今日为西涯先生诞辰，将往寿也。"鲁问："公何以为赞？"赵曰："帕二方。"鲁曰："吾赞亦应如之。"入启笥，无有。踌躇良久，忆里中曾馈有枯鱼，令家人取之。家人报已食，仅存其半。鲁公度家无他物，即以其半与赵俱往称祝。西涯烹鱼沽酒，以饮二公。欢甚，即事倡和而罢。①

这则故事篇幅极为简短，却又显得妙趣横生。鲁学士虽为饱学之士，但家境贫寒，属于城市中的底层市民。但生活困顿的鲁学士仍然不改虚心向学的品行。当他听闻西涯先生诞辰之日时，一定要前往拜寿，怎奈家中一贫如洗，实在没有能够作为贺礼的物件，最终只能将半条鱼干作为礼物送给西涯先生。故事虽然充满了辛酸，但结尾部分却给人以浓浓的暖意。西涯先生并没有嫌弃礼物的轻薄，而是"烹鱼沽酒，以饮二公。欢甚，即

---

① （明）冯梦龙：《古今谭概》，中华书局 2007 年版，第 133 页。

事倡和而罢"。从赵司成和鲁学士带了两条手帕和半条咸鱼去给西涯先生祝寿，西涯先生还异常高兴，可以看出他们三人不拘小节、随性率真、看重友谊而不重物质的品质。这也表现出了城市中的底层市民独有的安贫乐道的心态。

明清时期城市中的歌伎从业者的数量大量增长，妓女已成为城市人群中的特殊一份子。在明清之时，妓女群体的社会地位低下，仍被视为社会底层群体。明代的著名传奇小说集"三言二拍"中有大量关于妓女群体的描写，但值得注意的是，"三言二拍"在进行妓女形象的塑造时，刻意挣脱出以往人们对妓女的刻板印象，努力挖掘这类群体重情义的一面。

《喻世明言》第十二卷中收录了名为《众名姬春风吊柳七》的故事，讲述的是北宋著名词人柳永的动人故事。柳永被誉为当朝填词第一人，当红的妓女以能传唱柳永的词作为荣，柳永因此在妓女中享有很高的声望。其中，有很多妓女与柳永交好。也正因如此，才华横溢的柳永被宋仁宗钦批"且去填词"，而从此布衣而终。晚年的柳永贫病交加、穷困潦倒，主要靠先前交好的妓女接济生活。等到柳永过世时，也是众多妓女为他张罗安排后事：

> 原来柳七官人，虽做两任官职，毫无家计。谢玉英虽说跟随他终身，到带着一家一伙前来，并不费他分毫之事。今日送终时节，谢玉英便是他亲妻一般；这几个行首，便是他亲人一般。当时陈师师为首，敛取众妓家财帛，制买衣衾棺椁，就在赵家殡殓。谢玉英衰经做个主丧，其他三个的行首，都聚在一处，带孝守幕。一面在乐游原上，买一块隙地起坟，择日安葬。坟上竖个小碑，照依他手板上写的，增添两字，刻云："奉圣旨填词柳三变之墓。"出殡之日，官僚中也有相识的，前来送葬。只见一片缟素，满城妓家无一人不到，哀声震地。那送葬的官僚，自觉惭愧，掩面而返。不逾两月，谢玉英过

哀，得病亦死，附葬于柳墓之旁。亦见玉英贞节，妓家难得，不在话
下。自葬后，每年清明左右，春风骀荡，诸名姬不约而同，各备祭
礼，往柳七官人坟上，挂纸钱拜扫，唤做"吊柳七"，又唤做"上风
流冢"。未曾"吊柳七"、"上风流冢"者，不敢到乐游原上踏青。后
来成了个风俗，直到高宗南渡之后，此风方止。①

　　这一场景充满着浓浓的人情味。才华出众的一代文人柳永因词作而名
扬天下，自己也因此遭到了不公正的评价而无法一展抱负，落得个穷困潦
倒的下场。令人意想不到的是，晚年的柳永得到了妓女的大力帮助。在柳
永过世之后，先前与柳永交好的妓女为这位才子的离世而哀伤不已，纷纷
拿出自己攒下的钱财，悉心为柳永料理后事。后来每至清明时节，诸多妓
女不约而同来祭拜柳永，成为了当地的风俗习惯。赫赫有名的词人柳永落
魄至此，沦为社会的底层，不禁令人扼腕长叹。然而，同为社会底层民众
的妓女对这位词人的敬重又令人感佩不已。这个离奇的故事，突出表现了
妓女善良、重义的一面。
　　《杜十娘怒沉百宝箱》是《警世通言》中收录的一个小故事，可谓是
脍炙人口。故事的主人公杜十娘是位名满京师的名妓，自幼孤苦而身陷烟
花柳巷之中。身为妓女的杜十娘一直对纯洁的爱情有着执着的坚守，于是
自己日积月累偷偷攒下价值连城的财物，装了满满一只百宝箱，希望能够
以此弥补自己卑贱的身份，嫁个好人家，从而走出烟花柳巷，摆脱被人玩
弄、役使的命运。当杜十娘遇到赴京赶考的李甲之时，"观李公子忠厚志
诚，甚有心于他"②，于是甘愿自己赎身并携带百宝箱与李甲相伴终身。不
料，刚刚逃离妓院魔窟的杜十娘遇人不淑，李甲只是贪恋杜十娘的美色，

---

① （明）冯梦龙：《喻世明言》，华夏出版社 2013 年版，第 136 页。
② （明）冯梦龙：《警世通言》，华夏出版社 2013 年版，第 332 页。

并不是真心想与她成婚。李甲只因孙富的一席话，便把杜十娘卖给了他。这种感情上的背叛成为压垮杜十娘对爱情美好期待的最后一根稻草，杜十娘选择了以死抗争。于是，盛装的杜十娘在众目睽睽之下痛斥李甲、孙富，怒沉百宝箱，最后投水而死，用自己的花容月貌之躯捍卫了自己的人格尊严，向命运发起最后的抗争。这一故事情节曲折、人物鲜明，塑造了杜十娘这一忠于爱情、敢于抗争的妓女形象，表现出城市底层市民对不公的社会现实的不屈与反抗。

《警世通言》所载的《玉堂春落难逢夫》是一则情节极为复杂曲折的故事。故事的主人公苏三原为城中穷苦人家的女儿，其母早逝，其父又娶一任后母。后来父亲逝世，后母加害于她。在家仆的帮助下，苏三逃出了家。离家之后的苏三因受到高官之子的迫害，被迫入了妓院，化名玉堂春，因年轻貌美很快成为妓院的头牌。苏三与礼部正堂的三儿子王景隆交好，两人倾心相爱。一年后王景隆银钱使尽，被老鸨赶出妓院。苏三暗助王景隆盘缠，使他得以还乡学习，自己也用计赎回自由身，住在百花楼上。一年后，王景隆中举即将赴京会试。老鸨怕王景隆得官后娶走苏三，自己人财两失，就抢先把苏三卖给了山西洪洞县贩马的客商沈洪。怎料沈洪妻皮氏早有外遇，当沈洪和苏三到家后，皮氏伙同奸夫毒死了沈洪，嫁祸苏三。县官受了皮氏的贿赂，将苏三屈打成招，下入死牢。王景隆进京后得知苏三被卖到山西，愿意到山西为官，中进士后果然被点为山西巡按。王景隆到任后查明了苏三的案情，平反冤狱，救出苏三，并结为夫妻。在这一故事中，身为底层市民的苏三可谓是历尽磨难，然而始终怀着对理想爱情的向往和追求，最终与心爱之人终成眷属。这一故事也表现出底层市民对生活的美好祝愿。

明代的叙事文学里能够与"三言二拍"的人物塑造有着异曲同工之妙的作品并不多见，但是这样的写作手法在清代较为盛行，并为当时的人们所喜闻乐见。有清一代，叙事文学作品的数量激增，内容也更为丰富多

彩，塑造的人物形象也更为鲜明生动。尤其是在市民人物形象方面，作品
塑造的人物性格多样、形象丰富、人物关系复杂有序，这都使得清代的叙
事文学在民间流传甚广、有着极为广阔的市场。蒲松龄的《聊斋志异》就
是其中的代表。《聊斋志异》中的名篇《促织》一文就讲述了城市中底层
市民的辛酸经历：

> 邑有成名者，操童子业，久不售。为人迂讷，遂为猾胥报充里
> 正役，百计营谋不能脱。不终岁，薄产累尽。会征促织，成不敢敛
> 户口，而又无所赔偿，忧闷欲死。妻曰："死何裨益？不如自行搜觅，
> 冀有万一之得。"成然之。早出暮归，提竹筒丝笼，于败堵丛草处，
> 探石发穴，靡计不施，迄无济。即捕得三两头，又劣弱不中于款。宰
> 严限追比，旬余，杖至百，两股间脓血流离，并虫亦不能行捉矣。转
> 侧床头，惟思自尽。
>
> ……
>
> 成有子九岁，窥父不在，窃发盆，虫跃踯径出，迅不可捉。及扑
> 入手，已股落腹裂，斯须就毙。儿惧，啼告母。母闻之，面色灰死，
> 大骂曰："业根，死期至矣！翁归，自与汝复算耳！"儿涕而出。未几
> 成入，闻妻言如被冰雪。怒索儿，儿渺然不知所往；既而，得其尸于
> 井。因而化怒为悲，抢呼欲绝。夫妻向隅，茅舍无烟，相对默然，不
> 复聊赖。①

　　小说一开头就向读者介绍了故事的主人公成名是一位老实迂讷的底层
市民，被当地的县令胁迫充当里正，每日到乡间捕捉蟋蟀（促织），由于
完不成任务，而被县令日日责打，"旬余，杖至百，两股间脓血流离"，可

---

① （清）蒲松龄：《聊斋志异》，中华书局 2015 年版，第 975 页。

谓是苦不堪言。忽然有一天成名偶然得到一只堪称极品的蟋蟀，却又被自己的小儿子不小心弄死。自知闯下大祸的儿子投井而死。对于一个普通家庭来说，这无疑是致命打击。《聊斋志异》就是通过一个个经典的人物形象和离奇的事件构筑起城市底层百姓的心酸历程，堪称表现穷苦百姓现实生活的典范之作。《聊斋志异》的艺术表现形式被后世许多叙事性文学、尤其是笔记小说所借鉴和使用，如《松窗梦语》等作品在平民人物形象的塑造等方面就充分借鉴了《聊斋志异》的写作手法和内容。

总体来看，明清时期的叙事文学在底层市民的人物塑造上往往更为形象具体，因而也得到了众多市民群体的广泛认可。作者在故事内容构建的过程当中注意引发读者的共鸣，这也是《聊斋志异》《阅微草堂笔记》一类的笔记小说可以在民间广为流传，其中的部分故事脍炙人口，甚至至今仍被人们津津乐道的原因。

明清叙事文学对于社会环境的描写往往会从人物的角度出发。也正是因此，这些作品塑造出的人物形象才会更加鲜活和生动。尤其是在以城市为叙事环境的作品中，作者大多以真实生活当中的案例进行切入，这样的表现形式更容易被大众所理解和接受。无论是奔波于市井之间的商贾之流、为考取功名寒窗苦读的书生，还是为生计而努力生活的底层百姓，都是明清叙事文学中的主要人物形象。正是这各类各样的社会群体，共同构筑了明清城市人民生活的众生相。

第四章　传统城市治理的文学讲述

在有关城市题材的叙事文学发展进程中，城市治理的线索贯穿始终，在许多脍炙人口的作品中仍可以看到历朝历代在各级官吏等拥有较大权力的统治阶级领导下产生的城市治理景象。在城市治理的讲述过程中，明清时期的叙事文学注重表现城市中固有的错综复杂的人际关系、充满时代色彩的文治教化和立场鲜明的城市治理观念。在不同时代，城市治理的情况往往会有所差别，具有一定的时代特殊性。明代因为迁都，城市治理方面变化较为多样，在此期间也迎来了古代城市建设高潮之终章，城市文化也随着时代的发展呈现出多样性和复杂性。明朝首都起初定为南京，此地原为东吴和南唐的都城，魏晋之时的《世说新语》多记录该城的风貌，明清更有《聊斋志异》《松窗梦语》等文中有着关于南京的城市描写。明成祖朱棣为安定北方，迁都北京之后，北京逐渐发展繁荣起来。《帝京景物略》是明朝时期对于北京城市书写较为详尽的笔记类作品，其中对明朝迁都一事也有着相关记载。当然，除了明清两朝的都城之外，其他城市的发展在叙事文学中也有着生动的描写，《西湖梦寻》《扬州画舫录》中的江南水乡，《长春真人西游记》中的异域风情，都是珍贵的历史资料，以《阅微草堂笔记》为代表的笔记小说更是将全国的各种奇闻异事汇聚一堂，其中也有关于城市治理的记述与展现。

第一节　人际关系复杂性的展现

乡野之间，人与人的交往和人际关系结构较为简单，行为模式往往可以通过较为清晰的方式进行概括，城市当中人际关系就很难通过具象化的解释将之梳理清晰。因此，通过城市现象和生活细节处的描写进行氛围渲染和人际关系的侧面说明，往往能起到较好的效果。由于人物身份地位的多样性，在人与人之间日常的相处方式和心理变化上也会体现出极大的差异性，明清叙事文学在讲述城市故事的时候，注意记录发生在身边的人和物，带有着极强的市民色彩，在人际关系的表现上相对于以编年体史书为代表的正统历史典籍而言有着其独到之处，简短的故事下，是对古代城市文明发展进程的深度思考和剖析。在明清时期叙事文学盛行的时代背景下，城市治理中关于人际关系复杂性的思考，呈现出更为多元化的表达形式。在众多文人的笔下，有朋友间的相交莫逆、夫妻间的情感百态、市井间的世态炎凉和府舍间的家长里短，执笔起落之间，尽是人间万象。《聊斋志异》中的奇幻描写，《帝京景物略》中的生动记叙，《阅微草堂笔记》中的风俗人文，都不乏对于人际关系的表达和探究，表现形式不同但思考内容有着较强共性，可以说是殊途同归，特别是在《聊斋志异》刊行之后，叙事文学在人际关系的思考上进入了全新的发展阶段。

一、友人间的"君子之交"

在明清时期的叙事文学中，作者在讲述故事时往往能够从侧面反映出人物之间的关系。尤其是大量的短篇小说和笔记类作品，往往在简短的文字中蕴含着深刻寓意。在明代，笔记小说盛行，很多作者在展开内容叙述时，都会将人物关系作为主要脉络，对故事展开讲解，而这种人际关系的构建会和当时发生的事态和实际情况相关联，将深刻的寓意蕴含其中，明代藏书家都穆曾在《都公谭纂》中描述朋友之间的相处时，内容简短却发人深省：

> 杜用嘉琼与朱存理、朱凯交，每访二子，必先过存理，下舆谓曰："吾交凯在先，当先谒凯而后至君家。"及至凯所，留之饭，不可，曰："君贫，当饭于存理氏"。①

明代书画家杜琼与朱存理和朱凯是朋友，但均不在两人家中食宿，不想打扰友人的正常生活，也能处理自己的事宜，但直说又可能影响彼此间的关系，于是在朱存理处说先认识朱凯要先去朱凯家拜访，在朱凯家又说其家贫，自己当去朱存理家吃饭，既拜访了友人，又让朋友省去了很多麻烦，表面上好似揭人短处，而当事人回头来看就会感受到杜琼的广阔胸怀，这一段虽然没有繁复的内容说明，却常会令人深有所感，原本复杂的人际关系，通过恰到好处的侧面描写体现得淋漓尽致，也正应了庄子所说的"君子之交淡如水"。当然，除了《都公谭纂》之外，《菦野纂闻》当中也有提到友人间的"君子之交"：

> 刘球学士以避难隐居姚江几数年，从学者日众，而名始闻当涂。以其异党也，廉得之章置于法。有成器先生者，姚之名儒也，特悯其忠，为作文以祭之。登灵绪山，望空而哭者三。祭毕，辄书祭文数通，分呈藩臬，迹其所为。若谢翱、王炎午之于文，信国皆非有为而为之者。后数年，而球之子金事铦以提学至造其庐而拜之，执子弟礼甚谨。至今山上有祭忠台在焉。②

---

① （明）都穆：《都公谭纂》，商务印书馆（民国）1941年版，第25页。
② 王云五主编：《丛书集成初编》，商务印书馆1935年版，第62页。

刘球学士的忠义之举，引得他人敬佩，为其祭拜，还专门建立了祭忠台，虽姚儒与之未曾谋面，但却有着共同的志向、抱负和价值观，为其大肆修建，以作纪念却并未有所图谋，不难看出刘球忠义之深，和姚儒对正直者的钦佩。明代笔记小说多是前朝笔记内容的汇总与合编，但其中内容耐人寻味，在《复斋日记》《甲乙剩言》《志怪录》等笔记小说作品当中，也有关于朋友间交往细节的描述，但并未有太多被大众熟知和称道的出彩之处。发展至清代，叙事文学迎来新一轮的发展热潮，以蒲松龄《聊斋志异》为代表的志怪小说与纪晓岚所著《阅微草堂笔记》为代表的杂俎派笔记作品，让笔记小说种类的丰富性和表达意象的丰富性得到了补充，特别是《聊斋志异》，如今仍有许多情节被大家广为称道甚至模仿：

> 武承休，辽阳人，喜交游，所与皆知名士。夜梦一人告之曰："子交游遍海内，皆滥交耳。惟一人可共患难，何反不识？"问："何人？"曰："田七郎非与？"醒而异之。诘朝见所游，辄问七郎。客或识为东村业猎者，武敬谒诸家，以马箠挝门。未几一人出，年二十余，貙目蜂腰，着腻帢，衣皂犊鼻，多白补缀，拱手于额而问所自。①

武城修与田七郎在对方危难之时，都置个人安全而不顾，尽力而为，双方也都是看中了对方的侠肝义胆而相交相识，鲁迅先生曾说："人一生能得一知己，足矣。"由此可见，能够相互理解，并在关键时刻彼此帮助的朋友，往往是少数，《田七郎》一文内容贴近生活，故事情节虽有超出现实的神鬼化元素，可其中田、武两人的故事脉络和其中的精神内涵成为了城市人际关系中促进社会发展、能够引发群众积极向往的重要动力，当

---

① （清）蒲松龄：《聊斋志异》，中华书局 2015 年版，第 935 页。

然，对于朋友之间的深层次交往，在纪晓岚的《阅微草堂笔记》当中也多有表现。身为典型的杂俎类笔记小说，《阅微草堂笔记》在城市治理方面融入人际关系复杂性思考的内容，也有着极为鲜明的表现特点：

> 长山聂松岩，以篆刻游京师。尝馆余家，言其乡有与狐友者，每宾朋宴集，招之同坐，饮食笑语，无异于人。惟闻声而不睹其形耳。或强使相见，曰：对面不睹，何以为相交。狐曰：相交者交以心，非交以貌也。夫人心叵测，险于山川，机阱万端，由斯隐伏。诸君不见其心，以貌相交，反以为密；于不见貌端，反以为疏，不亦悖乎？田白岩曰：此狐之阅世深矣。①

虽然同样有着一定的神鬼化色彩，但相较于《聊斋志异》而言，纪晓岚的《阅微草堂笔记》当中劝惩之意更为浓厚，具象化的城市描写，辅以虚实结合的人物构建，让故事饱满、充满表现张力的同时，与现实形成反差的故事内容，为读者提供了极为广阔的想象空间。当然，相比志怪类和杂俎类的笔记小说在城市治理方面的夸张描写而言，《扬州画舫录》一类纪实文学作品的内容更有笔墨书卷气：

> 李道南，字晴山，江都人，进士。性严正不阿，在京时友人馈五百金赠之，却不受。见刘文正公，文正偶欠伸，李揖求退。文正曰："方坐未一言，而退何也？"李曰："《礼》有之：君子欠伸，侍坐者请退。故未言而去也。"文正以是重之，书张横渠"学颜子之学、志伊尹之志"二语赠之。归而授徒于家，生徒数百人，郡中文学之士，半出其门。著《寸草录》《四书集解》。

---

① （清）纪昀：《阅微草堂笔记》，上海古籍出版社 2016 年版，第 79 页。

友人间的"君子之交",平日不用显得太过热络,却能在关键时刻挺身而出,无论是刘球、武承休、聂松岩还是李道南,朋友间的相处都不外如是,而清代的叙事文学相对于明代而言,有着更加鲜明的作品特点和内容表现张力,城市治理人文文化中关于友情的描写也更加多样又风趣,至今仍令无数文人墨客为之称道。

综合来看,明清时期的叙事文学在城市治理方面的描写人际关系复杂性的表现较为多样化,在人际关系思考方面,对于友人之间君子之交的描写较多,在文章当中通过引用前人典故,弘扬仁义礼智信的内容固然有一定深度,但很难被大众熟知和流传,而《聊斋志异》《阅微草堂笔记》《西湖梦寻》等作品中就以奇闻异事作为引入,内含寓意引人深思,《帝京景物略》《扬州画舫录》记载风俗人文时,更多是给人引人入胜之感,在内容表现形式上与志怪类及杂俎类笔记小说有着明显的区别,但也正是在不同角度不同特色下,将明清时期城市治理的轮廓进行了较为全面的还原。

二、浮世间的情感百态

叙事文学在进行城市治理内容的描绘时,笔墨也不仅仅停留在友情之上,异性间的情感百态也在作品当中有着丰富的呈现。男女之间的情愫,一直是亘古不变的热门话题,叙事文学对于事件书写简洁,但是却可以通过细节处的刻画将其间神韵跃然纸上。在《西湖梦寻》《苏谈》《扬州画舫录》等描写江南水乡风情的作品中,异性之间的朦胧美感就带有极强的艺术性,而如《聊斋志异》《石田杂记》《志怪录》等一系列以各地奇人奇事为主要故事内容的志怪小说,所描述的情感状态更为丰富,以及超越现实的叙事构建,是人物心理状态与社会城市现象的深度溯源。

谈到江南水乡,江南女子的柔情温婉在历代文人墨客的笔下书写甚多,关于其间内容的描述也有数例可举,《西湖梦寻》一文中就曾经这样

描写江南地区的情感百态:

> 以故二鼓以前,人声鼓吹,如沸如撼,如魇如呓,如聋如哑,大船小船一齐凑岸,一无所见,止见篙击篙,舟触舟,肩摩肩,面看面而已。少刻兴尽,官府席散,皂隶喝道去,轿夫叫,船上人怖以关门,灯笼火把如列星,一一簇拥而去。岸上人亦逐队赶门,渐稀渐薄,顷刻散尽矣。吾辈始舣舟近岸,断桥石磴始凉,席其上,呼客纵饮。此时,月如镜新磨,山复整妆,湖复靧面。向之浅斟低唱者出,匿影树下者亦出,吾辈往通声气,拉与同坐。韵友来,名妓至,杯箸安,竹肉发。月色苍凉,东方将白,客方散去。吾辈纵舟,酣睡于十里荷花之中,香气拍人,清梦甚惬。①

而江南以琴棋书画为主的文化艺术,也为当地的文化发展和城市治理带来了极大的特色,当地人文相处的模式和艺术美感的关联度极高,艺人与卿客之间有欣赏,有敬佩,有安慰,也有相惜,而这多种情绪与氛围的巧妙结合,在《扬州画舫录》当中常有提及,《扬州画舫录》之所以可以被部分学者和文人认为是清朝扬州一带难得的详尽历史资料,不只源于其细致的景物描写,对于人文风貌的高度还原也是其中一大亮点:

> 画舫有堂客、官客之分,堂客为妇女之称。妇女上船,四面垂帘,屏后另设小室如巷,香枣厕筹,位置洁净。船顶皆方,可载女舆。家人挨排于船首,以多为胜,称为堂客船。一年中惟龙船市堂客船最多。唐赤子翰林端午诗云:"无端铙吹出空舟,赚得珠帘尽上钩。小玉低言娇女避,郎君倚扇在船头。"皆此类堂客船也。迨至灯船夜

---

① (明)张岱:《西湖梦寻》,上海古籍出版社 2001 年版,第 129 页。

归，香舆候久，弃舟登岸，火色行声，天宁寺前，拱宸门外，高卷珠帘，暗飘安息，此堂客归也。①

除了专为女性湖上游玩准备的堂客船外，画舫当中的各种文化，成为了江南一带官府根据当地民风民情所铸就的独特城市风景线。除了带有明显地域特点的情感描述之外，赋予神怪色彩内涵深刻寓意的城市文学作品在情感表达上也有着显著特点，而此类作品中的翘楚当属蒲松龄所著之《聊斋志异》，其间关于情感的描述并非拘泥于具体的形容，而更多的是细节的勾勒与氛围的烘托，神鬼化的故事描写，使情感变得更加丰富和鲜明：

年余，大成渐厌薄之，因而郎舅不相能，厮仆亦刻疵其短。展惑于浸润，礼稍懈。女觉之，谓封曰："岳家不可久居；凡久居者，尽阘茸也。及今未大决裂，宜速归！"封然之，告展。展欲留女，女不可。父兄尽怒，不给舆马，女自出妆资贳马归。后展招令归宁，女固辞不往。后封举孝廉，始通庆好。②

鬼尚能附身，与人相恋，相知相守，恩情与爱慕相互纠缠，买来官职，贪污享乐的恶人也终尝到了恶果，故事内容符合民间对生活向往的美好夙愿，浮世间的情感百态在此不难窥知一二，但相对于《聊斋志异》中的《梅女》一篇，《聂小倩》在民间流传范围更广，影响力更大，更有后世导演将之翻拍为影视作品《倩女幽魂》，其中的故事脉络与情感意象表达都有着鲜明的特色，字里行间寓意深刻，细节处往往暗藏玄机：

① （清）李斗：《扬州画舫录》，中国画报出版社 2014 年版，第 197 页。
② （清）蒲松龄：《聊斋志异》，中华书局 2015 年版，第 1767 页。

宁斋临野，因营坟葬诸斋外。祭而祝曰："怜卿孤魂，葬近蜗居，歌哭相闻，庶不见陵于雄鬼。一瓯浆水饮，殊不清旨，幸不为嫌！"祝毕而返。后有人呼曰："缓待同行！"回顾，则小倩也，欢喜谢曰："君信义，十死不足以报。请从归，拜识姑嫜，媵御无悔。"审谛之，肌映流霞，足翘细笋，白昼端相，娇艳尤绝。遂与俱至斋中。①

宁采臣帮助野鬼聂小倩，安葬，却深得其心，带其回家与母亲共同生活，宁采臣与宁母也从未因小倩是鬼而有半分轻视，待小倩如常人，给了身为鬼的小倩以人的尊重，此乃重理、重情、重义，而宁母的关怀、宁采臣的守护和喜爱、小倩的感激和爱慕等多重情感，在现实生活当中往往能和理想化的夫妻生活相对应，能够引发人们对于家庭生活与现实当中情感交互有更深层次的思考，《新齐谐》当中也有类似的叙事表达，但在人际关系、情感变化的表达精妙程度上，与《聊斋志异》相比稍逊一筹：

杭州望仙桥周生，业儒，妇凶悍，数忤其姑。每岁逢佳节，着麻衣拜姑于堂，诅其死也。周孝而懦，不能制妻，惟日具疏祷城隍神，愿殛妇安母。章凡九焚，不应；乃更为怨语，责神无灵。②

《新齐谐》是在《聊斋志异》出现后，与其风格相仿的系列作品之一，但对于内容的深度刻画及城市治理情感表达，与《聊斋志异》差距甚远，后来以《阅微草堂笔记》为首的杂俎派盛行，让笔记小说在城市治理情感表达上有了新突破，但多以因果报应为主题，内容生动性上再难与《聊斋志异》相匹。

---

① （清）蒲松龄：《聊斋志异》，中华书局 2015 年版，第 329 页。
② （清）袁枚：《新齐谐》，人民文学出版社 1996 年版，第 621 页。

总的来说，明清叙事文学在关于人际关系的情感变化方面的描写，以《聊斋志异》为重要转折点，在《聊斋志异》之前的《西湖梦寻》《苏谈》《石田杂记》《志怪录》等，虽然有一定的情感变化表达，但是缺乏深度和意象的多样性。而自《聊斋志异》之后，志怪类笔记小说盛行，以虚拟意象表达现实情感的写作方式在文坛内得到广泛认可与应用，虽模仿者均不能与《聊斋志异》比肩，但也为志怪小说领域未来的发展奠定了良好基础，以纪晓岚所著《阅微草堂笔记》为首的杂俎类笔记小说在叙事风格和情感表达上也一定程度上沿袭了《聊斋志异》虚实结合的表达形式，而随着情感表达的丰富多样和层次分明，城市治理的书写也变得更具氛围，也将城市当中复杂的人际关系，通过更容易被大众理解的方式呈现于书卷之上。

三、府舍间的家长里短

家庭问题一直是能够引发大众共鸣，甚至能够成为在民间广为流传的主要话题。也正是因此，城市叙事文学作为从普通市民视角进行故事书写的文学表现形式，在家庭关系的描写上，也有着较多笔墨。唐宋时期的叙事文学描写当中多以写实为主。到了明清时期，随着笔记小说和民间故事的广为盛行，一些较为玄妙的事件往往会出现在书卷之中。此外还有专门将古今稀奇之事收录于一体的文集，如《板桥杂记》《石田杂记》《苹野纂闻》等都对城市生活有着一定的记载，但是内容较为零散，多是道听途说或前人所记录内容的收纳总结。而诸如《帝京景物略》《清嘉录》等笔记类文学作品则以纪实为主，其中的典故和内容，很难在坊间流传，很难被人们所熟知。发展至清代的《聊斋志异》《新齐谐》《松窗梦语》等小说在城市家庭问题的描写上更为丰富，甚至有脱离现实的理想化描述，但是细节处却又直指现实，发人深省，古代城市生活过程当中存在的家庭问题以带有奇异气息的表述方式展现了出来。

明朝时期关于家庭关系的描写更多偏向于客观，对于前代内容的归纳总结，也对后来城市小说的创造发展提供了蓝本。如《庚巳编》一书就有如下记载：

> 童历问其锭数多少，皆合，即举以还之。妇感激，欲分以谢，不受，遂携去，夫因得释。念童之德，偏以语人。指挥者闻而异焉，令人访致之，育于家，年老无子，悦其美慧，遂子之。又数年致仕。①

正直不贪财的优秀品质，被指挥使认可，亦成为了和睦的一家人，从仆人到家人身份地位的转变和家庭环境的变化给童子的人生带来了转机，文中主线看似以袁尚宝的方术为线索，实则是对家庭关系和人文风俗的深度刻画，但是在氛围营造和表达艺术上还有所欠缺，《聊斋志异》在这一方面有所建树，收录的多是奇闻异事，也有自我创作，内容阐述的风格与后来的志怪小说有许多相同之处，在家庭关系的描述中加入了许多抽象元素：

> 太原王生，早行，遇一女郎，抱袱独奔，甚艰于步。急走趁之，乃二八姝丽。心相爱乐，问，"何夙夜踽踽独行？"女曰，"行道之人，不能解愁忧，何劳相问。"生曰："卿何愁忧？或可效力，不辞也。"女黯然曰："父母贪赂，鬻妾朱门。嫡妒甚，朝詈而夕楚辱之，所弗堪也，将远遁耳。"问："何之？"曰："在亡之人，乌有定所。"生言："敝庐不远，即烦枉顾。"女喜，从之。生代携物，导与同归。女顾室无人，问："君何无家口？"答云："斋耳。"女曰："此所良佳。如怜妾而活之，须秘密勿泄。"生诺之。乃与寝合。使匿密室，过数日而人

---

① （明）陆粲、顾起元：《庚巳编　客座赘语》，中华书局1987年版，第141页。

不知也。生微告妻。妻陈，疑为大家媵妾，劝遣之。生不听。①

《聊斋志异》当中许多篇章之所以脍炙人口，是因为其中内容符合实际的生活情况，更贴近大众的普遍认知，在家庭关系的梳理上，也通过神鬼化的描述技巧，将更真实的家庭情况呈现在纸张之上，而家庭关系是呈现人际关系的重要媒介，《聊斋志异》行文中以家庭关系作为重要元素之一进行阐述是十分明智的，而后的诸如《阅微草堂笔记》《新齐谐》《松窗梦语》《夜谭随录》等笔记小说虽有其影，但无其神，却也将各时期中国各地的人文风貌达到了一定程度的还原，在利用家庭关系进行人际关系梳理和探索的过程当中有一定的开掘。明清时期的叙事文学在人际关系展现上并不拘泥于以上几种情感内容，在社会冲突下的思想转变及文化更新下，人际交流上的细微变化也在文中有所体现。这与文化的进步与发展、群众认知得到改善有着密切关系，在下文关于城市治理的思考中将详述。

总体而言，明清时期叙事文学在关于人际关系复杂性思考方面，以友情、爱情、亲情作为主要切入点，以情感为线索，将社会现象融入字里行间，将城市治理的实际风貌与不同时期风俗人文下人际关系的细微变化以书面的形式呈现，人间的君子之交、浮世间的情感百态、府舍间的家长里短等，共同绘就了封建社会的众生相。

第二节　城市中的文治教化

在漫长的封建王朝发展的过程中，维持社会秩序稳定的不光是强制的约束和管理，文化对于政权巩固起的作用也是极为显著的，文治教化对于

---

① （清）蒲松龄：《聊斋志异》，中华书局 2015 年版，第 239 页。

社会发展造成的影响在秦始皇"罢黜百家，独尊儒术"时就已经有了体现，发展到唐宋时期各类文化盛行，封建王朝迎来文化的鼎盛发展时期。时至明代，文明体系已逐渐趋于完善，与文治教化相关的书籍也变得更为丰富，《国榷》较为真实地还原了明代的人文风貌，但由于政治原因于清代初期一度成为禁书，而由清人编写的《明史》由于具有较为浓厚的时代色彩，其中内容大多是在统治阶级的监管下编制而成，视角较为单一，在内容呈现多样性上也有所不足。

明清时期的叙事文学写作蔚然成风，以市民视角记载的短篇故事往往能从侧面将时代的文化进步和发展轨迹勾勒出来，特别是在关于城市氛围及城市群众习惯及生活风俗等方面，往往能够将较为真实的历史画面呈现给广大读者。如《帝京景物略》《西湖梦寻》《扬州画舫录》等一类叙事文学在风俗文化的描写方面就较为翔实，但是太过客观的描述很难符合大众的审美与口味，要想更加深度地还原人文风貌和相关内容，则往往需要利用奇闻异事和侧面描写才可以得到更强的传播广度。以《聊斋志异》为首的志怪小说之所以流传至今仍然有极高的知名度、且被人们广为称道，更多的是因为其中的环境、神态等细节描写能更符合民间的审美和语言阅读需求。以《阅微草堂笔记》为首的笔记小说虽然部分篇幅依然有神鬼化色彩，但内容杂、篇幅短，在文化内容展现层面上有一定不足，在笔记小说中，集权加剧下的传统人文、时局动荡间的文化融合和前朝文明中的总结思考，是其中描述城市文治教化的主要内容。

一、集权加剧下的风俗人文

明清时期相对于之前的朝代而言封建皇权更加集中，作为统治阶级拥有更强的话语权。也正是因此，一成不变的科举制度和文字狱在这个时期盛行。从积极的角度来看，传统文化的集中甚至是专制，使得明朝时期出现了许多将前朝优秀作品、资料进行汇编和总结的文献，这些文献对于文

化发展和思维的探索，产生了积极的促进作用，诸如《苏谈》《庚巳编》
《琅琊漫抄》《方洲杂言》等明代的笔记类作品都是将前朝的奇闻异事典故、
甚至诗词收录其中，再加上自己的看法和少数当代的事件进行阐述，使其
中部分内容对于传统习俗的记述和归纳具有极强的参考价值。如《苏谈》
一书中就记载：

> 常熟士人饮酒立令至为严酷，杯中余沥有一滴，则罚一杯，若至
> 肆滴伍滴，亦罚如其数。人惟酒录事是听，不敢辞也。又其为例颇
> 多，如不说后语，及落台说话不检，举饮不如法，皆有罚。罚而辨
> 者，为搅令，亦有罚。必满饮，饮复犯令，则复罚，虽十罚，必罚十
> 杯，无一恕者。①

此类关于风俗文化的内容记载往往有着极为悠久的渊源。在明代这一
因文字狱而使读书人变得异常紧张的时代，《苏谈》是当时极为少见的珍
贵典籍，内容当中有许多奇异之事，但其神鬼化色彩并不浓厚，更多的是
还原实际风俗文化及各地传说的实际内容。但也正是这些归纳总结出的奇
闻异事，为之后的志怪小说创作提供了极为重要的参考，类似的记录和书
写，在《方洲杂言》一书中也不难窥见：

> 正统丁卯，予年二十二，初赴举。中场之日，老父于中庭，得桂
> 一枝，葩叶新茂，不知所从来。因真瓶沃以水，祝曰：倘吾子获荐，
> 花其发荣，淹宿盛开，香气满室。是年八月二十四日，揭晓先一夕，
> 先母孺人，梦一老叟，自门入中庭，持笔如椽，蘸毫天水缸，书孙字
> 于抱清楼外粉墙，字崇广专堵。母自捧泥，依字画墁坊之。翌日报书

---

① （明）杨循吉：《苏谈》，商务印书馆（民国）1935 年版，第 41 页。

至后，学士吕逢原，尝作瑞应记。自是两试春官，皆下第。①

可见，无论是科举还是生活，明代叙事文学的写作过程当中，都有极强的时代色彩。在特殊的时代背景下，有关历代风俗等文献资料的编纂在原有基础上也有了一定程度的变化，这在《庚巳编》中就有一定程度的体现：

> 郡医官盛早被檄摄狱事，有数囚死，不以理。壬申夏四月，盛罢摄，携狱中刑具数事归家，囚凭而为厉。

而在明代，中央集权下首都的文治教化则有着较为详尽的记载，《帝京景物略》就是其中的代表作。在这本书的字里行间，好似展开了一幅描绘明代的街景的万里长卷。明清时期对于园林景观的打造与内涵赋予有着极大的突破与发展，该书中对当时都城的民俗、宗教等城市具体的文化样式，以及园林的各种风貌，都有着具体的描述，其单篇内容较短，符合小品文的叙述手法，而叙述内容也采取以普通市民的视角进行阐述，而其间关于地理的内容占据多数，对于研究明清时期北京的历史具有重要意义：

> 园林寺院，有名称著而骈列以地，如净业寺、莲花庵之附水关，李园、米园之附海淀者。有名称隐而特标著之，如水关之太师圃、卧佛之水尽头者。有昔著今废，犹为指称焉，如高梁桥之极乐寺、玉泉山之功德寺者。②

---

① （明）张宁：《方洲杂言》，商务印书馆（民国）1935 年版，第 20 页。
② （明）刘侗：《帝京景物略》，故宫出版社 2013 年版，第 15 页。

发展到清代，中国社会的中央集权色彩变得更加浓烈，但是在诸多因素的推动下，清朝的叙事文学发展格局与明朝大不相同，很多表现形式独特的叙事文学呈现在读者的视野中。传统纪实类文学对于城市文化的描写也变得更加细腻，《扬州画舫录》对截至清朝的江南一带人文风俗及传统文化有着较为详尽的记录和书写。相对于之前的笔记小说当中对于各地文化的零星撰写而言，《扬州画舫录》有着更为完整的行文体系，人文风貌的还原度也鲜有前朝作品能与之比肩：

> 多子街即缎子街，两畔皆缎铺。扬郡着衣，尚为新样，十数年前，缎用八团。后变为大洋莲、拱璧兰彦色，在前尚三蓝、朱、墨、库灰、泥金黄，近用膏粱红、樱桃红，谓之福色，以福大将军征台匪时过扬着此色也。每货至，先归绸庄缎行，然后发铺，谓之抄号。每年以四月二十日为例，谓之镇江会。缎铺中有居晓峰者，丹徒人，工于诗。①

刺绣、舞蹈、乐曲甚至部分非物质传统文化内容在书中都有所提及，但其内容记叙方式与《帝京景物略》类似，对于研究城市历史而言是难得的文献资料，但很难被普通读者广泛认可。要说真正让传统文化风貌与城市治理历程被大众所熟知，让笔记文学成为城市风俗的重要民间信息传播载体，靠的还是以《聊斋志异》为首的志怪类小说和以《阅微草堂笔记》为首的杂俎类笔记小说。其中内容接地气且寓意深刻之作，当以《聊斋志异》为最。《聊斋志异》中的《戏术》就将于淄川的风俗人情与神鬼化的故事相结合：

---

① （清）李斗：《扬州画舫录》，中国画报出版社 2014 年版，第 143 页。

> 有桶戏者，桶可容升；无底，中空，亦如俗戏。戏人以二席置街上，持一升入桶中；旋出，即有白米满升，倾注席上；又取又倾，顷刻两席皆满。然后一一量入，毕而举之，犹空桶。奇在多也。①

关于戏剧风俗的特殊撰写，在史料当中鲜有提及，而《聊斋志异》关于此类内容则有着详细的书写。且对于山东地方的风俗，作者蒲松龄往往会采用更加魔幻的方式与虚拟的意象相结合，从而达到更好的表达效果。

在文化内容书写的过程当中，叙事文学对于封建社会中央集权加剧下的风俗人文样式有着独特的书写方式，《苏谈》当中的饮酒文化，《方洲杂言》中的科举文化，《庚巳编》中牢狱实记和《帝京景物略》的园林描写，都有着鲜明的特色。相对正统的史书内容而言，这些来自民间的奇闻异事和平民化书写下的侧面烘托，更能反映当时城市真实的人文风貌，也可以让我们用更加多样化的视角去看待权力高度集中的政治趋势下文化的发展与演变。

二、时局动荡间的文化融合

相对于唐宋时期文化的繁盛和对各类文化的高度包容而言，明清时期的文化显得更加注重自身发展，对于外来文化的接纳程度较低，这种闭关锁国的现象最严重的时期为明代中后期。发展至清代，虽然从统治阶级的政策上来看依旧处于故步自封的阶段，但是受到当时国际形势的影响，外来文化与传统文化的融合已开始初现苗头，而这种文化风格在城市治理和人文方面的体现是较为明显的。冯梦龙的《古今谭概》中就曾有西域人物的描写：

---

① （清）蒲松龄：《聊斋志异》，中华书局 2015 年版，第 585 页。

永乐四年，西僧哈立麻至京，启建法坛，屡著灵异。翰林李继鼎
私曰："若彼既有神通，当作中国语，何待译者而后知乎？"①

从汉代的丝绸之路算起，在中国历史发展的过程当中，中西文化的融
合与演变一直在延续和发展之中。明代虽然是极为封闭的一个朝代，但是
在文人对于异国见闻轶事的记述方面却是历代叙事文学难与之相比的。除
了冯梦龙的《古今谭概》《情史》《笑府》等作品之外，《庚巳编》在琐闻
轶事上的记载也颇有特色，不乏外域文化色彩：

数年前，有巨蝙自海外漂至崇明，中有七人，巡检以为盗执之。
七人云："吾等广中海商，舟入西洋，为飓风飘至此耳，非盗也。"送
上官验视，檄遣还乡。其人自言："在海中时，尝泊一岛，欲登岸取
火。忽有异物四五辈，人形而马头，自岛入水而洄，以头置船舷，作
吁吁声。"②

相对于明代而言，清代的文化交流和冲突都变得更多。在这样的发展
形势下，文化的融合就成为了时代发展的必然趋势。在很多作品关于文化
内容的书写当中，都出现了许多较为明显的西方元素。《聊斋志异》作为
一部脍炙人口的志怪小说，其内容的文学性毋庸置疑，而有关中西文化交
流的表述也并未显得生硬，往往是融入故事的讲述之中，以虚构的故事意
象表达真实的文化景观：

明日龙窝君按部，诸部毕集。首按"夜叉部"，鬼面鱼服，鸣大

---

① （明）冯梦龙：《古今谈概》，中华书局 2007 年版，第 369 页。
② （明）陆灿：《庚巳编》，中华书局 1987 年版，第 303 页。

钲，围四尺许，鼓可四人合抱之，声如巨霆，叫噪不复可闻。舞起则巨涛汹涌，横流空际，时堕一点大如盆，着地消灭。龙窝君急止之，命进"乳莺部"，皆二八姝丽，笙乐细作，一时清风习习，波声俱静，水渐凝如水晶世界，上下通明。按毕，俱退立西墀下。次按"燕子部"，皆垂髫人。①

这段文字选自《聊斋志异》中的《晚霞》一篇，讲述的是主人公阿端偶然来到了另外一个充满着异域风情的国度，从而有机会感受不一样的文明样式。同样的写作手法在纪晓岚的《阅微草堂笔记》当中也有一定程度的呈现。由于处于清代后期与外来文化交流程度较高，其中关于西方文化在中原境内的表现和描写变得更加丰富多样，相较于官方的记载来说，《阅微草堂笔记》的叙事细节更贴近民间生活：

乌鲁木齐深山中牧马者，恒见小人高尺许，男女老幼一一皆备，遇红柳吐花时，辄折柳盘为小圈，著顶上。作队跃舞，音呦呦如度曲。或至行帐窃食，为人所掩，则跪而泣。系之，则不食而死；纵之，初不敢遽行，行数尺辄回顾。或追叱之，仍跪泣。去人稍远，度不能追，始蓦涧越山去。然其巢穴栖止处终不可得。此物非木魅亦非山兽，盖焦侥之属。②

总体来看，明清时期的文治教化是从封闭到被动开放的过程。在此过程中，前朝关于异域文化的记载得到了归纳和梳理，多在明朝以合集的形式进入了大众视野，为后世城市文学的发展和演变提供了重要的文献资

---

① （清）蒲松龄：《聊斋志异》，中华书局 2015 年版，第 2824 页。
② （清）纪昀：《阅微草堂笔记》，三秦出版社 2021 年版，第 232 页。

料。清代西方列强的侵略导致外来文化的被动性输入，虽然对于社会发展的总体进程造成了不利影响，但客观上却对中西方的文化交流起到了一定的推动作用。从《古今谭概》《庚巳编》的前世总结，到《聊斋志异》《阅微草堂笔记》中故事描写中的自然融入，见证的不光是叙事文学的发展，更是城市中不同文化的交流与互鉴。

第三节　对城市治理之策的记述

明朝皇权统治变得更为集中。与此同时，文化的封闭性也体现得非常明显。在这样的语境之下，文人们想要在文学创作上有所突破，往往只能进一步整理前朝的内容。正因如此，对于前朝文明的总结与思考，是明代叙事文学发展过程当中的一大特征。这一点也在清代的许多小说创作当中也有所继承，通过对前朝文明的有效总结与提炼，将其中可取之处带入当下文明的发展中来，这对于社会发展起到的促进作用十分明显。例如《语林》《方洲杂言》《苹野纂闻》等作品对于前朝历史文化的总结较为全面，从作品中可以看到较为丰富的前朝文化风貌。但创作主体对于故事的评价也基本符合当时的主流意识形态，但对于其中相关内容的自我见解与思考较少。发展至清代，时局的动荡和外来文化的逐步融合，使得诸如笔记小说之类的文学作品迎来了全新的发展契机，《聊斋志异》《新齐谐》《松窗梦语》等作品当中除了神鬼化的写作色彩之外，也有很多作者自身的看法与表达内涵蕴含其中。在这些作品当中，大多是城市和乡间所发生的奇闻异事，这些故事在能够给人带来新奇之感的同时，也带有很明显的民间文学书写色彩，如果说明代的内容更多的是将前世的故事进行收集，且自我评价的深度不够，那么清代很多志怪类小说和杂俎类小说当中所蕴含的寓意都较为深刻，表达的意向也比较丰富。

一、陈旧制度的还原与批判

处于封闭状态的明代与其他国家的往来十分有限，对于其他文化的接受程度也较低，这对于社会的发展是极为不利的，也引起了当时群众的强烈不满，这些相关内容在一些民间书籍当中有诸多的表现。由于明朝的特殊政治环境，一些原创性的、富含寓意的作品出现较少，但冯梦龙的《古今谈概》《情史》《智囊》等作品依旧能够体现出一定的明代城市治理风貌，对于城市风俗文化的描写依旧具有一定特点。进入清代，叙事文学发展更为迅速，以"四大名著"和《聊斋志异》等讽刺性小说为代表的叙事文学都呈现出了不同的表现风格，对于旧制度的暗讽与批判意味较为明显，使封建阶级统治压迫下的真实民生状况跃然纸上。

明朝时期的社会环境对于文学类作品的兼容度较低，但是仍然留下了一部分具有较强文学意义的作品。哪怕是对于前朝的归纳总结，也有作者自身的一些看法，在一些关于本朝的风俗、文化，甚至是景观描写过程当中存在的一些隐含寓意，也能够从字里行间体现出来。冯梦龙的《古今谭概》一书中就有如下记载：

> 广文先生之贫，自古记之。近日士风日趋于薄。有某学先生者，人馈之肉，乃瘟猪也。先生嘲之曰："秀才送礼，言之可羞。瘦肉一方，尧舜其犹。"又有以铜银为贽者，又嘲之曰："薄俗送礼，不过五分，启封视之，尧舜与人。"或作破云："时官之责门人也，言必称尧舜焉。"①

这段文字是一则极短的事件记载，从送礼一事来看当时的社会风气。

---

① （明）冯梦龙：《古今谭概》，中华书局 2007 年版，第 384 页。

表面上看来只是人相处的过程当中社会风气的变化，而更深层次是对于社会发展过程当中产生问题原因的思考。故事看似是在讽刺当下士人相处之间没有了当初的厚道淳朴之风，何尝又不是在指当时所处的社会大环境有待改善呢？同样的写作手法，在冯梦龙的《智囊》中也出现过：

> 赵王李德诚镇江西。有日者，自称世人贵贱，一见辄分。王使女妓数人与其妻滕国君同妆梳服饰，立庭中，请辨良贱，客俯躬而进曰："国君头上有黄云。"群妓不觉皆仰视，日者因指所视者为国君。①

而《智囊》当中所阐述的内容多是前朝之事，虽亦有讽刺之味，但对于当朝之事少有评论。发展到清代，文人笔下的内容变得更加多样化，对于当朝的一些人文风貌和城市治理方面的问题，也开始通过文字的方式来记述，并发表自己的看法，清朝初期的《西湖梦寻》对于清朝时期城市治理风貌的体现就较为真实，对于明代遗留景物的细致描写是怀念，也是惋惜：

> 粟山高六十二丈，周回十八里二百步。山下有石人岭，峭拔凝立，形如人状，双髻耸然。过岭为西溪，居民数百家，聚为村市。相传宋南渡时，高宗初至武林，以其地丰厚，欲都之。后得凤凰山，乃云："西溪且留下。"后人遂以名。地甚幽僻，多古梅，梅格短小，屈曲槎桠，大似黄山松。好事者至其地，买得极小者，列之盆池，以作小景。其地有秋雪庵，一片芦花，明月映之，白如积雪，大是奇景。余谓西湖真江南锦绣之地，入其中者，目厌绮丽，耳厌笙歌，欲寻深溪盘谷，可以避世如桃源、菊水者，当以西溪为最。余友江道暗有精

---

① （明）冯梦龙：《智囊》，中华书局 2007 年版，第 689 页。

舍在西溪，招余同隐。余以鹿鹿风尘，未能赴之，至今犹有遗恨。①

　　《西湖梦寻》多是对于景物的描写，作者的叙事情绪通过烘托气氛的方式予以传达，且多描绘的是明末清初的杭州城市风貌，那么蒲松龄所著的《聊斋志异》则反映的是北方淄川（今山东淄博）的人与景，对于其他地方的传说与坊间故事也有记载，但与《西湖梦寻》不同的是，《聊斋志异》更注重的是写人，且故事描写的过程当中，神鬼化色彩较为明显，但其中寓意也极为深刻，对于后世笔记小说的影响较大，《考城隍》中只字未提当朝科举，却处处写的是清朝的科举取士：

　　　　召公上，谕曰："河南缺一城隍，君称其职。"公方悟，顿首泣曰："辱膺宠命，何敢多辞。但老母七旬，奉养无人，请得终其天年，惟听录用。"上一帝王像者，即命稽母寿籍。有长须吏，捧册翻阅一过，白："有阳算九年。"共踌躇间，关帝曰："不妨令张生摄篆九年，瓜代可也。"乃谓公："应即赴任；今推仁孝之心，给假九年，及期当复相召。"又勉励秀才数语。②

　　这段文字表面上写的是众神以文招官，最后因感动于书生的孝道而延长了书生的阳寿。而实际上则是对清代黑暗的科举制度的隐喻和讽刺，而这样的表达手法也被后来的清朝文人纪晓岚在《阅微草堂笔记》当中有所应用：

　　　　大学士伍公弥泰言，向在西藏见悬崖无路处，石上有天生梵字大

---

① （明）张岱：《西湖梦寻》，上海古籍出版社 2001 年版，第 227 页。
② （清）蒲松龄：《聊斋志异》，中华书局 2015 年版，第 4 页。

悲咒，字字分明，非人力所能，亦非人迹所到。当时曾举其山名，梵音难记，今忘之矣，公一生无妄语。知确非虚构，天地之大无所不有。宋儒每于理所无者，即断其必无。不知无所不有，即理也。①

总体看来，明清有关城市内容的叙事文学在相关内容描写上多是殊途同归。明代与冯梦龙《笑府》《古今谭概》类似的笔记小说还有《石田杂记》《苹野纂闻》《琅琊漫抄》《庚巳编》，等等，清朝诸如《聊斋志异》的志怪小说也有很多，如《新齐谐》《板桥杂记》《耳谈》《耳邮》《闻见异辞》等等，其中的内容描写相对于前朝而言已有了较为明显的进步与发展。以纪晓岚《阅微草堂笔记》为首的杂俎类笔记小说除了带有对于封建制度的批判意味，在城市治理内容反映方面涵盖的区域也更为广阔，这与当时信息局限性的突破与交通便利程度的提升有一定关系，也和当时思想的解放与进步密不可分。

二、对封建礼教的讽刺与反抗

除了陈旧的制度之外，传统的封建礼教思想也束缚着人们的思维和观念自由。在社会发展的进程当中，冲破传统礼教的束缚、拥有理想与愿望并为之奋斗，是明清时代思想进步的文人较为统一的思想诉求。在明清叙事文学之中，我们也不难窥见出当时文人对传统封建礼教的抨击与批判，如《古今谭概》《苹野纂闻》《石田杂记》《琅琊漫抄》《语林》等作品多有借古讽今的写法，而后来的《聊斋志异》《新齐谐》《耳谈》《燕下乡脞录》等笔记小说多以虚幻意象表达对于现实封建礼教的不满，这些作品更加符合普通民众的审美，覆盖面更广，影响力也更强。

明代闭关锁国政策的施行，使得外来文化在国境内受到严格管控，文

---

① （清）纪昀：《阅微草堂笔记》，三秦出版社 2021 年版，第 85 页。

化融合与发展缓慢，还多有文字狱的出现。在如此严苛的社会风气之下，仍然有众多的进步文人以手中的墨笔当做武器，无畏地在作品中反映封建礼教压迫下的世间万象。如在《古今谭概》一书中就有关于封建礼教风俗的描写，这些内容颇有趣味，同时也发人深省：

> 嘉靖间，昆山民为男聘妇，而男得痼疾。民信俗有"冲喜"之说，遣媒议娶。女家度婿且死，不从。强之，乃饰其少子为女归焉，将以为旬日计。既草率成礼，男父母谓男病，不当近色，命其幼女伴嫂寝，而二人竟私为夫妇矣。逾月，男疾渐瘳。女家恐事败，绐以他故邀假女去，事寂无知者。因女有娠，父母穷问得之。讼之官狱，连年不解。有叶御史者，判牒云："嫁女得媳，娶妇得婿。颠之倒之，左右一义。"遂听为夫妇焉。①

在封建礼教的压迫中，受迫害最深的当属女性。明代作家梅鼎祚就在《青泥莲花记》中提及出淤泥而不染的莲花并非指莲花本体，而是指出身于青楼、命运悲惨，却不臣服于命运、努力抗争的女子，这一观点完全颠覆了在民间流行的"凡娼必淫"的看法：

> 倡女王翘儿善弹唱，却不喜媚客，后设计脱离鸨母，移居海上，名满江南。倭寇入侵江南，翘儿被掳，寨主徐海对她恩宠有加，翘儿因欲伺机报国。督府派人前去招降，翘儿作内应而日夜劝说徐海，徐海最后愿意归顺。督府大兵压近，徐海依翘儿之言未加防备，督府率军而进，斩了徐海及众倭寇。督府设宴庆贺，令翘儿行酒，督府酒醉失态与翘儿嬉戏。次日，便将她赐给永顺酋长。翘儿去钱塘舟中叹惜

---

① （明）冯梦龙：《古今谈概》，中华书局 2007 年版，第 488 页。

自己"杀一酋而更属一酋",半夜投江而死。①

出身青楼的王翘儿机智勇敢,最终却不堪受辱,投江自尽。以今天的眼光看来,王翘儿当属英勇报国的有功之人,但在当时却因低贱的身份而饱受凌辱。如此机智果敢的王翘儿尚且如此,其他身处封建世俗观念下生存的身世悲惨的女子更是难有翻身的机会。而明代叙事文学中诸如此类的描写内容较少,这与明代的时代发展背景有着密切关系。在明朝末期,志怪类笔记小说的出现为后来笔记小说发展提供了方向,《庚巳编》就是其中经典著作之一,但其中也有不少封建思想的残存。清代的《聊斋志异》同样采用神鬼色彩进行故事描绘,但其间尽是对封建礼教的批判与讽刺:

> 至日,使华装行新妇礼;女笑极不能俯仰,遂罢。生以其憨痴,恐泄漏房中隐事;而女殊密秘,不肯道一语。每值母忧怒,女至,一笑即解。奴婢小过,恐遭鞭楚,辄求诣母共话;罪婢投见,恒得免。而爱花成癖,物色遍戚党;窃典金钗,购佳种,数月,阶砌藩溷,无非花者。②

明清时期正是中央集权加剧、封建礼教思想僵化严重的时期。在神鬼化的故事描写下,作家们往往将旧时代女性对婚姻自由的向往、陈旧观念下的荒诞可笑体现得淋漓尽致。相对而言,清代的城市叙事文学描写得更加细致和发人深省,如在《新齐谐》一书中,就记载了这样一个离奇事件:

> 新建张雅成秀才,儿时戏以金箔纸制盔甲鸾笄等物,藏小楼上,

---

① (明)梅鼎祚:《青泥莲花说》,人民文学出版社 2017 年版,第 129 页。
② (清)蒲松龄:《聊斋志异》,中华书局 2015 年版,第 301 页。

独制独玩，不以示人。忽有女子年三十余，登楼求制钗钏步摇数十件，许以厚谢。秀才允之，问："安用此？"曰："嫁女奁中所需。"张以其戏，不之异也。明日，女来告张曰："我姓唐，东邻唐某为某官，我欲请郎君求其门上官衔封条一纸，借同姓以光蓬荜。"张戏写一纸与之。次夕，钗钏数足，女携饼饵数十、钱数百来谢。及旦视之，饼皆土块，钱皆纸钱，方知女子是鬼。①

在冯梦龙的《智囊》中，我们能够看到有关城市治理者进行案件裁定的细致描写：

> 后魏李惠，为雍州刺史。人有负盐负薪者，同释重担息树阴。少时，且行，争一羊皮，各言藉背之物。久未果，遂讼于官。惠遣争者出，顾州纪纲曰："以此羊皮可拷知主乎？"群下咸无答者。惠令人置羊皮席上，以杖击之，见少盐屑，曰："得其实矣。"使争者视之，负薪者乃伏而就罪。②

这则小故事生动记述了一位担任雍州刺史的城市管理者运用智慧巧断民间案件的故事。这一故事既表现出地方官员的智慧，更表达了民间百姓对城市管理者的期待。明清笔记小说在城市治理上的笔墨较多，对于封建制度的讽刺与反抗也占据了不少篇幅，《新齐谐》《松窗梦语》《板桥杂记》等作品也有一定程度的意象展现，除了纪实类的如《帝京景物略》《扬州画舫录》一类的笔记小说侧重于景观和人文的记录蕴含的寓言色彩较少之外，其他的志怪与杂俎类笔记小说百花齐放，文章意象丰富，故事在接地

---

① （清）袁枚：《新齐谐》，人民文学出版社 1996 年版，第 392 页。
② （明）冯梦龙：《智囊全集》，中华书局 2007 年版，第 405 页。

气而不失风趣的同时，为后世笔记小说的叙事表达及明清时期城市治理风貌的深度还原奠定了良好基础。

三、社会面貌的别样诠释

明朝与清朝已经接近封建王朝的尾声，在发展的过程当中也出现了不少的近代元素，但是由于统治阶级的制度律法相对严苛，阶层分化更为严重，且对于外来文化的接纳度低，很多优秀的外来文化在国境之内的传播较为局限，文献中关于这些内容的直接记载也较为稀少，特别是在明代，一些带有民间文学色彩的笔记小说在故事描写时往往会有通过城市治理的细节来体现人类发展进步下社会面貌的千姿百态，相对正史的内容描写而言，无疑是社会风貌的别样诠释。而在清代，由于外来文化对于国民生活造成了一定程度的影响，社会面貌也受到了潜移默化的影响，一些工业化产物也逐渐进入了大众视野，在文化的冲击下，大众实际生活过程当中的种种风俗也发生了转变。诸如《聊斋志异》一类的志怪小说在描写社会风貌的过程当中，更是会应用神鬼话描写实现虚实结合，通过虚构的故事，将深刻的寓意融入其中，将社会的真实面貌和自身的主观感情融入其中，让城市叙事文学的渲染力得到质的飞跃。

明代城市题材的叙事文学多结合了前人见闻，但是在风俗文化的还原与城市人文风貌的描写上有着一定的内容叙述，《苏谈》《帝京景物略》《扬州画舫录》《秦淮画舫录》《松窗梦语》等作品中皆有相关的描写，其中《帝京景物略》对于明北京当时的民间风俗和城市治理的描写较为细致：

> 五月一日至五日，家家妍饰小闺女，簪以榴花，曰女儿节。五日之午前，群入天坛，曰避毒也。过午出，走马坛之墙下。无江城系丝投角黍俗，而亦为角黍，无竞渡俗，亦竞游耍。南则耍金鱼池，西耍高梁桥，东松林，北满井，为地不同，饮醼熙游也同。太医院官，

旗物鼓吹，赴南海子，捉虾蟆，取蟾酥也。其法：针枣叶，刺蟾之眉间，浆射叶上，以蔽人目，不令伤也。渍酒以菖蒲，插门以艾，涂耳鼻以雄黄，曰避虫毒。家各悬五雷符。簪佩各小纸符，簪或五毒，五瑞花草。项各彩系，垂金锡，若钱者，若锁者，曰端午索。十三日，进刀马于关帝庙，刀以铁，其重以八十斤，纸马高二丈，鞍鞯绣文，辔衔金色，旗鼓头踏导之。①

发展到清代，随着社会综合发展进度的加快和西方技术的融入，各城市之间的交流变得更为频繁。城市叙事文学中关于各地风貌的记载也变得更为全面，在众多作品中，江南地区的城市治理风貌展现内容较多，如《秦淮画舫录》《扬州画舫录》《西湖梦寻》等作都是以江南地区城市治理为主题内容的作品。《扬州画舫录》中的城市风貌描述相对于前朝更为细致和详尽：

"华祝迎恩"为八景之一。自高桥起至迎恩亭止，两岸排列档子，淮南北三十总商分工派段，恭设香亭，奏乐演戏，迎銮于此。档子之法，后背用板墙蒲包，山墙用花瓦，手卷山用堆砌包托，曲折层叠青绿太湖山石，杂以树木，如松、柳、梧桐、木日红、绣球、绿竹，分大中小三号，皆通景像生。②

相对于纪实类小说而言，志怪类小说和杂俎类小说在清代更为盛行，而其中关于城市治理的描写往往有着一定的虚构成分，但是内容丰富、构思巧妙，恰将别样的社会面貌展现在了读者眼前。《聊斋志异》作为清代

① （明）刘侗：《帝都景物略》，上海古籍出版社2001年版，第62页。
② （清）李斗：《扬州画舫录》，中华书局2007年版，第21页。

影响力极大的志怪小说，文中有真实的见闻，也有虚构的故事，但总的来看，奇闻异事的背后往往意有所指，直到现代依然是许多文史学家和文学爱好者的重要读物。其中收录的《柳秀才》一篇就有以下描述：

> 明季，蝗生青兖间，渐集于沂，沂令忧之。退卧署幕，梦一秀才来谒，峨冠绿衣，状貌修伟，自言御蝗有策。询之，答云："明日西南道上有妇跨硕腹牝驴子，蝗神也。哀之，可免。"令异之。治具出邑南。伺良久，果有妇高髻褐帔，独控老苍卫，缓蹇北度。即爇香，捧卮酒，迎拜道左，捉驴不令去。妇问："大夫将何为？"令便哀求："区区小治，幸悯脱蝗口。"妇曰："可恨柳秀才饶舌，泄我密机！当即以其身受，不损禾稼可耳。"乃尽三卮，瞥不复见。后蝗来飞蔽天日，竟不落禾田，尽集杨柳，过处柳叶都尽。方悟秀才柳神也。或云："是宰官忧民所感。"诚然哉！ ①

故事简短，却将封建礼教下的盲从迷信和天灾、苛政下的百姓疾苦囊括在内，社会风貌的切入角度辛辣，引人深思，而《新齐谐》《苏谈》《松窗梦语》《板桥杂记》等文风与之类似，对于相关内容的描写也有着自己的见解，城市治理下的社会百态一览无遗，其中《松窗梦语》的描写不光有寓言类的故事笔记，甚至有更加直接、批判意味浓厚的评论，将城市中官员的言行予以辛辣的讽刺：

> 武定侯郭勋自世皇登极以来，渐被恩宠。久之，遂擅威福，罔财贿，虐搢绅，收集无籍，殊多不法。上亲遇有加，封翊国公，乘轿都下，皆出异数。后科道纠发其事，上独断无所假，下之狱，灭其党恶

---

① （清）蒲松龄：《聊斋志异》，中华书局2015年版，第987页。

数十人，遂命法司议勋死。呜呼！小人恃宠放恣，从古如斯，然未有不及其身者也。而奸邪不鉴，人主不察，贻害国家，往往有之。孰如世皇英武果决，去狐鼠而奠安城社者？贤于古昔远矣。①

城市治理的相关理念与独特社会风貌的描写，在杂俎类笔记小说当中也有所体现，除了被大家所熟知的《阅微草堂笔记》之外，《耳食录》也是在奇闻异事记录间对于社会环境有着详细记录的笔记小说，其中的《柏秀才》一文就有以下描述：

坐是稽迟，不及村店，已曛黑，乃宿野庙中西阶之下。恍惚见两卒坐于其左，其一曰："柏秀才，何人也？乃令吾二人守候，为呵禁蛇虺。夜寒衣薄，不得休息，心窃不甘。"其一曰："阿六，尔又作醉语。顷褚虞侯言：彼乃文人，又新有盛德事，故将军敬之。而不闻耶？幸勿多言，言将答尔！"于是寂然。心知为鬼役，亦殊不畏。既而门外呵异声甚哗，云"有贵使至。"伏而窥之，见一神蛾冠盛服，仪卫施赫，皆古时装束。一神甲胄迎入内，语少时，使者旋去。则闻鼓角轰震，士马奔集，旄族铠仗，行列严整，略如人世行师状。传呼而起，顷刻已遥。②

明清时期的叙事文学在志怪类、杂俎类小说的创作上有一定突破，在社会面貌的诠释角度上变得更加多元化，从带有民间文学色彩的表现形式，社会各种风气跃然纸上，为后世研究明清时期城市治理情况提供了珍贵的历史资料。在这些小说作品当中，我们看到的世间百态和多种多样的

---

① （明）张瀚：《松窗梦语》，上海古籍出版社 1986 年版，第 125 页。
② （清）乐钧：《耳食录》，清乾隆五十九年抄本，二编卷五。

城市风貌，相对于明朝时期被政治和文字狱压迫下的文学内容表现而言，有更多自由在外来文化融合下发展，给清代文学家提供了广阔的创作空间，也正是因此，才有如此众多的作品可以将当时的城市文化及城市治理情况进行部分还原性呈现。

清代有关城市题材的叙事文学的发展迎来了最后一波小高潮，而在新思潮和民主革命来临之后，白话文开始在民间流行，传统的叙事文学也成为绝唱，但以《聊斋志异》《阅微草堂笔记》为代表的叙事文学作品在当时仍然受到众多文人的喜爱。对于历代城市的建设与治理方面也具有较高的研究价值。相对于正史，明清叙事文学的内容更贴近于民间疾苦，以及对封建礼教的讽刺与反抗。尤其是纪实类的文学作品更是对各地的城市景象进行了深度还原，如《西湖梦寻》《扬州画舫录》当中的江南水乡，《帝京景物略》《京尘杂录》中的都城盛景，等等，这些作品都不同程度地用文字还原了真实的明清城市。

总而言之，明清时代的叙事文学在城市治理方面的内容体现了城市人际关系的复杂性，其间包含有人间的君子之交、浮世间的情感百态与府舍间的家长里短，栩栩如生的人物形象将真实的人际关系带入读者的视野；对于集权加剧下的风俗和时局动荡下的文化融合都有着一定的笔墨，以民间视角见证了时代的发展与变迁；在城市治理观念的思考上，从陈旧的制度，封建礼教的压迫与社会面貌的多样性方面让读者从不同视角看到了明清都市的千万景象，也从中看到了统治阶级权力高度集中的时代在社会变革过程当中遇到的各种各样的问题以及文化融合过程当中大众观念的进步。

第五章　城市文明变迁的追思与回顾

中国古代叙事文学发展到明清时期终于迎来了成熟和辉煌时期。在此时期的文学创作中，对于城市文明的内容描写十分突出，无论是明朝时期的《帝京景物略》《青泥莲花记》《古今谭概》，还是清朝的《扬州画舫录》《秦淮画舫录》《松窗梦语》《聊斋志异》《阅微草堂笔记》等，都有着较为具体的城市文明内容描写。仔细研读明清两代的叙事文学，不难发现其中对于城市文明变迁的内容有着较为细致的描写。

第一节　历史事件的陈述

明清时期的叙事文学时常会提到以往所发生的历史事件，如嘉定三屠、明末农民起义、白莲教起义、太平天国运动等。从后世群众的视角来进行事件的阐述，往往能够更为客观理性地进行问题的理解和分析，明清两代属于封建王朝的末期，在笔记小说内容书写上有着较强的总结性，在如《古今谭概》《阅微草堂笔记》一类的笔记小说作者在历史事件陈述的过程中都会直接表达自己的看法和意见；《苏谈》《庚巳编》一类则是引用他人的观点对于历史事件的分析进行佐证，《聊斋志异》则是采用艺术性的文学表现形式来进行情感表达，虽然表达方式不同，但是对于历史事件的思考和分析都具有十分鲜明的个人特点，对现代甚至是未来历史学家进行历史事实的研究与考证提供了珍贵的资料和多样化的历史评价。

一、历史往事的主观评点

明清叙事文学在进行故事讲述时，经常会选取前朝的奇闻轶事来作为素材。也正是因此，在实际内容描写的过程当中会呈现出不同的记述方式。明朝时期在进行历史事件讲述时多采用了客观的陈述方式，但冯梦龙所写的几部作品则有着较为鲜明的个人色彩特点，如《智囊》《笑府》《古今谭概》等叙事文学都在不同程度上反映了作者的自身思想特点和对历史事件的看法，其中《古今谭概》里冯梦龙就对于流言类的故事记载表达了自己的看法：

> 子犹曰：天下之事，从言生，还可从言止。不见夫射者乎？一夫穿杨，百夫挂弓。何则？为无复也。心心喙喙，人尽南越王自为耳。不得真正大聪明人，胸如镜，口如江，关天下之舌，而予之以不然，陈穴漏卮，岂其有窒！若夫理外设奇，厄人于险，此营丘士之智也，吾无患焉。①

同为明朝重要的叙事文学作品，《苏谈》相对于《古今谭概》而言所描写的故事内容带有一定的偏向性，内容书写的主观色彩更为浓厚，但对于后世与当时的时代背景和城市文化进行研究，具有一定的历史价值，且相对于其他笔记小说而言，城市描写笔墨更为浓厚，在故事的写作过程当中，地域的成分有一定程度的体现，但对于事件的评述也有着较为深刻的含义：

---

① （明）冯梦龙：《古今谭概》，中华书局 2007 年版，第 336 页。

　　阳山寺僧道吊，能默诵法华经七轴，熟如注水。每旦入城，则沿途持以为课，至半道辄一周焉。他如圆觉了义、慈悲忏法、金光明地藏，皆能口述，不烦披阅，余惟华严般。若则稍对经，本然闭目，亦能讽诵，略据行墨而已。吾辈士人固多愧之也。①

　　虽然在写作的过程当中有一定的自我观点抒发，但是从《古今谭概》《苏谈》这一类的明代叙事文学当中我们不难看出，在明代较为特殊的政治背景下，作者往往较少抒发自身的主观情感，更多的是对于事实本身的客观陈述。进入清代时期，虽然中央集权十分严重，但文化的融合和社会的进步带动着文学领域的发展，叙事文学当中一些随着时代发展而产生的观点和作者的主观个人看法开始在作品当中有所呈现。例如，清代著名的志怪小说《聊斋志异》在内容描写方面就有一定主观性的评论笔墨，部分评论还结合故事情节进行思考：

　　异史氏曰："潞子故区，其人魂魄毅，故其为鬼雄。今有一官握篆于上，必有一二鄙流，风承而痔舐之。其方盛也，则竭攫未尽之膏脂，为之具锦屏；其将败也，则驱诛未尽之肢体，为之乞保留。官无贪廉，每莅一任，必有此两事。赫赫者一日未去，则蚩蚩者不敢不从。积习相传，沿为成规，其亦取笑于潞城之鬼也已！"②

　　如果说《聊斋志异》当中所描写的故事带有一定程度的多样性，事件记录有一定主观评判色彩的同时往往也会带有一定的趣味性，那么由纪晓岚所写的《阅微草堂笔记》中所写情节多有较强的批判色彩。作为劝惩类

────────────

① （明）杨循吉：《苏谈》，商务印书馆 1925 年版，第 7 页。
② （清）蒲松龄：《聊斋志异》，中华书局 2015 年版，第 1407 页。

笔记小说的代表作之一,《阅微草堂笔记》在内容方面带有较为明显的主观导向,其间故事也多含有因果报应的因素,这也是民间追求生活平等性的真实写照:

> 任子田言,其乡有人夜行,月下见墓道松柏间有两人并坐,一男子年约十六七,韶秀可爱,一妪人白发垂项,伛偻携杖,似七八十以上人。倚肩笑语,意若甚相悦,窃讶何物淫妪,乃与少年狎阄。行稍近,冉冉而灭。次日询是谁家冢,始知某早年夭折,其妇孀守五十余年,殁而合窆于是也。诗曰:生则异室,死则同穴。情之至也。礼曰:殷人之葬也离之;周人之葬也合之。善夫,圣人通幽明之礼,故能以人情知鬼神之情也。不近人情,又乌知礼意哉。①

总体来看,明清时期的城市叙事文学对历史事件的陈述及反思带有较强的主观色彩。如冯梦龙的作品《古今谭概》《智囊》等当中就有着一定程度的主观色彩,但是受到政治因素的影响,这种主观色彩也带有一定的政治倾向性。我们从清朝的议论评述当中,可以看到更多作者的自我看法,可以从不同的视角对历史事件和人物行为进行理解和认知,从而加深对古代城市文明及人文风俗的理解。

二、旁人引证的客观论述

除了利用文章来进行主观意见阐述的叙事文学写作方式之外,在城市文明的历史事件的问题上,部分作者会使用旁人引证的方式来进行客观论述,而并不带有过于强烈的主观色彩,这样的表达方式从一定程度上可以避免作者自身观念对于读者造成较为严重的影响,也为后世进行文学内容

---

① (清)纪昀:《阅微草堂笔记》,中华书局 2015 年版,第 1075 页。

的研究以及事件考证提供了较为良好的参考蓝本，明代《庚巳编》《青泥莲花记》《帝京景物略》等都属于记叙较为客观、偏向历史事件阐述的叙事性文学。发展到清朝时期，此类作品也得到了进一步的发扬与传承，与之相对的主观色彩较为浓厚的志怪类小说和笔记小说等文学样式的发展也随之盛行。在此期间，《西湖梦寻》《扬州画舫录》《秦淮画舫录》等作品也一定程度上客观继续了城市文明及风俗的发展，通过旁人的说辞进行引证，实现了较为客观理性的事实论述。

明代的文字狱让无数文人闻风丧胆，也正是因此，当时的内容描述也多以旁人引证、以旁人观点进行书籍内容撰写的情况为多。《庚巳编》便是神鬼色彩较为浓厚的笔记小说，其间故事内容带有一定的虚构色彩，但是涉及具体人物的内容却具有较强的客观性，情感表述及观点立场方面也是更多通过他人引证的方式来表明的。

　　药门人王栾，以辛未冬至日诣玄妙观高真殿烧香，途中见渔者持一鳖其肥大，栾素所嗜，令从者买之，先归烹炮。既入庙，一念在是，殊不诚恪。归而食罢，至暮，其阴侧忽肿一块，痛不可忍，数日几死，医祷百方不效。延巫者周道虎附乩召将，判云："温元帅下报坛。申时玄天亲降东南方，黑云为验。"至时，黑云起于巽偶，隐隐见披发仗剑者立云际，满堂中檀麝香气氤氲。须臾，乩大发，入栾寝所，判令其妻披病者以汤洗肿处，肿破出一骨，首尾形状宛如一鳖，创合而愈。自是其家奉真武甚虔恪。（右三事道士陈然斋说。）①

《庚巳编》中带有神鬼色彩的故事描写，很多时候是为了引起读者的

① （明）陆灿：《庚巳编》，中华书局1987年版，第104页。

149

兴趣，增添了一定的民间色彩。应当指出，在实际城市文明的还原和城市风貌的细节刻画上，它们与纪实类作品还是有一定差距的。明末清初时期的《西湖梦寻》作为纪实类文学作品在带有浓厚的作者自身情感的同时，客观的内容描述也使得读者对于历史事件有了较为客观理性的认知，可以让读者在见证城市美景的同时，看到不同历史人物眼中的西湖：

> 岳鄂王死，狱卒隗顺负其尸，逾城至北山以葬。后朝廷购求葬处，顺之子以告。及启棺如生，乃以礼服殓焉。隗顺，史失载。今之得以崇封祀享，腐骨千秋，皆顺力也。倪太史元璐曰："岳王祠，泥范忠武，铁铸桧，人之欲不朽桧也，甚于忠武。"按公之改谥忠武，自隆庆四年。墓前之有秦桧、王氏、万俟卨三像，始于正德八年，指挥李隆以铜铸之，旋为游人挞碎。后增张俊一像。四人反接，跪于丹墀。自万历二十六年，按察司副使范涞易之以铁，游人椎击益狠，四首齐落，而下体为乱石所掷，止露肩背。旁墓为银瓶小姐。王被害，其女抱银瓶坠井中死。杨铁崖乐府曰："岳家父，国之城；秦家奴，城之倾。皇天不灵，杀我父与兄。嗟我银瓶为我父，缇萦生不赎父死，不如无生。千尺井，一尺瓶，瓶中之水精卫鸣。"墓前有分尸桧。天顺八年，杭州同知马伟锯而植之，首尾分处，以示磔桧状。隆庆五年，大雷击折之。朱太史之俊曰："一秦桧耳，铁首木心，俱不能保至此。"天启丁卯，浙抚造祠媚，穷工极巧，徙苏堤第一桥于百步之外，数日立成，骇其神速。崇祯改元，魏败，毁其祠，议以木石修王庙。卜之王，王弗许。①

在清代，通过客观的历史事件描写来做本事考证提供资料的叙事文学

---

① （明）张岱：《西湖梦寻》，上海古籍出版社 2001 年版，第 52 页。

数量虽算不上多，但仍然有一些代表之作。《扬州画舫录》就是清代纪实类文学作品的集大成作，在其中对于扬州的人文风情有着较为真实地刻画和描写，这种客观的内容记叙往往对于期间发生的一些历史事件能够进行一定程度的还原：

> 影园在湖中长屿上，古渡禅林之北，旁为郑氏忠义两先生祠，祠祀郑超宗、赞可二公。园为超宗所建，园之以影名者，董其昌以园之柳影、水影、山影而名之也。公童时，其母梦至一处，见造园，问谁氏，曰："而仲子也。"比长，工画。崇正壬申，其昌过扬州，与公论六法，值公卜筑城南废园，其昌为书"影园"额。营造逾十数年而成，其母至园中，恍然乃二十年前梦中所见也。园在湖中长屿上，古渡禅林之右，宝蕊栖之左，前后夹水，隔水蜀岗蜿蜒起伏，尽作山势，柳荷千顷，萑苇生之。园户东向，隔水南城脚岸皆植桃柳，人呼为"小桃源"①

在这样的景物历史阐述过程中，历史事件的表述都较为客观，很多都是历史上可考证的、真实存在的故事。也正是因此，这样的记叙可以更为详尽地反映城市人文风貌。同时，对于历史进行一定程度的客观陈述，为后来的研究提供了珍贵资料。在社会发展中，明代和清代的叙事文学对于前朝的历史事件评价的倾向性不尽相同。明代更倾向于客观性的内容描写，而清代偏向于主观性的历史事件叙述，但从描写的细致完善程度上来说，清代的叙事文学作品更具表现力，对于历史事件的还原程度也相较于明代的部分作品更高。

---

① （清）李斗：《扬州画舫录》，中华书局 2007 年版，第 119 页。

三、艺术性的情感表达

用明清两代艺术性情感表达的模式来对历史事件进行倾向性表达，在明清叙事文学当中是有一定程度体现的。在以《聊斋志异》为首的志怪类小说风靡之前，这种写作手法体现相对较少，《庚巳编》有一定的艺术表现性尝试，但是内容多隐晦模糊。《古今谭概》有部分侧面描写，仍然会与主观内容结合，且以主观内容为主导，在内容发散性上略显不足，但发展到清代，随着文化融合和文学作品的频繁涌现，这种艺术表现形式开始逐渐被大众接纳，也开始在文坛内被广泛使用，甚至后世纪昀所写的《阅微草堂笔记》为首的杂俎类小说，在实际故事构建及情感表达上也借鉴了《聊斋志异》的艺术表现手法，明清志怪小说在艺术性的情感表达上呈现逐渐发展的态势，且在清代被文人应用的频率更高，表达效果更强，《聊斋志异》的问世可以说是志怪小说中历史事件艺术性情感表达的一个转折点。

明代的文学发展环境十分特殊，这导致当代能看到的明代文学作品对于前朝归纳总结的笔墨较多，笔记小说也无出其外。在《庚巳编》《古今谭概》等作品当中能够看到前朝的很多历史事件，而在这些内容的表现上艺术性的情感表达尝试是存在的，《庚巳编》在进行艺术性情感表达的时候，主观色彩会更为浓厚，带有较强的时代性，但也从侧面印证了当时的明朝时代发展现状：

> 弘治十七年，苏城鱄诸巷（俗呼钻龟巷）有百姓病死（"鱄诸巷"原本作"鱄诸巷"，据说库本改。下小字"钻龟巷"，原本作"钻龟巷"，据说库本改），到地府见阎君。披籍看之，言："汝算未尽。"放令却回。其间宫室服用，尽如人世，但怪王及吏卒皆着缟素，私问之，人云："阳间天子崩，故为带孝耳。"百姓得活，私为所亲说之。越明年

五月而至尊厌代。按玄怪录，高安尉辛公平，元和末，遇阴吏之迎驾者，与俱入寝殿，见上升舆，甲马引从而去。后数月，乃有攀髯之泣。今此百姓所见，亦隔越半岁，其事畧同。①

上文就通过彼此的对话以及细节处的描写，进行了自身情感的表达，内容带有一定的倾向性，相较于此，《青泥莲花记》所表述的内容更加耐人寻味，虽然在当时未得到广泛认可，但在如今看来却有一定的文学艺术价值：

> 王景之自唐奔晋也，妻坐戮。晋祖待之厚，赏赐万计。尝问景所欲，景稽颡再拜曰："臣昔为卒，尝负胡床从队长出入，屡过官妓候小师家，意甚慕之，今妻被诛，诚得小师为妻足矣。"晋祖大笑，即以小师赐景，甚宠嬖之，累封楚国夫人。②

《青泥莲花记》多以细节描写命运悲惨的妓女，有着对封建礼教思想的抨击和批判，但是内容题材相对而言较为局限。《聊斋志异》作为在现代依旧被广为流传的志怪小说作品，其作品的情感表达艺术性得到了较为良好的呈现，一些故事情节书写虽然带有神话色彩，但是通过环境的氛围烘托及人物的性格塑造，并且带有夸张和鲜明性的故事内容对比，微妙情感往往会在细枝末节上有较为精妙的呈现。

> 猪婆龙，产于西江。形似龙而短，能横飞；常出沿江岸扑食鹅鸭。或猎得之，则货其肉于陈、柯。此二姓皆友谅之裔，世食婆龙

---

① （明）陆灿：《庚巳编》，中华书局 1987 年版，第 124 页。

② （明）梅鼎祚：《青泥莲花记》，人民文化出版社 2017 年版，第 164 页。

肉，他族不敢食也。一客自江右来，得一头，势舟中。一日，泊舟钱塘，缚稍懈，忽跃入江。俄顷，波涛大作，估舟倾沉。①

陈友谅是元朝末期农民起义的领袖，最终却没有办法掌握政权成为皇帝，在明成祖朱棣当政的期间，猪婆龙传说的出现一定程度象征着陈友谅后人对自身的明确定位，也较为客观真实地反映了当时的统治阶级与存在一定历史背景的世家之间的复杂关系，《阅微草堂笔记》当中也有类似的内容描写，但在表达艺术性及内容丰富性上，相较于《聊斋志异》有所不及：

罗与贾比屋而居，罗富贾贫。罗欲并贾宅，而勒其值。以售他人，罗又阻挠之。久而益窘，不得已减值售罗。罗经营改造，土木一新，落成之日，盛筵祭神，纸钱甫燃，忽狂风卷起著梁上，烈焰骤发，烟煤迸散如雨落，弹指间寸椽不遗，并其旧庐癍焉。方火起时，众手交救，罗捬膺止之，曰：顷火光中，吾恍惚见贾之亡父，是其怨毒之所为，救无益也。吾悔无及矣。急呼贾子至，以腴田二十亩书券赠之。自是改行从善，竟以寿考终。②

总体来看，在历史事件陈述与反思上，明清叙事文学呈现出逐渐发展和完善的趋势，在文学艺术性的表现上也愈加丰满，从历史的客观陈述和他人的观点引用，到自身观点的明确表达，最后在故事情节及人物刻画等方面进行艺术性的意向表达，使情感的烘托与实际观点得到呈现。由此可见，从《苏谈》《庚巳编》等一类的明代著作传世，到后来《聊斋志异》《阅

---

① （清）蒲松龄：《聊斋志异》，中华书局 2015 年版，第 408 页。
② （清）纪昀：《阅微草堂笔记》，中华书局 2014 年版，第 237 页。

微草堂笔记》一类劝惩、志怪类小说的广为流传，是民间文学的高速发展，也是历史事件表述上的伟大跨越。

第二节　对城市文明重建的记叙

在历史发展的过程当中，各个朝代战争和政治上的举措都不尽相同。风云变幻之中，这些因素对城市造成的影响也有好有坏。有时激烈的战争的确让动荡的时局更快地趋于稳定，对于后来的社会长期发展也有积极的促进作用。但对于城市文化而言，造成的破坏却是不可逆的，而作为统治阶级也意识到了这一点，很多时候会对城市文明进行一定程度的重建，这种城市文明重建的真实记录，通过证实很难将其完全囊括在内，在城市题材的叙事文学作品当中，往往能够有着多角度的内容呈现，而不同城市在城市文明重建的过程当中也不尽相同：《帝京景物略》描写的是北京的发展与变迁；《西湖梦寻》《扬州画舫录》《苏谈》描写的是江南一带的城市沿革；而《阅微草堂笔记》《聊斋志异》见证的是中原各地的沧海桑田，而在这些叙事文学作品当中，有正面直接进行历史记录的纪实类笔记文学，也有通过侧面描写将城市文化及发展历程进行表述的杂俎类笔记小说，在明代及清代，汇编总结类写作蔚然成风的情形下，城市发展历史的文学资料保存相对于其他朝代而言较为完好。

一、明清都城的发展变迁

明朝的首都最初定为南京，但后来由于明成祖朱棣决定向北征伐，开疆扩土，方将都城定于北京。自此之后，封建王朝的首都便再无变迁，而在历史发展的过程当中，北京也经历了无数次的文明没落与兴起，城市文明的重建也有着诸多的文学作品进行记载，如《东西周辩》《皇都大一统赋》《大都赋》《帝京景物略》，等等。其中创作于明代的《帝京景物略》对于京城景物及城市风貌的描写是较为详尽的，一些历史渊源和典故也涵盖其中，在这本笔记类作品当中，读者能够看到饱经沧桑又庄严神圣的明朝皇都：

> 过沙河二十里，至新井庵。松有林，声能鼓、能涛，影能阴亩。西数里，有台曰景梁台，土人立以思狄梁公也。柳林如新井庵松，照行人衣，白者皆碧。柳株株皆蝉，噪声争夕，无复断续，行其下，语不得闻。又五里，始梁公祠。祠自唐，草间不全碑碣，犹唐也。元大德间重建之，我正统间重修之。其碑云，梁公为昌平县令，有妪，子死于虎，妪诉，公为文檄神，翌日虎伏阶下，公肆告于众，杀之。土人思公德，立祠也。祠前一古木，仆地，如伏者虎，相传木亦唐时也。木傍数株，柏也，盘结不可以绪。南数武，道上立二石幢，镌梵语，字法类李北海，唐贞观中幢也。过西废寺，石数段，亦幢。其二幢，唐玄奘手书。①

《帝京景物略》在进行景物描述及历史考究的过程当中，往往对历史溯源有较为清晰的时间段。如上文所述狄梁公祠在元大德年间重建、在明朝正统年间重修，时间都有着较为清晰的记载，这对于城市文明发展历史的考证有着很强的参考价值，而文中对于明朝都城北平的内容描述也远不止此一处，部分资料可以作为城市发展的研究资料。

> 文书石，不书丹，故从左读。有御史大夫史思明名。夫然，寺尝塔矣。一碑下半断裂，可读者其上段字，有燕京大悯忠寺观音地

---

① （明）刘侗：《帝京景物略》，故宫出版社 2013 年版，第 119 页。

宫舍利函记，有金大安十年沙门善制撰。一碑也全，而剥其字殆尽，不可读。其年月处又剥，字惟有重藏舍利函记，采师伦书，则塔且舍利矣。寺经我明正统七年重修，改额崇福，有翰林院待诏陈赟碑。万历三十五年又修，有谕德公鼎碑。至万历四十六年，镇江大会和尚，开律堂寺中，依式说戒，受者数百人，注菩萨忏，未竟而卒。①

后世的叙事文学虽然也有对于北京一带内容的描述，但多不尽翔实，很多内容的参考价值也较低，也很难从正史当中有所证实。其中，《聊斋志异》中有一部分关于北京的城市文明描写，也是现存清代志怪小说作品中关于北京人文风俗描写的重要资料：

邢德，泽州人，绿林之杰也。能挽强弩，发连矢，称一时绝技。而生平落拓，不利营谋，出门辄亏其资。两京大贾，往往喜与邢俱，途中恃以无恐。会冬初，有二三估客，薄假以资，邀同贩鬻；邢复自罄其囊，将并居货。有友善卜，因诣之。友占曰："此爻为'悔'，所操之业，即不母而子亦有损焉。"邢不乐，欲中止，而诸客强速之行。至都，果符所占。腊将半，匹马出都门。自念新岁无资，倍益快闷。②

总体观之，明清叙事文学在进行城市文明构建书写的过程当中，出现了诸多内容翔实的优秀作品，如明朝的《帝京景物略》是对北京一地的城市历史研究的重要资料。

---

① （明）刘侗：《帝京景物略》，故宫出版社2013年版，第121页。
② （清）蒲松龄：《聊斋志异》，中华书局2009年版，第112页。

二、江南一带的城市沿革

"春风又绿江南岸，明月何时照我还"，这来自于宋代王安石笔下的名句便是对江南一带的描写，在表达作者自身感情的同时，也体现了对江南一带景色的充分肯定与赞美。江南一带固有水乡之称，而江南这种说法，最早可以追溯到先秦时期，霸王项羽自刎的乌江便地处江南一带。而这一带独特的城市风俗及优美的自然景色成为了具有较强辨识度的地域特色。唐宋之际就有许多作品对于江南的景色进行了较为细致的描写，《江淮异人录》《太平广记》等都有一定的内容记载，而在后世的内容书写过程当中，也对于这些内容进行了一定的收集和汇编，明末清初的《西湖梦寻》，清代的《秦淮画舫录》《扬州画舫录》等在对江南地区的城市文明内容书写的过程当中，都一定程度地借鉴前朝的历史考证和内容书写。而其中对于内容书写较为翔实、历史内容脉络记录较为清晰的当属清朝纪实类作品《扬州画舫录》，该作品较为详细地将以扬州为首的江南一带地区的城市风俗变化及城市景物发展历史记录了下来。总体来看，明清时期对于江南一带的城市书写在明代末期开始逐渐盛行，在清代有了较为详尽的收纳与汇编，在现今看来，这一时期对于江南城市文明重建的内容书写，仍然有较高的历史研究价值。

《西湖梦寻》作为写于明末清初的小品文，其作者张岱为明朝遗民，对于杭州一带的景色及人文景观有着较为深刻的了解，对于其间内容的考证也十分细致。在表达对故国哀思的同时，为后世研究杭州地区的人文景物、风情提供了难得的珍贵资料，其中还将前世文人墨客所写诗文一一对应，真实记录该地区人文景物的发展历史的同时，又赋予了作品浪漫深刻的浓厚书卷气。

十锦塘，一名孙堤，在断桥下。司礼太监孙隆于万历十七年修筑。堤阔二丈，遍植桃柳，一如苏堤。岁月既多，树皆合抱。行其下者，枝叶扶苏，漏下月光，碎如残雪。意向言断桥残雪，或言月影也。苏堤离城远，为清波孔道，行旅甚稀。孙堤直达西泠，车马游人，往来如织。兼以西湖光艳，十里荷香，如入山阴道上，使人应接不暇。湖船小者，可入里湖，大者缘堤倚徙，由锦带桥循至望湖亭，亭在十锦塘之尽。渐近孤山，湖面宽广。孙东瀛修喜华丽、增筑露台，可风可月，兼可肆筵设席。笙歌剧戏，无日无之。今改作龙王堂，旁缀数楹，咽塞离披，旧景尽失。再去，则孙太监生祠，背山面湖，颇极壮丽。近为卢太临全以供佛，改名点全庵，而以孙东瀛像置之佛龛之后。孙太监以数十万金钱装塑西湖，其功不在苏学士之下，乃使其遗像不得一见湖光山色，幽囚面壁，见之大为鲠闷。①

发展到清代，关于各地城市构建的叙事文学内容逐渐丰富和完善，《扬州画舫录》的出现也使得江南一带的城市文明书写变得更加翔实细致，对于一些历史中城市文明修建时期和情况的考证有了准确的记叙。也正是这样的内容记录，让江南一带人文风情和城市风貌的发展变迁为人们所熟知并流传至今，其中《扬州画舫录》为清朝时期纪实小说的代表作品之一，其中对于扬州一带的人文风情描写甚多，因有着典型代表性的城市文明重建和人文景观的恢复而变得更为精确：

桥外子云亭，桥内紫云社，皆康熙初年湖上茶肆也。乾隆丁丑后，紫云社改为银香山房，由莲花桥南岸小屋接长廊，复由折径层级面上，面南筑屋一楹，与得树厅比邻。暇时仍为酒家所居，易名青莲社。②

---

① （明）张岱：《西湖梦寻》，上海古籍出版社 2001 年版，第 227 页。
② （清）李斗：《扬州画舫录》，中华书局 2007 年版，第 185 页。

江南一带的风土人情有着较为鲜明的特色，但不同地区的城市文明重建时间节点也不尽相同，对于时间和人物的准确考证往往更有利于分析行为背后的意义和文明重建的因由。也正是因此，《扬州画舫录》中除了对于固定建筑及景物的变化重建有所记述之外，对于风俗人情的变化也有着一定程度的描写。

> 园方四十亩，中垦十余亩为芍田，有草亭，花时卖茶为生计。田后栽梅树八九亩，其间烟树迷离，襟带保障湖，北扼蜀冈三峰，东接宝城，南望红桥。康熙丙申，翰林程梦星告归，购为家园；于园外临湖浚芹田十数亩，尽植荷花，架水榭其上。①

总体来看，明清叙事文学对于江南一带的风土人情描述着墨较多，从明代开始，就已经有了对于江南一带城市发展沿革的零星记载。而在清代，对于江南城市文化变迁也有了完善性的描写。从《西湖梦寻》到《扬州画舫录》，我们看到了随着时代的发展，在纪实类文学中，城市文明重建描写上的完善和优化对于时间、地点、人物描写的细致性也在逐渐提升，使得后世对于江南一带的城市文明研究有了极具参考价值的样本。

三、中原各地的沧海桑田

在古代，文人墨客往往会选择外出游历的方式来了解更多的自然景观及人文风情。但由于古代交通不便，很多文人墨客穷极一生依旧没有办法对于前人所述的各个城市进行实地探访。发展到明清时期，由于交通变得更为便利，城市之间的往来也变得更为密切，这使得不同城市的

---

① （清）李斗：《扬州画舫录》，中华书局 2007 年版，第 215 页。

文明发展可以得到更为频繁的沟通与交流，对于文学创作者而言，这是十分难得的城市资料收集机会，因此我们在明清两代的叙事文学当中经常可以看到对于中原各地的城市文明描写，时间及人物等关键信息也逐渐从模糊变得清晰详尽，从明朝时期的《苏谈》《庚巳编》和《古今谭概》，到清朝时期的《新齐谐》《聊斋志异》和《阅微草堂笔记》，叙事文学对于城市文明建设描述的地区完善性和详细程度从整体上都得到了一定提升。

　　明朝初期的作品《苏谈》《庚巳编》等对于前朝奇闻异事的描写内容众多，对于城市文明的内容也有所提及，但是很多时候会出现时间与地点不详的情况，这对于部分文化的发源和变革进行研究，会造成较大的阻力，如《苏谈》中所提及的：

> 　　中峰卓锡处，皆以幻住名之，道行既高，四众皈向，凡建所谓幻住庵者，有数十处。今在吴中者，居吾家雁荡村之西无二里远也，残碑堕草莽中，虽殿堂三间基址去地殆五尺余，云禅师之所筑也。故老相传建此庵时，冯海粟炼泥，赵子昂搬运，中峰自以涂壁，即此草掌是也。或谓冯赵二公贵为王臣，岂屑为是此？俗人之见耳。前人高胜处至多，要此亦是其擦致。常事何足怪也。[①]

　　从上述内容描写当中，我们不难看出在明代作品进行内容记叙的过程当中，对于不了解的内容往往会使用"相传""据说"这样的措辞进行说明，但是往往没有办法考证到具体的时期和人物，就没有办法对于建筑、景物及风俗进行有效的归类和分析，而作为明代的作品，《庚巳编》依旧是对前朝事情的记录，但是部分故事会存在虚构而且整篇神鬼色彩较重，城市

---

① 　（明）杨循吉：《苏谈》，商务印书馆（民国）1925年版，第16页。

文明记录得不够准确。

> 予家枫桥别业，港通运河，中有青石一方，长可四五尺，盖冢墓
> 间物，沦落于此，岁久遂为怪。每至秋间，能自行出于河，出必有覆
> 舟之患。一岁，有木商泊筏于港口，自其下过，木为撑起尺余，商大
> 惊，而外报覆一麦舟，少时复自外入，木起如前。今犹在水中，时为
> 变怪。①

在清朝的叙事文学当中，志怪类和杂俎类作品开始盛行，代表作分别
为《聊斋志异》与《阅微草堂笔记》。而在这两部著作当中，对于地区性
的城市文明描写也有着十分独特的内容记载，在涉及真实事物描写的过程
当中，往往有着较为准确的事件要素记述，如《聊斋志异》在故事《秦桧》
中关于越王殿的描写便是如此：

> 闻益都人说：中堂之祖，前身在宋朝为桧所害，故生平最敬岳武
> 穆。于青州城北通衢旁建岳王殿，秦桧。万俟卨伏跪地下。往来行人
> 瞻礼岳王，则投石桧、卨，香火不绝。后大兵征于七之年，冯氏子孙
> 毁岳王像。数里外有俗祠"子孙娘娘"，因舁桧、卨其中，使朝跪焉。
> 百世下必有杜十姨、伍髭须之误，甚可笑也。又青州城内旧有"淡台
> 子羽祠"。当魏珰烜赫时，世家中有媚之者，就子羽毁冠去须，改作
> 魏监。此亦骇人听闻者也。②

相对而言，《阅微草堂笔记》当中对于内容的描述真实者更多，且《阅

---

① （明）陆灿：《庚巳编》，中华书局1987年版，第186页。
② （清）蒲松龄：《聊斋志异》，中华书局2015年版，第3238页。

微草堂笔记》涵盖全国的趣事，在内容书写上有着很强的代表性。

> 余乡产枣，北以车运供京师，南随漕舶以贩鬻于诸省。十人多以为恒业，枣未熟时，最怕零，雾腺之则溶而皱，存皮与核矣。每裳初起，或干上风积柴草梦之，烟浓而霾散，或排乌铳迎击，其散更速。盖阳气盛则阴霾消也。凡妖物皆畏火器。史丈松涛言，山陕间每山中黄云暴起，则有风霾害稼，以巨炮迎击，有堕蛤蟆如车轮大者。余督学福建时，山焦或夜行屋瓦上，格格有声，遇辕门鸣炮，则踉跄奔逸，顷刻寂然。鬼亦畏火器，余在乌鲁木齐，曾以铳击厉鬼，不能复聚成形，语详滦阳消夏录。盖妖鬼亦皆阴类也。①

综合来看，明清叙事文学对于中原境内的城市文明重建描写相对于前朝而言更加全面，这和交通的便利和战争影响下人员的被迫迁移都有着一定的联系。如《古今谭概》《庚巳编》中虽然提及了部分地区的城市文明构建情况，但是不尽完善，《帝京景物略》只记录了北京的人文风情，对于其他地方的城市文化及景物发展历史描写较少，清朝时期的杂俎类笔记小说内容较多，收集全国内的奇闻轶事，内容更为细致，很多景物的发展、历史事件的出处以及城市文明的发展变革都有着一定程度的记载。可以看出，作为封建王朝末期，人们的思想也在逐渐发展和进步，对于城市文明重建的理解和文学艺术性刻画也有了更深层次的认知。

由于时间的推移以及战乱、灾害等诸多因素的影响，中国大部分历史名城的文明成果均受到不同程度的破坏，通过以城市为主要题材的叙事文学可以生动了解到诸多历史名城的城市文化再度重建的过程。

---

① （清）纪昀：《阅微草堂笔记》，中华书局 2014 年版，第 839 页。

第三节　城市文学形象的确立

一个城市的文化及其文学形象往往和城市当中所发生的事情和城市当中人的生活习惯、外在表现有着十分密切的联系。明清叙事文学通过一个个生动的故事，对于城市形象进行生动的描绘与塑造。读者在阅读之后仿佛就融入了当地的市井生活，对于当地的生活习俗有了直观而清晰的了解。

一、真实典故的陈述佐证

对于城市文明变迁的研究和城市文化风俗的分析往往需要较为真实可靠的历史文字来进行考证，才能够更加接近历史的真相，如《帝京景物略》《西湖梦寻》《扬州画舫录》当中所写的很多故事都属于真实案例，以知为佐证，可以将更为真实的城市文学形象呈现在大众眼前。

《帝京景物略》作为描写北京景物的叙事性作品，真实、客观地呈现了北京一地的风貌，这也是为什么在后来进行北京的历史研究的过程当中，会选用该作品当中所提及的内容来进行参考引证的一大原因。

> 成祖文皇帝时，西番板的达来送金佛五躯，金刚宝座规式，诏封大国师，赐金印，建寺居之。寺赐名真觉。成化九年，诏寺准中印度式，建宝座，累石台五丈，藏级于壁，左右蜗旋而上，顶平为台。列塔五，各二丈，塔刻梵像、梵字、梵宝、梵华。中塔刻两足迹。他迹，陷下廓挲耳；此隆起，纹螺若相抵蹲，是䑣趾着迹涌，步着莲生。灯灯焰就，月满露升，法界藏身，斯不诬焉。按西域记：五塔因缘，拘尸那揭罗国，即中印土。①

---

① （明）刘侗：《帝京景物略》，故宫出版社 2013 年版，第 66 页。

《帝京景物略》中关于事件和故事的记载，具有较强的叙事性，能够在事件的阐述过程当中感受到一定的烟火气。

> 水从玉泉来，三十里至桥下，荇尾靡波，鱼头接流。夹岸高柳，丝丝到水。绿树绀宇，酒旗亭台，广亩小池，荫爽交匝。岁清明，桃柳当候，岸草遍矣。都人踏青高梁桥，舆者则塞，骑者则驰，褰驱徒步，既有挈携，至则棚席幕青，毡地藉草，骄妓勤优，和剧争巧。厥有扒竿、触斗、喤喇、筒子、马弹解数、烟火水嬉。扒竿者，立竿三丈，裸而缘其顶，舒臂按竿，通体空立移时也。受竿以腹，而项手足张，轮转移时也。衔竿，身平横空，如地之伏，手不握，足无垂也。[①]

相较于《帝京景物略》中以庄严正式的态度完成关于城市文学形象确立的书写方式而言，《扬州画舫录》文笔更为柔美，内容也更贴近民众的实际生活，对于历史的考证及城市文学形象的深入研究有着极大的帮助。

> "虹桥榭"，元崔伯亨花园，今洪氏别墅也。洪氏有二园，"虹桥榭"为大洪园，"卷石洞天"为小洪园。大洪园有二景，一为"虹桥榭"，一为"柳湖春泛"。是园为王文简赋《冶春诗》处，后卢转运榭亦于此，因以"虹桥榭"名其景，列于牙牌二十四景中，恭邀赐名倚虹园。园门在渡春桥东岸，门内为妙远堂，堂右为饯春堂，临水建饮虹阁，阁外"方壶岛屿"、"湿翠浮岚"。堂后开竹径，水次设小马头，

---

① （明）刘侗：《帝京景物略》，故宫出版社 2013 年版，第 63 页。

透迤入涵碧楼。楼后宣石房，旁建层屋，赐名致佳楼。①

作为纪实类叙事文学，在真实的事件记叙过程当中，情感较为浓厚的当属《西湖梦寻》，这与作者张岱明朝遗民的身份有关，但在文中我们可以看到杭州的独特城市风貌及特色鲜明的城市文学景象。

其近孤山者，旧祠卑隘。万历四十二年，金中丞为导首鼎新之。太史董其昌手书碑石记之，其词曰："西湖列刹相望，梵宫之外，其合于祭法者，岳鄂王、于少保与关神而三尔。"甲寅秋，神宗皇帝梦感圣母中夜传诏，封神为伏魔帝君，易兜鍪而衮冕，易大纛而九旒。五帝同尊，万灵受职。视操、懿、莽、温偶好大物，牛称贼臣，死堕下鬼，何董天渊。顾日祠湫隘不称诏书播告之意。金中丞父子爱议鼎新，时维导首，得孤山寺旧址，度材垒土，勒墙墉，庄像设，先后三载而落成。中丞以余实倡议，属余记之。余考孤山寺，且名永福寺。②

总体而言，明清叙事文学在城市文学形象确立的过程当中，采用真实典故来进行陈述佐证，往往更有说服力，有着较高的坊间流传广度和内容影响深度。

二、市井坊间的传说流言

作为叙事文学作品，只有更符合大众的审美需求，才能够得到群众的广泛认可，并被更多的人所接纳和熟知，人们才会在茶余饭后将之作为谈论内容。明清时期，叙事性文学作品在故事选择时，经常会选用市井坊间

---

① （清）李斗：《扬州画舫录》，中华书局 2007 年版，第 137 页。
② （明）张岱：《西湖梦寻》，上海古籍出版社 2001 年版，第 227 页。

较为普遍的传说留言，使其在内容上具有较强的民间文学色彩的同时，又有了极高的可信度，如《古今谭概》《阅微草堂笔记》中就多使用了这样的故事题材，在保证事件真实性的同时，用带有艺术性和民间文学性的模式吸引读者眼球，进行城市文学形象的塑造。

冯梦龙的《古今谭概》中的很多故事来源于前朝的文学典籍。故此很多内容虽来自坊间，较为接地气，却有极高的可信度，而且从一定程度上可以考证一些传说，虽然没有办法得到更为明确的印证，但是在民间被大家广泛传播，且拥有一定的信任基础，这将使得书中所写的内容具有更高的可信度，让读者在阅读的过程当中有更强的代入感：

> 弘治最为盛世，而己酉、庚戌间一时奇变。如浙江奏景云县屏风山有异物成群，其状如马，大如羊，其色白，数以万计，首尾相衔。从西南石牛山凌空而去，自午至申乃灭。居民老幼男女，无弗见者。又陕西庆阳府雨石无数，大者如鹅卵，小者如鸡头实。说长道短，刺刺不休。皆见之奏章，良可怪也。①

而这种带有神鬼色彩的传说，一定程度上能够引发大众的兴趣，而内容也不至于晦涩难懂，能够在民间被大家作为茶余饭后的谈资，其中神秘之处谈论间，也会引发争论和兴趣，以民间的传说和留言作为素材，往往可以满足大家的猎奇心理，但这样的内容对于历史资料的引证不具备直接引用的参考价值，且其中所蕴含的寓意和弘扬的道德及处事观念往往符合当时的主流生活价值取向。

> 程迥者，伊川之后。绍兴八年，来居临安之后洋街。门临通衢，

---

① （明）冯梦龙：《古今谭概》，中华书局 2007 年版，第 451 页。

垂帘为蔽。一旦有物如燕，瞥然自外飞入，径著于堂壁。家人近视，乃一美妇，仅长五六寸，而形体皆具，容服甚丽。见人殊不惊，小声历历可辨。自言："我是玉贞娘子，偶然至此，非为灾祸。苟能事我，亦甚善。"其家乃就壁为小龛，香火奉之。能预言休咎，皆验。好事者争往求观，人输百钱，方为启龛。至者络绎，程氏为小康。如是期年，忽复飞去，不知所在。①

《阅微草堂笔记》作为清朝时期的笔记小说作品，写作内容较杂，有较强的神鬼色彩参与其中。很多都源于民间的传说，在实际内容讲述的过程当中也有着较为清晰的价值观念引导，相对于《古今谈概》而言，在内容表述上具有更强的主观色彩，内容涉及地区较广，其中的因果报应相关观念体现得更为突出。

戴东原言，有狐居人家空屋中，与主人通言语，致馈遗，或互假器物，相安若比邻。一日狐告主人曰：君别院空屋，有缢鬼多年矣，君近拆是屋，鬼无所栖，乃来与我争屋，时时现恶状，恐怖小儿女；已自可憎，又作祟使患寒热；尤不堪忍。某观道士能劾鬼，君盍求之除此害。主人果求得一符，焚于院中，俄暴风骤起，声轰然如雷霆。方骇愕间，闻屋瓦格格乱鸣，如数十人奔走践踏者，屋上呼曰：吾计大左，悔不及，顷神将下击，鬼缚而吾亦被驱，今别君去矣。盖不忍其愤，急于一逞，未有不两败俱伤者。观于此狐，可为炯鉴。又吕氏表兄，言有人患狐祟，延术士禁咒，狐去而术士需索无厌，时遣木人纸虎之类，至其家扰人，赂之暂止，越旬日复然，其祟更甚于狐，携家至京师避之，乃免。锐干求胜，借助小人，未有不遭反噬者，此亦

---

① （明）冯梦龙：《古今谭概》，中华书局 2007 年版，第 456 页。

一征矣。①

明清时期的叙事文学作品关于市井坊间传说留言的写作笔墨是较多的，这样的作品往往能够让大众更容易理解故事情节，内容与生活当中的事物也多有相似之处，这样接地气的表述形式可以吸引广大读者对于文学作品有更多的接触，在实际谈论的过程当中，也可以通过彼此观点的阐述来加深对于事件的理解与认知，这样所塑造出来的城市文学形象也会更加生动具体。

三、虚拟奇异的形象构造

明清时期的叙事文学对于前朝奇异之事的记录占据了较多篇幅，在此基础上部分文学作者进行了一定程度的虚构故事编撰，且多有一定的神鬼色彩，而故事是否生动饱满，贴近生活，其间的意向表达和氛围烘托都会极大程度影响故事的观感。作为民间文学色彩突出的文学题材类型，故事往往需要通俗易懂，同时发人深省，才能成为流芳百世的作品，而在故事艺术性方面，《庚巳编》《新齐谐》《松窗梦语》中都有不同程度的尝试，《聊斋志异》作为志怪小说中的经典之作，在虚拟形象构造上有着极强的艺术表现力，往往可以通过虚拟的形象将城市的文学形象进行侧面展现。

在文学创作时加以虚拟意象进行真实的情感表达，是志怪小说常用的写作手法之一，而这样的写作形式对于故事的艺术表现性有较高的要求，相对于后世被人们广为流传的《聊斋志异》中所写的故事内容而言，明代笔记小说《庚巳编》在内容构造及情感表达上和《聊斋志异》有一定程度的差距，在对于科举一类的内容阐述上也缺少新的思路。

---

① （清）纪昀：《阅微草堂笔记》，中华书局 2014 年版，第 1305 页。

　　镇江胥教授者，致仕家居，以授徒自给。有阎氏兄弟二人来从游，长曰江，次曰海，自云家在江干，执贽甚丰，每旬余一归。居三月，治经书累编，将还，请于师曰："明日家间，祖父具卮酒为先生寿，能垂顾乎？"教授许之，二生辞归。①

　　这种带有虚拟意向的故事情节阐述需要更加丰富的细节描写或者耐人寻味的精妙设定才能起到良好的表达效果，在这一点上，《聊斋志异》的部分篇目就将民间文学短篇叙事的艺术表现力彰显出来，看似简单的虚拟故事讲述背后，往往会结合文化背景、城市特点或人际关系上的来龙去脉让故事的深刻意义一点点浮出水面。

　　新城诸生王启后者，方伯中字公象坤曾孙。见一妇人入室，貌肥黑不扬。笑近坐榻，意甚亵。王拒之，不去。由此坐卧辄见之。而意坚定，终不摇。妇怒，批其颊，有声，而亦不甚痛。妇以带悬梁上，与并缢。王不觉自投梁下，引颈作缢状。人见其足不履地，挺然立空中，即亦不能死。自是病颠。②

　　《聊斋志异》之所以可以成为被无数人津津乐道的志怪小说，其简单的故事结构与其中蕴含的深刻寓意是重要原因之一。在这样的文学著作当中，我们往往能够捕捉到城市文明变迁的踪影，相对于一些写作体系尚未完善的笔记小说而言，《聊斋志异》故事内容涉及地区更广，影响范围更大，所采用的艺术表现手法有着极强的情绪渲染力和表现张力，《阅微草堂笔记》在实际写作过程当中，也时常应用《聊斋志异》神鬼的故事构建

---

① （明）陆灿：《庚巳编》，中华书局1987年版，第287页。
② （清）蒲松龄：《聊斋志异》，中华书局2015年版，第276页。

模式，只是在故事阐述的过程当中更偏向于因果报应之说。

> 安中宽言，昔吴三桂之叛，有术士精六壬，将往投之，遇一人，言亦欲投三桂。因共宿，其人眠西墙下，术士曰：君勿眠此，此墙亥刻当圮。其人曰：君术未深，墙向外圮，非向内圮也。至夜果然。余谓此附会之谈也。是人能知墙之内外圮，不知三桂之必败乎？①

城市的文学形象是通过无数的细节刻画来构成的，在古代，情感复现往往需要合适的文字载体。叙事文学在虚拟意象的构造和氛围烘托上的较高要求，往往是由虚构题材性质确定的，只有选对题材，词句使用精妙，才能让虚拟意象成为城市文学形象营造的有效推手。

明清两代属于封建王朝最后的大一统时代，城市的文化变迁是极快的，而这种文化的演变，往往需要通过带有一定艺术表现性的笔墨才能够更为生动地展现出来。在如《扬州画舫录》《秦淮画坊录》《松窗梦语》《聊斋志异》《阅微草堂笔记》一类的叙事文学当中有对历史事件的陈述与反思，主观或客观的陈述都有着十分鲜明的特点，带有艺术性的情感表达，能从侧面展现出城市的文化风貌；而如《西湖梦寻》《扬州画坊录》等纪实类文学作品进行城市文明重建记叙的过程当中往往有一定的地域性侧重，对于后世与城市文明的研究和分析有极高的参考价值。而城市的文学形象则是由一则则故事和虚构的意象所组成，在无数文人墨客的精妙书写下，一处处城市发展的缩影跃然纸上，形成了城市叙事文学独特的魅力。

---

① （清）纪昀：《阅微草堂笔记》，中华书局2014年版，第32页。

第六章 城市文化的诗性建构

　　叙事文学作为人类文明的重要组成部分，记录并反映了各个时代的社会变迁和人们的生活状态。在中国的文学史上，明清两代无疑是叙事文学发展的高峰时期。在此期间，随着经济的繁荣、文化的交流和思想的解放，文学创作呈现出前所未有的繁荣景象。明代，尤其是明中后期，社会发生了深刻的变革。随着海外贸易的发展，城市经济得到了迅速的崛起，各种各样的商品汇聚于此，使得城市生活日趋丰富多彩。与此同时，随着印刷术的普及，书籍开始大量生产，知识的传播速度和范围都得到了前所未有的扩展，这为文学的发展创造了良好的条件。小说、戏曲、诗歌等各种文学形式都得到了极大的推动，尤其是小说，它以其独特的叙事方式，吸引了大量的读者，成为了当时最受欢迎的文学形式。清代，尤其是清初，由于历史的原因，文化上出现了一种复古之风。许多文人开始回顾历史，对古代的文学、艺术、哲学进行研究和借鉴，希望能在其中寻找到解决当下问题的答案。在这种文化背景下，叙事文学又有了新的发展。在明代小说的基础上，清代小说进一步发展，形成了自己独特的风格和特点。与此同时，清代的戏曲、散文、诗歌等文学形式也都得到了进一步的发展，为叙事文学的繁荣打下了坚实的基础。明清时期的叙事文学，其背后的社会、文化背景都为其发展提供了有力的推动。在这一时期，随着文人阶层的崛起，文学创作逐渐从宫廷转移到了市井，更多的普通人开始参与到文学创作中来。这种变化，使得叙事文学更加接近生活，更加真实、细腻。同时，明清叙事文学也开始融合了更多的外来元素，使其更加多元、开放。总的来说，明清叙事文学的发展，不仅是文学自身的进步，也是当时社会、文化、经济等多方面因素综合作用的结果。它不仅为我们提供了一个了解当时社会的窗口，还是中国传统文化的重要组成部分，对后来的文学发展产生了深远的影响。

每一种文学形式都是历史、文化和社会的产物，它们不仅反映了当时的社会风貌和人们的生活状态，更在某种程度上塑造了人们的思想和价值观。明清叙事文学作为中国文学史上的一个重要篇章，其独特的城市书写模式对于我们深入了解那个时代的城市文化和社会变迁具有重要意义。城市作为经济、文化和政治的中心，其变迁和发展无疑是历史的一个重要切入点。通过对明清文学中的城市书写进行深入研究，我们可以更为直观地了解那个时代城市的面貌、社会结构、经济活动以及人们的日常生活。明清两代，社会经历了从封建到近现代的过渡，这一时期的文学作品无疑蕴含了丰富的历史和文化信息。通过对这些文学作品的深入分析，我们可以更好地理解当时的社会变迁、文化冲突以及人们的思想观念。再者，明清叙事文学中的城市书写也为现代文学创作和城市研究提供了宝贵的启示。在全球化的背景下，现代城市面临着诸多挑战和机遇，城市的书写和研究也日益受到关注。通过对明清叙事文学的研究，我们可以汲取历史的经验，为现代城市的发展和文学创作提供有益的参考。最后，明清叙事文学不仅是中国传统文化的重要组成部分，更在世界文学史上占有一席之地。对其进行深入研究，不仅可以丰富我们对中国传统文化的了解，还可以推动中外文化交流，促进不同文化之间的理解和融合。

第一节　城市记忆的根性书写

　　城市，作为文学中的一个常见主题，经常被赋予丰富的象征意义。在中国的文学传统中，特别是在明清叙事文学中，城市不仅仅是一个地理空间或人们生活的场所，它更是一个富有象征意义的符号，反映了人们的情感、价值观和历史记忆。首先，城市往往被视为文明与进步的象征。明清时期，随着经济的繁荣和文化的交流，城市成为了知识、艺术和技术的交汇点。因此，城市往往与现代性、创新和繁荣相联系，它代表了人类对于更好生活的追求和希望。然而，与此同时，城市也被赋予了复杂的情感色彩。在许多文学作品中，城市往往与喧嚣、混乱、异化和失落相联系。它成为了现代生活中孤独、冷漠和物质主义的象征。这种对城市的双重看法，反映了人们对于现代化进程中失去的东西的怀念，以及对于传统与现代之间张力的感知[①]。此外，城市在文学中还经常被用作历史和文化记忆的载体。明清文学作品中的城市往往充满了历史的痕迹，它们保留了过去的记忆，承载了文化的传承。通过对城市的描写，作者们试图传达对于历史的反思、对于传统的尊重以及对于文化遗产的珍视。在明清叙事文学中，城市还常常与家乡、乡土情结相联系。尽管城市代表了现代、进步和机会，但它也与外来、异质和不安相联系。许多作品中的角色都在城市中寻找自己的身份和归属感，他们的经历反映了人们对于家乡与城市之间复杂的情感纠葛。总的来说，城市在明清叙事文学中不仅仅是一个具体的地点，更是一个象征，反映了人们的情感、思考和价值观。它既是现代化的代表，也是传统与文化的守护者，成为了文学创作中一个重要而富有深意

---

① 何卉、陈洪：《论唐代小说中妒妇形象在明清叙事文学中的演变》，《明清小说研究》2021 年第 1 期。

的主题①。

一、明清文学中对城市记忆的描绘

《聊斋志异》是清代文学的瑰宝，汇集了短篇小说四百七十余篇，涵盖了广泛的主题，从都市生活的描写到超自然现象的表现，为读者展现了一个五彩斑斓的文学世界。在这部巨著中，都市成为一个反复出现的背景。蒲松龄生活在清代，一个社会经济繁荣、文化交流频繁的时期。都市，作为经济、文化和政治的中心，自然地成为了许多故事的发生地②。无论是繁华的市集、热闹的酒楼，还是幽静的寺庙、古老的宅院，蒲松龄都用细腻的笔触为我们描绘了种种栩栩如生的都市景象。但在《聊斋志异》中，都市不仅仅是一个物质的空间。通过对都市生活的描写，蒲松龄展现了那个时代都市居民的日常生活、情感世界以及他们面临的种种挑战。在这些故事中，都市成为了爱情、冒险、冲突和和解的舞台，展现了人性的善恶、弱点和伟大。更为引人注目的是，《聊斋志异》中的都市往往与超自然元素相结合。蒲松龄的都市不仅是人们的居住地，更是鬼魅、仙女、狐狸精等超自然生物的栖息之地。这些超自然元素不仅为故事增添了趣味性和神秘感，更深入地探讨了人与自然、现实与幻想之间的关系。例如，在《聊斋志异》中，都市常常被描绘为一个充满了机遇和挑战的地方。在这里，普通人可以通过勤奋和智慧实现他们的梦想，但也可能因为贪婪、傲慢或其他缺点而遭受失败和惩罚。同时，都市也是一个充满了神秘和奇幻的世界，人们可以在这里遇到各种奇妙的生物和经历各种不可思议的冒险。总的来说，蒲松龄的《聊斋志异》为我们提供了一个独特的视角，来

---

① 方志红：《论古代叙事理论对当代叙事文学研究的借鉴意义》，《湖南师范大学社会科学学报》2020 年第 4 期。

② 邵颖涛：《佛教文化对唐代叙事文学空间建构与情节塑造的影响》，《沈阳大学学报（社会科学版）》2020 年第 6 期。

观察和理解清代都市的文化、社会和人性。通过对都市生活的细腻描写和对超自然元素的巧妙运用，蒲松龄成功地创造了一个既真实又奇幻的文学世界，为后人留下了一部不朽的经典①。

《聊斋志异》中，城市不仅是故事的背景，更是一个充满生命的存在。蒲松龄的笔下，都市成为了一个多姿多彩、充满活力的地方，既有现实的生活气息，又充满了神秘和奇幻。蒲松龄对都市的繁华景象进行了细致的描写。市集上，各种摊贩、小贩、商人熙熙攘攘，各种商品琳琅满目，人们为了生计忙碌奔波。这样的描写展现了都市作为经济和文化中心的重要性，也展现了都市中的繁荣与活力②。酒楼、茶馆、戏院等都成为了都市生活中不可或缺的一部分。在这些地方，人们交往、聚会、娱乐，发生了许多令人难忘的故事。蒲松龄通过对这些场所的描写，展现了都市中的社交生活，也反映了人们在都市中追求娱乐和享受的心态。在《聊斋志异》中，都市不仅是人的居住地，更是各种超自然生物的活动场所。在繁华的市井中，鬼魅、仙女、狐狸精等生物与人类发生了各种交往，这些故事为都市增添了一层神秘的色彩，也为读者展现了一个与众不同的都市世界。在蒲松龄的笔下，都市与乡村形成了鲜明的对比。都市繁华、热闹、复杂，而乡村则宁静、和谐、纯朴。这种对比不仅展现了两种截然不同的生活方式，也反映了人们对于都市与乡村的不同情感和态度。总的来说，蒲松龄的《聊斋志异》为我们提供了一个生动的都市画卷。他对都市的描写不仅展现了都市的物质生活，更展现了都市的文化、情感和精神面貌。通过对这些描写的分析，我们可以更深入地了解清代都市的文化、社会和人性，也可以更好地理解都市在文学中的象征意义和价值③。

---

① 刘帅：《中国古代叙事文学中的龙王形象》，《濮阳职业技术学院学报》2017年第3期。

② 郭志强、和芸琴：《潜行的传播效果——宋代之前的通俗叙事文学传播效果研究》，《江苏经贸职业技术学院学报》2013年第5期。

③ 杨明贵：《叙事学视域下中国近世叙事文学研究综述》，《安康学院学报》2012年第6期。

城市在文学作品中的描写，特别是在《聊斋志异》这样的古典文学中，常常与文化记忆紧密相连。城市不仅仅是一个地理概念或生活的场所，它更是一个历史和文化的载体，反映了人们的记忆、情感和价值观。在《聊斋志异》中，蒲松龄对都市的描写充满了历史的痕迹和文化的记忆。这些记忆既包括具体的事件和人物，也包括更为抽象的情感和思考。例如，市集上的摊贩、酒楼中的食客、戏院里的观众，都为我们呈现了清代都市生活的日常面貌，也为我们展现了那个时代的风俗、习惯和价值观。但更为重要的是，这些都市描写中所包含的文化记忆并不仅仅是对过去的回忆，它们更是对历史和文化的反思和传承。通过对都市生活的描写，蒲松龄试图传达对于历史的认识、对于传统的尊重以及对于文化遗产的珍视。这些文化记忆不仅为读者提供了一个了解清代都市文化的窗口，更为读者提供了一个反思和学习的机会。同时，都市描写中的文化记忆也与个体记忆紧密相连。在《聊斋志异》中，许多故事都与都市有关，而这些都市故事中的主人公往往都有着自己的记忆和经历。他们的经历不仅与都市的物质生活有关，更与都市的文化和历史有关。这些个体记忆与都市的文化记忆相互影响，共同构建了一个丰富而深入的都市世界。总的来说，城市描写与文化记忆在《聊斋志异》中是紧密相连的。都市不仅是一个生活的场所，更是一个历史和文化的载体。通过对都市的描写，蒲松龄为我们展现了清代都市的文化、历史和情感，也为我们展现了文化记忆在文学创作中的重要性和价值。

二、城市记忆与文化建构

文化建构作为一个复杂的社会学和人类学概念，它旨在探索文化是如何被构建、发展和传承的。更具体地说，文化建构是一个涵盖广泛的过程，涉及社会、历史、经济、政治和心理等多个层面的互动和影响。从本质上讲，文化建构可以看作是一个动态过程，它涉及个体和群体在特定的社会和历史背景下，如何形成、传递和转化他们的价值观、信仰、知识和习惯。这不仅包括文化的物质层面，如艺术、建筑和音乐，还包括文化的非物质层面，如思维方式、情感、价值观和行为模式。在这个过程中，文化不仅是被"构建"的，也是被"再构建"的①。这意味着文化不是一成不变的，而是在不断地变化、发展和适应。文化建构的重要性主要体现在以下几个方面：首先，文化建构是维持社会和文化连续性的基础。通过文化建构，社会和文化的核心价值和习惯得以传承和延续。这为社会提供了一个共同的参考框架，有助于增强社会的凝聚力和向心力。其次，文化建构为个体提供了身份和归属感。人们通过参与文化建构，形成了自己的文化身份和社会角色。这不仅有助于个体的自我认知和自我价值的实现，也为个体提供了与他人交往和合作的基础。再次，文化建构是文化创新和发展的源泉。文化不是孤立的，需要与时俱进，适应不断变化的社会和环境。正是通过文化建构，文化得以与其他文化交流和互动，吸取新的元素，产生新的创意和思想。最后，文化建构也为社会提供了一个解决冲突和矛盾的机制。在多元化和全球化的背景下，不同的文化和价值观可能会产生冲突和对立。通过文化建构过程，人们可以学会理解和尊重不同的文化，寻找共同的基础，实现和谐共生。总的来说，文化建构是一个涉及广泛的、复杂的过程，它旨在探索文化是如何被构建、发展和传承的。其重要性不仅仅体现在维持文化的连续性，还体现在促进文化的创新、发展和交流②。

　　文学作品往往是文化建构的反映与表达。不仅揭示了一个时代的价值观、信仰和习惯，还为读者提供了一个对文化进行反思和理解的机会。以

---

① 李继伟：《"中国古代叙事文学国际学术研讨会"综述》，《洛阳师范学院学报》2011 年第 1 期。

② 杨桂青：《"奇"：中国古代叙事文学的根本审美特征》，《南京大学学报（哲学·人文科学·社会科学版）》2003 年第 4 期。

下列举了文学作品中的文化建构的一些典型实例。曹雪芹的《红楼梦》深入地探讨了清代家族的伦理关系和社会秩序。贾家的兴衰不仅展示了一个家族的命运，更反映了当时的社会价值观和文化。作品通过对各个角色的刻画，强调了尊老、敬长、忠诚和孝道等传统伦理观，同时也揭示了权力、财富和地位在家族和社会中的重要性。吴承恩的《西游记》讲述了孙悟空、唐僧、猪八戒和沙僧的冒险旅程，不仅构建了一个充满奇幻的宗教世界，还深入地探讨了善恶、忠诚和牺牲等道德观念。蒲松龄的《聊斋志异》突破了现实的界限，深入探讨了超自然与现实的关系。鬼魅、仙女、狐狸精等超自然生物，不仅为我们展示了一个神秘的世界，更为我们展示了人类对生死、情感和道德的深入思考。作品中的故事常常将现实与超自然相结合，提供了一个理解和反思人类与超自然界的关系的机会，同时也展现了尊重生命、追求真理的文化价值。这些文学作品通过对不同主题的描写，为我们展现了不同角度的文化建构。它们都在不同程度上反映了其时代的价值观、信仰和文化，为读者提供了一个理解和反思文化的窗口[①]。

三、城市记忆对现代人的启示

古代与近现代，这两个时代作为人类文明的两个重要阶段，具有鲜明的差异性，但同时也蕴含着深深的联系。这种对比如同一面历史的镜子，使我们得以审视自己，从中发现人类文明的进程与变迁。首先，从技术角度看，现代社会已经远远超越了以往任何的历史时期。电子科技、互联网、生物技术等现代技术的出现，使得信息的传递、物质的生产和人们的日常生活都发生了翻天覆地的变化。而回溯历史，我们看到的是蒸汽机的

---

① 许钰：《口头叙事文学的流传和演变》，《北京师范大学学报（社会科学版）》1994 年第6 期。

出现、马车的行驶和手工业的繁荣，那是一个更为简单但也充满魅力的时代。其次，在文化维度，现代因为全球化的推动，形成了一个多元、交融的大熔炉。从音乐、艺术到生活方式，我们可以看到多种文化的影子。而古代时期，每一片土地上都有其独特的文化和传统，它们或许因为地域的隔离而显得更加纯粹和独特。社会结构也是古代与现代的一个鲜明对比点。现代社会强调个人主义、平等与自由，而在很多古代社会中，等级制度、家族和传统起着决定性的作用。这种变化不仅仅反映了社会进步，也揭示了人类对自由与平等追求的加深。然而，尽管存在这些差异，古代与现代之间又有着千丝万缕的联系。古代是现代的根基，它为我们提供了宝贵的经验和教训，告诉我们在面对挑战时如何做出选择。而现代社会，通过技术、文化和社会的反思，也在不断地回顾历史，努力挖掘那些被遗忘或被忽视的知识和智慧。此外，无论古代还是现代，人的基本需求和情感都没有太大变化。爱、恨、欢乐、悲伤，这些基本的人性始终如一，穿越时空的隔阂。这也意味着，无论时代如何变迁，人性的核心始终不变。最后，古代与现代，它们如同时间的两端，有着鲜明的对比，但同时也相互辉映。通过深入探索这两个时代的相似和不同，我们不仅可以更好地理解过去，也能够对未来有更加清晰的展望①。

　　现代城市作为人类文明和技术进步的产物，无疑为我们带来了许多便利和舒适。然而，随之而来的还有一系列的文化、社会和心理问题，这些问题迫使我们对现代城市文化进行深入的反思。首先，现代城市生活的快节奏和高压常常导致人们的心理和情感受到压迫。在这样的环境下，人们很难有时间和精力去关心他人，更不用说培养深厚的人际关系。这导致了现代城市中普遍存在的孤独、焦虑和冷漠。其次，现代城市文化过于注重物质和消费。在这样的文化背景下，人们容易将物质财富和消费能力视为

---

① 董乃斌：《论中国叙事文学的演变轨迹》，《文学遗产》1987 年第 5 期。

成功和幸福的标志，而忽视了真正的人际关系、心灵成长和精神追求。这种过度的物质追求和浅薄的消费文化，往往导致人们的生活失去真正的意义和价值。再次，现代城市文化也导致了人与自然的疏离。在钢筋混凝土的森林中，人们很难感受到自然的美好和魅力，更不用说对自然的尊重和保护。这种人与自然的疏离，不仅对人们的心灵产生负面影响，也对环境和生态系统造成了严重的破坏。又次，现代城市文化还导致了文化的同质化和流失。在全球化的大背景下，各地的城市越来越趋于同质化，传统的文化和习俗逐渐被边缘化或遗忘。这不仅导致了文化的贫瘠和单一，也使得人们失去了对传统文化的认同和尊重。总的来说，现代城市文化虽然为我们带来了许多便利和舒适，但同时也伴随着一系列的问题。对这些问题的反思，不仅是对现代城市文化的批判，更是对未来城市文化发展的思考和期待。我们需要重新审视现代城市文化，寻找一种更加和谐、健康和可持续的发展模式。

第二节　叙事原型中寻根的执着

明清时期，叙事文学达到了前所未有的高峰。在这一时期的文学作品中，我们可以观察到一系列经典的叙事原型，这些原型不仅成为文学创作的灵感来源，也反映了当时社会文化的特点和价值观。如：其一，家族兴衰的叙事：以《红楼梦》为代表的家族叙事。通过描述家族的兴盛与衰落，揭示了封建家族的伦理关系、权力斗争以及命运的无常。这种叙事原型强调了家族命运与个人命运之间的紧密联系，以及家族荣誉与家族道德的重要性。其二，浪子回头的叙事：许多明清小说中都有"浪子回头金不换"的情节。这种叙事原型通常描述了一个初入江湖或堕落的年轻人，在经历了一系列的冒险和挑战后，最终回归正道，得到救赎。这种叙事强调了善恶有报、因果循环的道德观念。其三，仙侠与奇幻的叙事：以《西游记》和《聊斋志异》为代表。这种叙事原型包含了大量的神话、传说和超自然元素，展现了一个与现实世界截然不同的奇幻世界。这些作品通常包含了对善恶、命运和人性的深入探讨，也为读者提供了一个对现实世界进行反思的机会。其四，恩怨情仇的叙事：在明清文学中，恩怨情仇是一个常见的叙事主题。这种叙事原型通常描述了因为某种原因产生的冲突和仇恨，以及主人公如何为了正义和真理而斗争。这种叙事强调了正义与邪恶、真理与谎言之间的斗争，也展现了人性中的善与恶。其五，爱情与婚姻的叙事：明清时期的文学作品中，爱情与婚姻也是一个重要的叙事主题。这种叙事原型通常描述了恋人之间的甜蜜与痛苦、忠诚与背叛以及婚姻中的快乐与挑战。这些作品通常包含了对爱情、婚姻和家庭的深入探讨，也为读者提供了一个理解和体验人类情感的机会。总的来说，明清叙事文学中的叙事原型是对当时社会文化和价值观的反映，也是文学创作的灵感来源。这些原型不仅为读者提供了一个深入了解历史和文化的窗口，更为读者提供了一个对人性、道德和命运进行反思的机会。

叙事文学书写的过程当中，很多作者会将自己的情感添加在其中，明清时期的叙事文学在写作的过程当中，情感的意象表达变得更为丰富。明代虽然多是对前朝叙事文学作品的归纳与总结，将前朝的奇闻轶事汇于一体，但是会表现出一些作者自己的看法。这些叙事文学利用虚实结合的模式，通过虚拟的人物形象来表达真实的人物情感，往往起到了良好的文学表达效果，这也是为什么后来以《聊斋志异》为首的志怪类叙事文学能够受到大家广泛关注与热爱的原因。然而在这些笔记小说作品中，有一种情感叫作对家乡的执着与守候。很多看似稀松平常的故事，隐藏着的可能是对家乡细致的描写，或是对家乡固有文化的喜爱与执着。

叙事文学作品中，对于家乡的描写大体分为两种。第一种是身临其境的家乡叙事，通过实景的细致描写还原家乡风貌，从而表达对于家乡的思念之情。第二种则是通过虚拟的意向构造，以故事的形式来进行对于家乡感情的侧面表达。前者的情感表现往往更加直白，后者往往是通过侧面描写的形式，将自己的情感蕴含其中，起到相近的氛围渲染和情绪烘托效果。通过真实的场景表达对于故乡的思念与喜爱之情，往往是纪实类叙事文学喜欢采用的写作模式。比如明末清初时期的《西湖梦寻》，正是明朝遗民所写，这篇笔记小说多次记录了杭州西湖之景。杭州西湖是张岱的家乡，作者通篇都带着对于家乡和故国的思念之情，颇有杜甫诗中所写"国破山河在，城春草木深"之意。《扬州画舫录》也属于此类作品，但是相对于《西湖梦寻》而言，《扬州画舫录》所写内容更为完整和客观。在表达思乡之情的同时，对于事实本身的理性书写更为准确。而以《聊斋志异》为首的志怪类小说在书写的过程中，虽然存在一定程度的地域色彩，但往往是通过侧面描写来进行内容叙事的。蒲松龄的故乡位于淄川，这一带有着十分浓厚的民间信仰，而在蒲松龄所创作的故事内容及人物、意象中，这些虚拟人物往往都和当地的民间信仰息息相关。作者对于家乡的喜爱与眷恋，也通过这些熟悉的意象表达和带有深刻寓意的故事描绘蕴藏其中。当然，除上述作品之外，《苏谈》《泾林续记》《萍野纂闻》《新齐谐》《耳谈》等叙事文学作品中，也有一定对于家乡元素的描写或者思乡之情的表达。

一、文学创作中的叙事原型

叙事原型，也称为故事原型或主题模式，指的是在不同的文化、时代和地域的故事中反复出现的基本情节、角色、冲突或主题。它们源于人类对世界的基本理解和经验，如英雄的冒险、爱情的起伏、善与恶的永恒斗争。这些反复出现的情节和主题，构成了叙事原型的核心。而这些原型不仅仅是故事的表面结构，它们更揭示了故事深层次的意义和价值。叙事原型在文化和文学中的作用是不可忽视的。首先，它们是文化传承的重要载体。随着每一个新的叙事重述，人们都在将文化的价值观、信仰和习惯传递给下一代。这种文化传承不仅仅是对过去的回忆，更为后来者提供了对未来的期望和指导。其次，叙事原型中的情感和经验是普遍的，能够跨越文化和时代的界限。这种普遍性使得读者与故事中的角色和情节产生深厚的情感共鸣，也使得故事具有更强的真实感和吸引力。对于作家来说，叙事原型提供了文学创作的无尽灵感。通过对叙事原型的反思、变革和再创造，作家可以为传统故事赋予新的生命力，或为新的故事赋予深沉的意义。此外，叙事原型也是文化交流的桥梁。不同的文化和时代都有其独特的叙事原型，但许多原型在本质上是相似的，这种相似性为不同文化之间的交流和理解提供了可能性。通过对比和分析不同文化中的叙事原型，我们不仅可以更深入地理解自己的文化，还可以更加尊重和欣赏其他文化。综上所述，叙事原型是文学创作和文化传承的重要元素。它们代表了人类普遍的情感、经验和价值观，为我们提供了一个理解、体验和反思人性、文化和命运的宝贵机会。

文学作品中的叙事原型经常为读者提供对普遍人类经验的深入理解。这些原型虽然在表面上可能因文化和时代而异，但它们在深层次上都反映了相似的情感和价值观。以下是一些明清时期叙事文学中常见的叙事原型实例：其一，英雄的冒险之旅：例如，在《西游记》中，唐僧带领他的三位弟子经历了一系列的冒险，以取得真经。这种英雄的冒险之旅是一个普遍的叙事原型，它揭示了人类对于真理、勇气和自我牺牲的追求。其二，恩怨情仇与复仇：在《水浒传》中，梁山好汉们因为受到了官府的不公待遇而起义。这种对于正义的追求和复仇的主题，在许多文学作品中都有所体现，它反映了人们对于正义和公平的深厚渴望。其三，禁忌的爱情：《红楼梦》中的贾宝玉和林黛玉之间的爱情关系。虽然深深地受到了家族和社会的反对，但他们仍然坚守自己的感情。这种禁忌的爱情原型揭示了人类对于真挚感情的追求以及社会对个体情感的压制。其四，人与超自然的关系：《聊斋志异》中的许多故事都涉及人与鬼魅、仙女、狐狸精等超自然生物的互动。这种叙事原型探索了人类对于未知、死亡和超自然的恐惧和好奇。其五，追求理想与现实的冲突：在《儒林外史》中，许多角色都面临着追求自己理想与现实挑战之间的冲突。这种叙事原型反映了人们在追求自己的梦想时所面临的困难和挑战。

这些叙事原型在明清时期的文学作品中得到了深入的探讨和展现。它们不仅为读者提供了一个对人性、文化和命运进行反思的机会，还为我们展示了那个时代的社会文化和价值观。通过对这些叙事原型的分析，我们可以更深入地理解明清时期的人们是如何看待世界、生活和自己的。

在文学史上，无论是东西方的作品，叙事原型与家乡情结之间总存在着一种深厚的联系。家乡情结是每个人内心深处对于童年、家庭、出生地的那种无法割舍的情感，而叙事原型则常常充当着一个桥梁，将这种情感传递并放大。明清叙事文学中，家乡情结的存在与其社会背景有着密切关联。在封建社会中，家族、土地和传统被视为生活的三大支柱。人们与他们的出生地、家族和传统有着不可分割的联系。在这样的背景下，文学作品中对家乡的描写和回忆，往往带有一种浓厚的情感色彩。家乡情结在叙事原型中的体现，通常表现为对家乡的记忆、对家庭的怀念以及对传统的尊重。例如，在《红楼梦》中，贾宝玉与林黛玉之间的爱情故事。虽然发生在繁华的都市，但他们之间的感情深深植根于他们共同的家乡和家族。再比如，在《西游记》中，孙悟空虽然历经千难万险，但他始终怀念着他的花果山，那是他的根，也是他始终无法割舍的家乡。此外，家乡情结与叙事原型之间的联系，还体现在作家对于家乡的理想化描写上。在许多明清文学作品中，家乡往往被描绘为一个美好、和谐和宁静的地方，与外部世界的纷扰和冲突形成鲜明对比。这种理想化的家乡描写，不仅是作家对家乡的怀念，也是他们对理想生活的追求。总的来说，原型与家乡情结之间的关联，体现了人们对于家乡、家族和传统的深厚情感。这种情感既是对过去的回忆，也是对未来的期望。它是文学作品中一个重要的情感线索，也是人们对生活、文化和价值观的反思和探索。

城市叙事作为文学中一个独特而丰富的主题，长久以来都被许多文学家所关注和探讨。这种叙事不仅仅是对城市生活的描写，更是对人类文明、文化和价值观的反思和探索。以下是城市叙事在文学中所具有的价值：其一，反映社会变迁。城市是社会变迁、经济发展和文化交流的中心。通过城市叙事，文学作品可以真实又生动地展现一个时代的面貌、一种文化的特点以及人们的生活状态。无论是繁华的市井、繁忙的街道还是孤独的角落，城市叙事都为我们提供了一个深入了解社会和文化的窗口。其二，探讨人性与道德。在城市这个大熔炉中，人们的关系变得复杂而微妙。权力、金钱、欲望与道德之间的冲突和抉择，成为城市叙事的重要主题。通过对这些主题的探讨，文学作品揭示了人性的复杂性、道德的相对性以及人们在面对困境时的选择和挑战。其三，呈现多元文化。城市是多元文化的交汇点。不同的种族、宗教和文化在这里交流、碰撞和融合。城市叙事展现了这种多元文化的魅力和冲突，也为我们提供了一个理解和尊重其他文化的机会。其四，提供对现实的反思。与乡村叙事相比，城市叙事更加关注现实的问题和挑战。无论是环境污染、社会不公还是人际关系的疏离，城市叙事都为我们提供了一个对现实进行反思和批判的视角。拓展文学的表现手法：城市叙事的复杂性和多样性，为文学创作提供了丰富的素材和灵感。不同的叙述视角、时间结构和空间布局，使得文学作品更加丰富、多变和深入。总的来说，城市叙事在文学中具有重要的价值。它不仅仅是对城市生活的描写，更是对人类文明、文化和价值观的反思和探索。通过城市叙事，文学作品为我们提供了一个理解和体验现代生活、文化和人性的宝贵机会。

二、叙事原型对城市书写的影响

随着社会的发展和文化的交融，叙事原型在现代文学中也经历了深刻的演变。从传统的英雄冒险和爱情故事，到更为复杂、多元的现代生活描写，叙事原型反映了人们对于世界和生活的新的认知和体验。首先，现代叙事原型更加注重个体的内心世界。与传统的叙事原型强调命运、荣誉和家族不同，现代叙事更加关注个体的情感、选择和自我追求。这种转变反映了现代社会对于个体权利和自由的重视。其次，现代叙事原型更加多元和包容。在全球化的背景下，不同的文化、信仰和价值观在文学作品中得到了展现和交融。这种多元性使得现代叙事更加丰富、开放和有深度。再次，现代叙事原型也更加关注社会的问题和挑战。无论是环境危机、社会伦理还是世道不公，现代叙事都为我们提供了一个对这些问题进行反思和探讨的视角。最后，现代叙事原型的演变反映了人们对于生活、文化和价值观的新的理解和追求。它为我们提供了一个理解和体验现代世界的新视角和新方法。

现代叙事原型与文化建构之间的关系是密切且互为因果的。叙事原型不仅反映了文化建构的过程，同时也是其重要组成部分。在这种关系中，文学作品成为人们对文化认同、价值观和社会现实的探讨和反思的载体。叙事原型的演变反映文化建构的过程：随着社会的变迁和技术的进步，人们的生活方式、思维模式和价值观都发生了深刻的变化。这些变化在文学作品中得到了体现，形成了新的叙事原型。例如，随着信息技术的发展，现代叙事中经常出现与虚拟现实、人工智能和数字化生活相关的主题。这些新的叙事原型不仅反映了技术对生活的影响，也揭示了文化在新的社会背景下的建构过程。文化是由一系列的符号、习惯和价值观构成的，而叙事原型则是这些文化元素的集中体现。通过叙事原型，文化的核心价值观、信仰和认同得到了展现和传递。例如，现代叙事中对于自由、平等和人权的追求，体现了现代文化对于个体权利和尊严的重视。在文化建构的过程中，叙事原型既是被建构的对象，也是建构的工具。一方面，文化的变迁和演变影响了叙事原型的形成和发展。例如，随着全球化的深入，现代叙事中出现了更多关于跨文化交流和多元文化共存的主题。另一方面，通过叙事原型，文化的核心价值观和认同得到了强化和传播。例如，通过对家庭、友情和爱情的描写，现代叙事强调了人与人之间的情感联系和责任。除了对文化的建构和传递，叙事原型也为人们提供了一个对文化进行批判和反思的视角。通过对叙事原型中的冲突、挑战和问题进行探讨，文学作品揭示了文化中的矛盾、缺陷和盲点。这种批判性的叙事原型为人们提供了一个对文化进行反思和改进的机会。总的来说，现代叙事原型与文化建构之间的关系是复杂而深入的。在这种关系中，文学作品成为了人们对文化、社会和自己进行认知、体验和反思的重要载体。

第三节　理想家园的经营与守望

城市自古至今一直是文明的摇篮和文化的交汇点。它们见证了人类社会从农耕到工业，再到信息时代的演变。历史上，城市的变迁与时代的进步、技术的革新和人类的追求息息相关。在古代，城市起源于农耕文明的中心地带。这些初级的城市，如古埃及的底比斯、古巴比伦和古印度的哈拉帕，都围绕着河流而建。河流提供了稳定的水源，使得农业得以繁荣，从而支撑起初期的城市生活。这些城市不仅是物质贸易的中心，也是文化和宗教的交汇地。随着帝国和王国的建立，城市开始扮演着政治和军事的核心角色。古罗马、古希腊和古中国的都城，如罗马、雅典和长安，都成为政治决策、艺术创作和学术研究的中心。这些城市的建筑、雕塑和文学作品，至今仍然被誉为人类文明的杰出成果。中世纪，随着商业的复兴和技术的进步，欧洲的城市如威尼斯、佛罗伦萨和巴黎开始崭露头角。这些城市不仅是贸易的中心，也是文艺复兴时期艺术和科学的摇篮。同时，东方的城市，如伊斯坦布尔和巴格达，也在这个时期达到了巅峰，成为学术、医学和文学的繁荣之地。进入工业时代，随着工业革命的到来，城市开始迅速扩张。伦敦、纽约和东京，这些大都市成为了工业和金融的中心。高楼大厦、铁路和地铁开始在城市中遍地开花。但同时，工业时代的城市也面临着环境污染、人口过剩和社会不公的挑战。今天，随着信息技术的发展，城市开始进入一个新的时代。智慧城市、绿色建筑和数字化生活成为了新的趋势。同时，城市也开始更加注重文化多样性、环境可持续性和人的福祉。总的来说，历史上城市的变迁反映了人类社会、技术和文化的演变。从河边的小村镇，到繁华的大都市，城市始终是人类文明的中心和文化的交汇地。

一、文学中的理想家园与现实对比

文学作品中，城市往往不仅仅是故事的背景，更是作者对于理想社会、文化和生活的反思和探索的载体。在历史的长河中，许多文学家都尝试通过对理想城市的描绘来表达他们对于完美世界的向往和追求。在古希腊，哲学家柏拉图在其著作《理想国》中描述了一个完美的城市。在这个城市中，人们按照他们的天赋和能力被分为不同的阶层，如哲学家、士兵和工匠。这个城市的目标是实现公正、和谐和智慧，而不是追求物质利益或个人欲望。文艺复兴时期，意大利作家托马索·康帕内拉在《太阳城》中描绘了一个科学、艺术和宗教完美融合的理想城市。在这个城市中，人们生活在和谐、平等和自由中，科学和艺术被视为最高的追求，而宗教则为人们提供了精神的指导和慰藉。19世纪，随着工业化和城市化的进程，许多文学家开始对都市生活进行批判和反思。例如，英国作家爱德华·贝拉米在《回顾》中描述了一个社会主义的理想城市。在这个城市中，工业被自动化，人们享受着平等、繁荣和和谐的生活。20世纪，随着科技的进步和全球化的加速，理想城市的描绘也变得更加多元和复杂。在赛博朋克文学中，如威廉·吉布森的《神经漫游者》中城市被描绘为一个高科技、低生活的地方，其中充满了科技的魅力和都市的孤独。近年来，随着环境危机和社会不公的加剧，许多文学家开始对绿色、可持续和公正的理想城市进行探索。例如，厄休拉·勒古恩的《一无所有》描述了一个没有私有制、没有战争、没有贫富差距的理想社会。总的来说，文学中的理想城市描绘是作者对于完美世界的追求和探索。这些描绘不仅仅是对未来的憧憬，更是对现实的批判和反思。通过对理想城市的描绘，文学作品为我们提供了一个理解、体验和创造更好世界的机会。

城市作为文明的产物和社会的中心，一直是人们对于理想与现实、梦想与挑战的探索与反思的载体。在文学中，理想城市往往被描绘为一个和谐、公正、繁荣的地方，而现实中的城市则充满了复杂性、矛盾和挑战。现实中的城市与理想城市之间的也存在着诸多差异：在环境资源方面，许多文学作品中的理想城市往往是一个绿色、可持续的地方，空气清新、水质纯净、资源丰富且可再生。而现实中的许多城市则面临着环境污染、资源枯竭和生态破坏的问题。在社会关系方面，理想城市中的人们生活在和谐、平等和互助中，社会关系基于信任、尊重和合作。而现实中的城市则充满了竞争、疏离和冲突，许多人面临着孤独、压力和不公的挑战。在经济发展方面，理想城市中的经济是公正、繁荣且可持续的，人们享有稳定的工作、合理的收入和高质量的生活。而现实中的许多城市则面临着经济不平衡、贫富差距和发展不均的问题。在技术与文化方面，文学作品中的理想城市往往是一个高科技、高文化的地方，其中科技和艺术为人们提供了便利、创新和启示。而现实中的城市则面临着技术过度、文化衰退和价值观混乱的挑战。在政府管理方面，理想城市中的政府是公正、透明且高效的，它为人们提供了公共服务、保护和指导。而现实中的许多城市则面临着腐败、低效和不公的问题。

总体而言，现实中的城市与理想城市之间存在着巨大的差异。这些差异不仅仅是物质和技术的，更是文化、价值观和人性的。面对这些差异，我们既要对理想城市保持憧憬和追求，也要对现实中的城市进行反思和改进，以创造一个更加和谐、公正和繁荣的社会。

家园对于每一个人而言，都是情感的归宿，是心灵的避风港。无论在物质或心理上，家园的概念都与我们的身份、记忆和情感深深相连。因此，对于理想家园的追求，不仅仅是对一个物质生活场所的期待，更是对生活质量、文化价值和人性理想的探索与追求。在快速的都市化进程中，人们逐渐失去了与自然的联系。理想家园往往被视为与自然和谐共生的地方，其中绿树成荫、鸟语花香。这种与自然的和谐关系不仅仅满足了人们对美好生活环境的需求，更是对生态平衡和可持续发展的追求。家园是人们童年的回忆，是家族历史的载体。在这里，每一个角落、每一块石头都充满了故事和情感。对于理想家园的追求，也是对过去的怀念、对未来的期望和对家庭的执着。家园不仅仅是一个生活的地方，更是文化和身份的源泉。在这里，传统与现代、东方与西方相互交融，形成了独特的文化特色和价值观。对于理想家园的追求，也是对文化传承、身份认同和价值观的坚守。在现代社会中，人与人之间的关系变得越来越疏远。而理想家园则是一个社区的共同体，其中邻里之间互助友善，形成了深厚的人际关系。这种和谐的社区关系不仅仅提高了生活的质量，更是对人性本善和社会和谐的追求。无论是物质还是精神，理想家园都是人们对美好生活的期待和追求。在这里，人们可以追求自己的梦想，实现自己的价值，享受生活的每一个时刻。对于理想家园的追求，是人们对生活、文化和人性的深入反思和探索。它不仅仅是一个物质的场所，更是心灵的归宿、文化的根基和情感的寄托。通过对理想家园的追求，我们可以更加深入地理解自己、尊重他人，实现人与人、人与自然、人与社会的和谐共生。

二、理想家园的文化意义

家园作为一个情感和记忆的集结地，深刻地影响了人们的文化价值观。当我们提及"理想家园"，我们不只是谈论一个物理空间或舒适的居住环境，更是在探讨一个与文化价值观紧密相连的概念。这个理想的空间往往成为价值观的具体化和体现，展现了一个社群或个体对于美好生活的定义和追求。

首先，理想家园揭示了对于和谐与平衡的追求。在许多文化中，和谐被视为至关重要的价值。这种和谐不仅存在于人与人之间，还存在于人与自然、人与社会之间。家园的设计、布局和与周围环境的关系，往往反映了一个社群对和谐的理解和追求。对于家园的定义和价值也与社会的团结和归属感有关。家园是个体与社会的连接点，它提供了一个归属的感觉。理想家园中的互助、共享和社区的团结，都是文化中对于人际关系和社会责任的体现。其次，家园也与传统、历史和记忆紧密相连。在很多文化中，家园不仅仅是现在的居所，更是过去的象征和未来的承诺，它连接了历史与现在、传统与创新。因此，理想家园中的每一个元素，无论是建筑风格、家具设计还是日常习惯，都与文化的传承和发展有关。再次，家园对于个体的成长和发展也至关重要。它提供了一个安全、支持和鼓励的环境，使得个体能够自由地探索、学习和创造。理想家园的价值观，如自由、创新和尊重，都与文化对于个体价值和潜能的认知有关。最后，家园也是对美、艺术和审美的追求的体现。每一种文化都有自己独特的审美标准和艺术表达。通过家园的设计、装饰和日常生活，我们可以看到一个社群对于美的定义和追求。理想家园与文化价值观之间存在着深厚的联系。家园不仅仅是一个生活的地方，更是文化、历史和价值观的载体。通过对理想家园的探讨和追求，我们可以更加深入地理解和体验文化的内涵和价值。

自古至今，文学一直是对文化现象和社会动态的敏锐观察者和批判者。作为人类文化的重要组成部分，文学作品不仅反映了其所处的社会和文化背景，更深入地探讨了人性、社会和文化的各种复杂问题。首先，文学作品往往具有强烈的批判性。许多杰出的作家，如曹雪芹、鲁迅和巴尔扎克，都是其所处时代的尖锐批评者。他们通过文学作品，对社会的不公、文化的矛盾和人性的弱点进行了深入的挖掘和揭示。这些作品不仅揭示了社会的黑暗面，更提出了对现存制度和文化的质疑和挑战。其次，文学作品中的故事和角色为我们提供了一个独特的角度，来观察和理解文化的内涵和影响。例如，在《红楼梦》中，贾宝玉的反叛和追求，揭示了封建社会中个体与传统文化的冲突；而在《骆驼祥子》中，祥子的命运则反映了现代都市中底层人民的苦难和挣扎。此外，文学作品也展示了文化的多样性和流动性。随着全球化的推进，东西方的文化交流和碰撞成为了一个重要的文学主题。许多作家，如张爱玲和三毛，都在其作品中探讨了东西方文化的差异和交融，从而揭示了文化的相对性和复杂性。

文学作品为我们提供了一个重新审视和思考文化的机会。沉浸于文学作品，我们可以从中获得对文化的新的认识和理解。这种认识和理解，使得我们能够更加客观和深入地看待自己的文化背景和社会环境。总之，文学作品中的文化反思，不仅提供了对文化的深入探讨和批判，更为我们提供了一个独特的视角，来观察和理解文化的复杂性和影响。这种反思，使得文学成为对文化进行深入挖掘和反思的重要工具，从而推动了文化的进步和发展。

三、理想家园的意义与对现代的启示

在快速发展的现代城市中，高楼林立、车水马龙已成为常态，而这种繁忙的都市生活也使得人们对理想家园的追求变得更为迫切。在混沌的都市中，家园不仅是一个居住的地方，还是一个精神的避风港、一个心灵的安放之所。现代城市的快节奏生活和高度竞争环境下，人们面临着巨大的

压力和挑战。工作、交通、环境污染和人际关系的复杂化，使得许多人感到身心疲惫。在这种情境下，家园的定义已不仅仅是一个物质的居所，而是人们在心灵上对安宁、舒适和归属的渴望。对于许多城市居民而言，理想家园是一个与大自然和谐共生的地方。在这里，他们可以远离都市的喧嚣，与自然重新建立联系。绿树、鸟鸣和清新的空气，成为他们对家园的期待和向往。同时，现代城市中的理想家园也是一个技术与人性完美结合的地方。在这里，智能家居、绿色建筑和可再生能源，都为居住者提供了便利和舒适。而家园的设计和布局，也反映了人们对家庭、社区和人际关系的重视和追求。此外，文化和艺术也是现代城市中理想家园的重要组成部分。在这里，人们可以深入探讨和体验文化的内涵和价值，与邻居和社区成员共同创造和分享艺术与文化。这种对文化和艺术的追求，不仅仅满足了人们的精神需求，更是对现代都市生活的一种补充和反思。总的来说，现代城市中的理想家园追求，是人们对美好生活的期待和向往。在这个追求中，自然与技术、个体与社区、文化与艺术，都成为了人们对家园的定义和价值的重要组成部分。通过对理想家园的追求，我们不仅仅可以实现更好的生活质量，更可以对现代都市生活进行反思和改进，实现人与自然、人与社会的和谐共生。

在21世纪，城市发展正迅速变革，为未来的城市建设带来了无限的机遇和新的挑战。为确保城市能够在这样的转变中适应和繁荣，我们必须重新考虑和规划城市的设计、管理和发展。首先，环境和生态保护应成为城市建设的首要任务。面对全球气候变化和环境恶化的挑战，未来的城市应该采取积极措施，如推广绿色建筑、绿化城市、保护水源和提高能源效率等。城市的发展不应以牺牲自然资源为代价，而是应该与环境实现和谐共生。其次，现代技术逐渐发展，如物联网、大数据和人工智能为城市提供了智能化的可能性。我们可以通过这些技术提高城市的管理效率，为市民提供更好的公共服务，同时减少资源浪费。例如，智能交通系统可以减少交通拥堵，提高出行效率；而智能电网则可以确保电力供应的稳定和高效。此外，城市发展不仅仅是追求物质建设，更重要的是实现它的文化和社会价值。未来的城市应该重视历史文化的保护和传承，为居民提供丰富的公共文化空间，如图书馆、博物馆和公园。这不仅能够促进居民之间的交往和互动，更能够加强他们对城市的归属感和认同感。全球化趋势也为城市带来了多元文化的机遇和挑战，城市应该鼓励文化的交流和融合，打造一个开放、包容和多样性的城市文化。这需要城市管理者有前瞻性的视野，确保所有居民无论其背景、信仰或身份，都能够在城市中找到自己的位置。交通作为城市生活的重要组成部分，其高效、低碳和可持续性至关重要。未来的城市应该加强公共交通的建设，鼓励居民使用非机动交通工具，如自行车和步行，减少私家车的使用，从而降低交通污染和拥堵。最后，城市之间的合作和交流也是不可忽视的方面。在全球化的大背景下，城市之间的合作可以带来资源共享、技术交流和文化碰撞，为城市的发展提供更多的机遇和可能性。总而言之，未来的城市建设应该是一个综合、多元和开放的过程，它既要满足人们对物质生活的需求，也要满足他们对精神文化生活的追求和向往。只有这样，我们才能建设一个真正意义上的宜居、可持续和和谐的未来城市。

明清叙事文学中的城市书写是一个深邃的主题，涉及了对城市记忆、叙事原型、理想家园等多个层面的探讨。通过对明清时期的叙事文学进行深入研究，我们可以看到文学作品如何记录和反映了城市的变迁、文化的演变和人们的情感变化。明清叙事文学中对城市的描写，不仅仅是对建筑、街道和风景的描述，也是对城市的文化、历史和记忆的记录。这些文学作品中的城市描写，如同一个时间胶囊，为我们呈现了过去的城市风貌和人们的生活。同时，这些描写也反映了作者对城市的情感和对家园的思念，展现了人与城市、人与文化的深厚关系。在叙事原型的探讨中，我们可以看到文学作品中的故事原型如何构成了明清叙事文学的核心。这些叙事原型，如家乡的回忆、都市的冒险和理想的追求，都与城市和文化有着密切的关联。通过对这些叙事原型的分析，我们可以更加深入地理解明清时期的社会背景、文化特色和人们的价值观。对理想家园的探讨，是对城市和文化的双重反思。在明清叙事文学中，理想家园不仅仅是一个物质的地方，更是一个文化和情感的载体。这些文学作品中的理想家园，如同一个乌托邦，为我们展现了人们对美好生活的追求和期待。同时，这些理想家园也反映了文化的价值观和人性的理想，为我们提供了一个重新审视与思考文化和社会的机会。在现代城市的背景下，对明清叙事文学的研究更加具有实际意义。随着城市化的进程和文化的变迁，人们对城市、家园和文化的认知和情感也在发生变化。通过对明清叙事文学的研究，我们可以看到过去与现在、传统与现代之间的联系和差异，从而更加深入地理解现代城市和文化的特点和挑战。明清叙事文学中的城市书写，是一个跨越时代和文化的主题。通过对这个主题的研究，我们不仅仅可以了解明清时期的城市和文化，还可以对现代城市和文化进行反思和探讨。这种跨时代和跨文化的研究，为我们提供了一个全新的视角和思考的机会，使得我们能够更加全面和深入地理解城市、文化和人性的关系。

第七章　城市书写模式探究

　　明清叙事文学中的城市书写模式主要表现在以下几个方面：其一，通过对丰富多彩、光怪陆离的城市生活描绘，使文学作品充满了生活气息，赋予了作品独特的审美意蕴。无论是商业的繁荣，还是社会的喧嚣，都在这些描绘中得到了生动地再现，使得读者能够深刻感受到城市生活的魅力。其二，明清叙事文学中的城市书写模式通过多元的社会阶层、多样的生活境遇和多变的人际关系往来描绘，进一步营造了多元的价值观念。这些描绘既展现了城市生活的多样性，也揭示了社会矛盾的尖锐性，使得读者能够更全面、更深入地认识社会生活。其三，明清叙事文学中的城市书写模式也反映了城市生活的开放性和包容性。在这些作品中，城市不仅是经济和文化的中心，也是各种社会力量交汇的场所。它包容了各种不同的生活方式和价值观，成为了多元文化的载体和展示窗。

　　近年来，学界对明清叙事文学中的城市书写模式展示了浓厚的兴趣，并展开了深入的研究。在探讨明清两代城市化进程的过程中，学者们普遍认为城市的发展与扩张为文学创作提供了丰富的素材。明代的商业繁荣与清代初期的都市文化都为叙事文学中的城市描写奠定了基础。城市在文学中的呈现不仅仅是物理空间的描述，更多的是社会结构的反映。学者们重视的焦点在于——如何通过文学作品中的城市描写来体现当时的社会等级、权力关系和社交网络。明显的城市空间的划分，繁荣的市场与热闹的街市，以及明显的贫富差距，都为我们展示了当时社会的真实面貌。此外，明清时期的城市更是文化交流的中心。城市的繁华背后聚集了来自不同地域和背景的人们，这使得都市生活充满了变化和多样性。文学作品中对于都市文化的细腻描述，如茶馆、戏院和市集等场所，都成为了文化交流和社交的焦点。在情感与人际关系方面，都市生活中的人与人之间的情感联系也是叙事文学的核心主题。都市生活中的爱恨情仇、家族纷争、朋友之间的信任与背叛都被详细地刻画。有些学者还选择将明清叙事文学与同期的西方文学进行对比，探讨两者在城市描写上的异同。这种比较方法意在揭示明清时期城市生活与欧洲城市生活的相似之处与差异。

通过对明清叙事文学中的城市书写模式的深入研究，可以更好地理解明清时期的都市文化和生活，并与现代都市生活进行对比，从而发现古代与现代之间的联系与区别。在深入解析明清叙事文学中的城市书写模式，关注其独特的审美意蕴、多元的价值观念以及开放包容的文化心理后，城市书写模式既可以帮助我们理解和体验城市生活的复杂性和多元性，也可以为我们提供一种通过文学来表达和传播城市生活经验的有效途径。此外，对于城市书写模式的研究，也对现代城市文学创作和城市研究具有重要的启示意义。

第一节　独特的审美意蕴

明清时期，中国社会进入历史上的一次大变革，城市社会结构的复杂性与多样性为叙事文学的城市书写提供了丰富的人物素材和社会背景，也赋予其深厚的审美意蕴。这种审美意蕴体现在对社会生活的深入观察和对人性的深刻洞察之中，反映出对人生百态的广泛关注和深入理解。城市社会中，人们的身份、地位、职业、利益等方面的差异性显著增大。这一特征为城市书写提供了丰富的角色构造与情节设定可能，塑造了形形色色的人物形象，揭示了社会生活的复杂性和多样性。例如：地主贵族生活的奢华、士人高洁的品行、手工业者的勤勉努力。商人的利益追求。农民的艰辛生活。流民的苦难命运等，都在明清叙事文学的城市书写中得到了生动的展现。

一、明清城市生活与审美意蕴的关联

明清时期城市中的社会结构，尤其是各种社会阶层的存在与交错，也为审美意蕴的营造提供了有力支撑。在明清叙事文学中，城市被视为是社会矛盾的集中展现和冲突的舞台，为作品注入了强烈的社会性与历史性。各种社会矛盾在城市这个舞台上冲突激荡，形成了复杂而鲜活的社会景象。城市书写的审美意蕴也体现在对人性的深入剖析与揭示上。城市生活中的纷繁复杂，使得人性得以多角度、多层面的展现。在城市生活中，人们既可能表现出悲观、消沉、堕落、贪婪、自私等负面人性，也可能表现出乐观、积极、上进、宽容、善良等正面人性。这些人性的多面性在明清叙事文学的城市书写中得到了深入的探索与表现，为作品注入了丰富的人性思考与理解。总的来说，明清时期的城市社会结构为叙事文学的城市书写提供了丰富的人物素材和社会背景，同时也为作品赋予了深厚的审美意蕴。通过对城市生活的深入描绘与人性的深刻剖析，明清叙事文学的城市书写展现了对人生百态的广泛关注和深入理解，彰显了其深厚的文化内涵与审美价值。

明清时期，中国的城市经济取得了空前的繁荣。这种经济繁荣为明清叙事文学的城市书写提供了丰富的生活素材和活动场景，同时也赋予其独特的审美意蕴。首先，明清时期城市经济的繁荣，为叙事文学提供了丰富的物质生活内容。物质丰富的生活环境，使得生活的琐碎细节、物质的消费享受和经济的追求等元素在叙事文学中得到了大量描绘。这些描绘既丰富了文学作品的现实主义色彩，也提供了对生活本质的深入挖掘和人性的

深度揭示的可能。例如：明清小说中的商人形象以其丰富的生活经验和独特的价值观，揭示了人性的多面性和生活的复杂性。其次，城市经济的繁荣也为叙事文学的城市书写提供了丰富的活动场景。如：市集热闹的购物、茶馆街头的闲聊、酒肆饭庄的欢宴等。这些活动场景充分展现了城市生活的丰富多彩和生动鲜活，为叙事文学的城市书写增添了丰富的故事情节和鲜明的人物形象，也赋予了作品浓厚的生活气息和鲜明的社会风貌。最后，明清时期城市经济的繁荣也为叙事文学的城市书写赋予了独特的审美意蕴。经济繁荣带来的是物质生活的丰富，但随之而来的也可能是道德的混乱、人性的扭曲、生活的空虚等问题。这些问题在明清叙事文学的城市书写中得到了深入的探讨，形成了独特的审美意蕴。如在一些小说中，通过描绘商人的奢侈生活，揭示了物质生活丰富和道德人性败坏之间的矛盾，体现了深厚的社会关怀和人生反思。

明清时期的城市经济繁荣为叙事文学的城市书写提供了丰富的生活素材和活动场景，也赋予了作品独特的审美意蕴。通过对城市经济繁荣的深入描绘和对其影响的深刻反思，明清叙事文学的城市书写展现了其深厚的社会关怀和人生洞察，彰显了其独特的文化内涵和审美价值。

明清时期，中国城市的文化多样性达到了前所未有的高度，为叙事文学的城市书写提供了丰富的文化素材和精神风貌，同时也赋予其深厚的审美意蕴。首先，明清时期的城市文化多样性，为叙事文学提供了丰富的文化内容。这种文化内容不仅包括了各种艺术形式（如戏曲、音乐、绘画等），还包括了各种思想观念（如儒家、佛家、道家等）。这些文化元素丰富了文学作品的文化内涵，也为作品的主题和形式提供了多元化的选择。例如，很多明清小说如《金瓶梅》《红楼梦》等，都融入了丰富的戏曲元素，丰富了作品的艺术性和情感表现。其次，城市文化的多样性也为叙事文学的城市书写提供了丰富的人物角色和情节设定。不同的文化背景和信仰观念，塑造了各种鲜明的人物角色，推动了故事的发展。例如：一些道士、僧人、学者等人物，在明清叙事文学中占据了重要的位置。通过探索这些人物，读者可以看到不同文化背景下的人物性格和社会生活。最后，明清时期城市文化的多样性，也为叙事文学的城市书写赋予了深厚的审美意蕴。在明清叙事文学中，城市既是物质生活的舞台，也是精神文化的交汇点。作家们通过对不同文化的描绘和对比，揭示了文化的内在价值和对人的影响，进而引发读者对生活和人性的深入思考。这种对文化多样性的深度挖掘和批判反思，使得明清叙事文学的城市书写具有深厚的人文关怀和哲理思考，展现了其深厚的审美意蕴。

明清时期的城市文化多样性为叙事文学的城市书写提供了丰富的文化素材和精神风貌，也赋予了作品深厚的审美意蕴。通过对城市文化多样性的深入描绘和对其影响的深刻反思，明清叙事文学的城市书写展现了其深厚的人文关怀和哲理思考，彰显了其独特的文化内涵和审美价值。

明清时期的中国城市，人际关系复杂而密集，这为叙事文学的城市书写提供了丰富的情感素材和生活素材，也赋予了作品深厚的审美意蕴。首先，城市人际关系的复杂性，为叙事文学提供了丰富的故事线索和人物冲突。在城市中，不同的社会群体、不同的生活圈层，其间的互动和冲突，构成了复杂多变的人际关系网格。例如：《西游记》中，唐僧和他的三个徒弟，以及他们在旅途中遇到的各种人物，如国王、将军、神仙、妖怪等，构成了一幅生动的社会生活图谱，为故事提供了丰富的情节发展。其次，城市人际关系的密集度为叙事文学的城市书写提供了丰富的情感素材。城市中人与人的交往频繁，各种情感纠葛、社会矛盾在这里被放大和显现。这些情感的矛盾和冲突，为叙事文学提供了强烈的戏剧性和冲击力。例如：《石头记》中贾宝玉与林黛玉、薛宝钗等人的感情纠葛，以及贾母、邢夫人、王熙凤等人之间的权力斗争，都是城市复杂人际关系的生动写照。最后，通过对明清时期城市人际关系网格的深入描绘，叙事文学的城市书写也展现出深厚的审美意蕴。人际关系的复杂性和密集度，使得人性在这里得到了全方位、多角度的展现。这种对人性的深入揭示和独特解读，使得城市书写的叙事文学具有强烈的人文关怀和生命关注，从而赋予作品深厚的审美意蕴。

明清时期的城市人际关系网格为叙事文学的城市书写提供了丰富的情感素材和生活纷争，也赋予了作品深厚的审美意蕴。通过对城市人际关系的深入描绘和对其影响的深刻反思，明清叙事文学的城市书写展现了其深厚的人文关怀和生命关注，彰显了其独特的审美价值。

二、文学作品中的审美意蕴表现

《红楼梦》是中国古代四大名著之一，它以贾家的兴衰为线索，描绘了一个庞大的宅院生活图景，其中丰富的城市元素及其带来的审美意蕴值得深入探讨。在《红楼梦》中，城市的描绘并非直接通过描绘城市景观，而是通过对大观园、宁荣两府等微型社会的描绘，以展示出明清时期城市社会的繁华与复杂。在这个闭塞的大宅之中，我们能看到城市的繁华、矛盾与冲突，这种特殊的"城市书写"方式使得作品具有独特的审美意蕴。在《红楼梦》中，作者对大观园的描绘流露出对生活的热爱和对美的追求。花园中的自然美景、庭院的布局、内外各种设施，都细腻地描绘出了富饶、美丽的生活环境。这种审美的追求反映了城市生活的繁荣与和谐，显示了城市中人们对生活质量的追求。在大观园中，人物的种种行为、心态，也反映了城市生活的复杂。如贾母的慈祥、宝玉的反叛、黛玉的忧郁、宝钗的淡然等，这些都是明清时期城市社会的缩影。在城市生活的多元和开放中，各种人物性格、生活态度得以充分展现，显示了城市生活的繁荣与多元。而在这个看似美好的大观园，也体现出明清社会的种种矛盾和问题，如贫富差距、人性的丑恶、社会的不公等，这都是城市生活的一部分。通过这种描绘，不仅让我们看到了城市生活的美好，也让我们看到了城市生活的痛苦和挣扎，从而使得城市书写具有更深的审美意蕴。总的来说,《红楼梦》中的城市书写,通过对大观园的描绘,充分展现了城市生活的美好与痛苦,复杂与矛盾,从而赋予了作品深厚的审美意蕴。

《儒林外史》是清代的一部讽刺小说,虽然其主要目标是尖锐批评和讽刺清朝的官僚体系和封建道德,但它同时也全面展示了清朝都市生活的丰富面貌。在《儒林外史》中,作者精细入微地描绘了清朝都市的生活,在他笔下有繁华的市场、热闹的街道、优美的花园和豪华的住宅等。无论是各种商贾的市场交易,还是官宦之家的豪华生活,都被作者生动而真实地展现出来。此外,作者对于人们日常生活的各种细节,如衣食住行、婚丧嫁娶、喜庆节日等,都进行了深入描绘,使读者能够深入感受到清代都市生活的气息。而在审美意蕴方面,《儒林外史》则通过对个体命运的描绘,深化了作品的审美意蕴。书中各种角色的命运起伏,无论是成功的还是失败的,都无不体现了作者对人性的深刻洞察。尤其是那些由于社会弊端而遭受不幸的人物,他们的悲剧命运更是深刻揭示了社会的不公。总的来说,《儒林外史》的城市描写,通过对清朝都市生活的深入描绘,展示了都市生活的繁华和丰富多彩,而其审美意蕴则通过对个体命运的描绘,深化了对社会和人性的反思,从而赋予了作品深厚的文化底蕴。

《金瓶梅》是明朝晚期的一部长篇小说,以西门庆的崛起、挥霍和衰落为主线,描绘了一幅极其丰富的社会生活画卷,其中城市的描绘尤为精彩。在《金瓶梅》中,作者用大量的篇幅描绘了城市的建筑、街市、酒楼、娱乐场所等,展现了城市生活的繁华与喧闹。特别是对城市中富贵人家的生活方式,从饮食、服装、娱乐、礼仪等方面进行了详尽的描绘,形象地再现了当时城市社会的生活风貌。同时,通过对西门庆家庭内部和外部的世俗生活的细致描绘,作品深刻揭示了金钱、欲望、权力对人性的扭曲和腐蚀,体现了深刻的道德批判意识和人文关怀,从而赋予了城市描绘丰富的审美意蕴。比如：西门庆通过欺诈和腐败手段崛起，但终因荒淫无度而走向毁灭。这一人物命运揭示了明代城市社会的黑暗面。另外，《金瓶梅》中的城市描写也表现了明朝晚期城市文化的开放性和包容性。西门庆家中聚集了各种社会阶层的人物，他们的交往和冲突展现了城市社会的复杂性和多元性。此外，小说中还描绘了宗教仪式、民俗活动、市井传闻等城市文化现象，表现了城市文化的活力和丰富性。《金瓶梅》中的城市描写，不仅具有生动的现实感，也富有深刻的教育意义。它反映了明朝晚期城市生活的繁华与复杂，也揭示了城市社会的道德困境和文化特性，从而成为了明清叙事文学中城市书写的一个重要范例。

《水浒传》是中国古代四大名著之一，描绘了宋江、林冲等一百零八位梁山好汉的故事。其中，城市的描写是小说的重要内容，尤其是对清河县、东京等城市的描述，形象展现了明清时期城市的生活面貌以及民间风俗。《水浒传》中的城市描写不仅深入人心，更是充满了独特的审美意蕴。例如，作品中的清河县和东京等地，以其特殊的地理位置和繁荣的市景，展现了当时的城市社会面貌，反映了明清社会的经济、政治、文化等多个层面的情况。这些城市的繁华和热闹，构成了作品中的一种强烈的生活气息，展现了作者对生活的深刻洞察和理解。同时，《水浒传》中的城市描写也体现了作者对人性和社会的深刻认知，使作品具有了更为宏阔的叙事视角。例如，清河县的市井成为了小人物的舞台，其中讼师、商贾、贫民等人物的生活，揭示了城市社会中各种复杂的人际关系和道德冲突。再如，东京的官府和豪门，以其华丽的外表和内在的腐败，形象地反映了当时社会的阶级矛盾和权力斗争。在《水浒传》中，城市描写并非单纯的实景再现，而是通过人物的命运和活动，展现了社会的真实面貌和历史变迁，从而获得了独特的审美价值。这些城市描写，既有现实的丰富性，也有想象的广阔性，深刻地体现了明清叙事文学中的城市书写模式和审美特质。

三、审美意蕴的影响

明清时期是中国历史上的一个重要阶段，它标志着中国封建社会的最后繁荣。然而，这一时期也是社会矛盾日益尖锐，各种社会问题暴露无遗的时期。这种复杂的社会环境在明清叙事文学中得到了深度反映。尤其是在描绘城市生活方面，一方面，文学家们以其独特的观察角度和敏锐的社会洞察力，准确地捕捉到了明清城市生活的丰富多彩和矛盾冲突。在明清叙事文学的城市描绘中，我们可以清楚地看到当时社会经济的快速发展和物质生活的丰富多彩。城市繁荣的景象，如：繁忙的市场、热闹的街头、华丽的楼阁，都让人们对城市生活充满了向往。这些文学作品的描绘在很大程度上塑造了人们对明清时期城市生活的认知，激发了他们对美好生活的向往。同时，这也影响了他们对城市与农村、贵族与平民等社会现象的理解。另一方面，明清叙事文学中的城市描绘也展现了城市中复杂的人际关系和激烈的生活竞争。人们之间的情感纠葛、权力争斗、社会地位的攀升和跌落等，都深刻地揭示了社会矛盾的尖锐性。这种丰富多样的人生百态，让人们感受到了城市生活的复杂和烦琐。这些描绘在很大程度上影响了人们的价值观和生活态度，他们开始思考如何在这样复杂的社会环境中坚守道义，如何在生活的挫折中坚韧不屈。同时，对于社会公正、人性本质等重大主题的思考，也在这个过程中得到了深化。

明清叙事文学中的城市书写模式和审美意蕴，既是对那个时期社会现实的深度反映，也在很大程度上影响和塑造了人们的价值观念和生活态度。无论是对于城市生活的向往还是对于社会公正的追求，或是对于人性本质的认识，都在这些文学作品中得到了体现和传播，对明清时期的社会产生了深远影响。

明清叙事文学作为中国文化宝库的重要部分，对现代社会产生的影响不仅在于其历史的教育作用，更在于其对现代人思考问题的角度和方法的启示。这种影响深远而广泛，涉及我们如何理解城市、社会和人生等诸多重大主题。首先，明清叙事文学中的城市书写模式和审美意蕴为现代人提供了一种理解和想象历史的方式。在这些作品中，历史并非都是僵硬无味的事实和数据，而是通过各种生动的人物、情节和细节，展现出历史的生机和魅力。现代人通过阅读这些作品，可以窥见历史的真实面貌，领略古代城市生活的独特魅力，深化对历史和文化的认知，增强对历史和文化的尊重。这种历史教育的作用，对于现代社会人们的历史意识和文化自觉具有重要的启示意义。其次，明清叙事文学中的城市书写模式和审美意蕴为现代社会提供了一种审美经验和价值参照。在现代社会中，城市化进程快速发展，人们面临的社会问题和生活问题越来越复杂。在这种情况下，明清叙事文学中对城市生活的深刻洞察和艺术处理，提供了一种富有启示的视角和方法。比如：如何理解和处理城市中的人际关系、如何在生活竞争中保持自我、如何面对权力和金钱的诱惑等问题，都可以从这些作品中获得深刻的思考和启示。这对于现代社会人们的价值观念和生活态度的形成，具有重要的影响。总的来说，明清叙事文学中的城市书写模式和审美意蕴，既是对明清时期社会现实的深度反映，也在很大程度上影响和塑造了现代人对城市、社会和人生的理解和想象。这种影响不仅体现在历史教育和审美体验上，还体现在对现代人思考问题和处理问题的启示上。无论是在历史教育、文化传承，还是在价值引导、生活启示等方面，都显示出其深远的社会影响力。

第二节 多元的价值观念

随着社会生活的变化，城市居民的思想文化方面也悄然发生变化，以"三纲五常"为代表的"程朱理学"逐渐弱化。心学逐渐发展成为一种有影响的哲学理论，"心学"强调人是宇宙万物的中心，心是宇宙万物之源。这为个体意识与个性的合理存在与充分发展提供了广阔的空间。在这种社会思考的潮流中，多元价值观念开始深入人心，成为明清笔记小说中城市叙事的重要内容。

在明清笔记小说中，总是存在一种对于传统道德的批判和赞扬的两种矛盾观点，暂且不论产生的社会文化背景。单单从这一点能够看出，传统道德教化对于明清作家影响是颇为深远的。而在明清笔记小说中，无论哪一座城市，都从来不缺少私塾、学院等城市教育的重要场所，与农村相比，城市的教育方式更加多样化。"书院"就是最明显的例子。

《子不语》一书中，就有十余处提到了书院，《缚山魈》中孙叶飞先生掌管云南五华书院，《雷诛不孝》有敬修书院，等等。《水浒传》还反映了城市对于教育的高度重视，即很多文人被聘为富户家庭教师，或为官之师，也有一些落榜的秀才、举人等迫于生活压力，"做起了教书的勾当"。不管什么层次的教育，都需要教会学生掌握传统思想礼仪，了解"仁义礼智信"。这些都是最基本的教学内容，只有在满足了这个层次后，才能更好地学习专业知识教育，如四书五经等。通过道德教育，城市的道德准则和礼仪习惯也在潜移默化中得到塑造。

这些城市朴素的思想道德观念在受教育者的心里生根发芽，并引领着人们树立起正确的价值观、人生观和世界观，从而达到了道德自律。明清时期，无论如何变化，"士"都是四个阶层之中最重要的一个。这是一种荣耀，通过科举进入官场的方式，被所有人认为是光宗耀祖。正因如此，社会道德教育才会得到民众的拥护。《耳食录·紫衣吏》中，一位翁姓商人，身家丰厚，但被文人鄙夷，他只能叹道："所以不齿于诸君子者，不学故也。我能教子，安见铜臭者之不书香乎？"①后来更是不断地督促自己

---

① （清）乐钧：《耳食录》，齐鲁书社2004年版，第96页。

的儿子读书。《谐铎·盗师》中的娄县谭某，在别人的推荐下，来到一位外地的有钱人家当老师。这些穷乡僻壤的人家，只希望自己的子女能读懂《三国演义》和《水浒传》，不求功名，只求识字。后来发现这些人家竟然都是强盗，但却礼待谭某，只为了给自己的孩子教书。可以看出，在明清时期，即便是强盗，也深受社会道德的约束。

道德教化并不是只限于学校，很多城市的居民，通过街谈巷闻，用最简单的语言，来引导和约束城市的行为。《聊斋志异·张老相公》中，张老相公智勇双全，在河里驯服了甲鱼，为百姓造福。当地居民修建了一座张相公庙，把他的画像供奉了起来，并称为"水神"。《客窗闲话·郝连大娘》中，郝连大娘是个贤惠的女人，为了把邻居从狼群里救出来，她用自己的孩子当诱饵。当地居民自发地把她的传说变成了一种道德教育，典型地表现了城市民间的"自我治理""乡贤"等道德教育的形象，以及"杰出人物"所表现出的"精神价值"。

在明清笔记小说中，官府、法律对城市的管理只能在宏观层面上进行强制性的引导和警示，而真正能够深入城市各个角落的治理，更是由民众自发的民意监督与自律。城市生活不可缺少邻里之间的纷争与交往，这是城市社会的一部分，也是监督和控制的主要内容。行为的抉择民意虽然不具有法律上的强制性，但它直接帮助人们树立了羞耻意识，在约束和规范方面起到了极其重要的作用。

道德教育在民间形成了一套传统的道德和伦理准则，群众在接受教育的同时，也逐渐"对号入座"。共同制约着个人和集体的行为，维护了社会与城市内部的良好秩序。最显著的一点就是宗族、家庭内部约束。《大学》提出了"修身齐家治国平天下"，家庭是社会的基础，其内部的稳定性直接影响到城市、国家、社会的发展和稳定。一座城市是由无数家族组成的，家庭的井然有序就代表着城市的高度繁荣和发展。中国世世代代一向信奉宗法制度，以家法为中心的宗法制度是巩固封建专制的必要条件。

所以，不管是在维护社会秩序还是在巩固政权方面，宗族和家族内部自治都是社会治理的中心。民间化的家族自治，是城市社会生活的一个重要方面，也是很多明清笔记小说透视城市文化的窗口。

以家庭为单位，以血缘为纽带，是家族自治的根本，对于血脉关系的划分，是非常严格的。宗族是指具有相同祖先的群体聚集在一起，形成更大的居住区。虽然有亲疏远近，但一直以来都是以血脉相连的，用来约束和控制每一个人。由于家族成员数量较多，家族内部管理相对来说更加复杂，而且权力分配更加精细。《寄园寄所寄》记载，"父老尝谓新安有数种风俗，胜于他邑，千年之冢，不动一杯，千工之族"①。新安地区尚且如此，更不要说徽州。徽州地区最古老的家族已经有几百年，经过长期的发展，族人的家族观念已经根深蒂固，其经营机制也十分完善，管理也是滴水不漏。"宵小不敢肆"就是组织的内部秩序稳定的表现。

《广阳杂记》中对于家族管理也有表述："祠有祠长，房有房长。族人有讼，不鸣之官耳鸣之祠，评事宜之，族长判之，行杖者决之。有干名教、犯伦理者缚而沈之江中以呈官"。是指族中如有犯伦理者，就可以动死刑直接处死，然后再报告官府。家规是家族管理最直接的手段，它的含义很深，包括劝学、孝道、节俭收支记录等。在《漱华笔记》中，沈文端在寿宴之后与兄长畅谈家族兴旺之事，虽然晚宴上儿孙众多，但在他的同乡宋窈过寿时，根本就听不到晚辈吃饭的声音，可在自己的寿宴上，所有人都视若无睹，大吃大喝。沈文端不由叹道："家法如此，是以知其衰也。"这暗指一个人的所作所为，都是一个家庭的外在表现，一个家风森严的家庭，会培养更加优秀的后代，相反，就证明家教不严。

此外，在明清笔记小说中，还有记录明清时期各个家族的族规，"为后人所记"，有些人为了维持小说的完整和有趣，会虚构出一些族规，每

---

① （清）赵吉士：《寄园寄所寄》，黄山书社 2008 年版，第 872 页。

一条族规都是作家对自己的价值的阐述和选择，而写作的人则希望这种规则能够在读者的阅读中转化为主观意识，提高作品的价值。另外，从明清笔记小说的城市叙事角度来看，家族是城市的"基础单位"，显示出民间自我治理的重要作用。

明清时期，随着城市经济活动的繁荣和社会生产力的提高，经济生活日益丰富多元，商业贸易、手工业生产、货币经济等活动日渐活跃。这种经济活动的多元性不仅丰富了社会生活，也深刻地影响和塑造了价值观念的形成和变化。在明清社会，经济活动中的交易、竞争、创新等元素为叙事文学提供了丰富的题材，同时也催生出多元的价值观念。例如：商人阶级的兴起和繁荣，打破了传统的士、农、工、商社会等级观念，提出了新的价值观——以财富和商业成功为荣，以经济能力和实际成果来衡量个人的价值。这种经济实用主义的价值观念在《金瓶梅》等作品中得到了明确的体现。另一方面，明清社会的经济活动也塑造了人们对财富、劳动、贫富差距等社会问题的价值取向。例如，经济活动中的竞争和争斗，引发人们对社会公正、权力制约、道德底线等问题的思考，从而塑造了人们的道德伦理观念和社会责任观念。在《水浒传》中，李逵和燕青等人的贫富差距和社会不公，触发了人们对公平正义和社会责任的反思。同时，经济活动中的合作与互助，催生了人们对团结协作、互助友爱的价值认同。例如，在《红楼梦》中，贾府内部的经济活动和家族经营，表现了家族团结、共享荣辱的价值观念。总的来说，明清城市的经济活动多元性深刻地影响和塑造了社会价值观念，这些价值观念既有现实主义色彩，也有道德伦理内涵，它们共同构成了明清城市生活的多元性和复杂性，为叙事文学提供了丰富的价值内涵和思考空间。

明清时期，城市文化交融的现象尤为突出，各种文化因素在城市中交织、碰撞，形成了多元的文化现象。这种文化的多元性和交融性为价值观念的多样化提供了条件。首先，明清城市文化的多元交融打破了传统的道德伦理束缚，人们开始接受并倡导更多元的价值观念。这种趋势在《儒林外史》中得到体现，作品中的主角在遭受社会歧视与压迫的同时，也在寻找个性尊严与自由，展现了一种个性解放的精神风貌。其次，不同文化的交融也推动了价值观念的多元化。城市生活中，各种文化元素的碰撞交融，使得新的价值观念和观念形态得以诞生，而这些新的价值观念也得以通过文学作品得以传播和推广。例如：《红楼梦》中的多元文化交融，使得儒家伦理与道教思想、佛教观念等各种元素融合在一起，构建了一种多元的价值观念体系。最后，明清城市文化交融也对价值观念的批判与反思提供了可能。多元的文化视角使得人们能够从不同的角度审视和思考社会现象和价值观念，这种多元的视角为价值观念的反思和批判提供了条件。例如：《金瓶梅》以都市人物为切入点，揭示了官僚资产阶级的腐败和道德沦丧，为人们提供了一种批判的视角。因此，明清城市的文化交融对价值观念的多样化有着重要的影响，这种影响在明清叙事文学中得到了体现和传播，形成了城市书写的独特风貌。

明清城市的人际关系以其复杂性和多元性，对价值观念产生了深远影响。城市生活的密集性和繁复性为人际关系带来了极大的多样性，这种多样性在很大程度上塑造了多元的价值观念。首先，明清城市的人际关系复杂多样，涵盖了血亲、邻里、师生、朋友、商业伙伴等各种类型。这种复杂性在很大程度上提供了价值观念形成的丰富土壤。例如：《红楼梦》中描绘的贾宝玉与各位女子间的微妙关系，无论是宝黛之间的婚恋情感，还是宝玉与晴雯、袭人等人的主仆感情，都体现出多元的人际关系模式，反映了作者对于爱情、婚姻、人性等诸多方面的独特理解和价值判断。其次，城市人际关系的多元化带来了更多的价值选择。明清时期，商业的兴起打破了儒家伦理的道德束缚，人们开始从事各种商业活动，形成了多元的商业文化。商业活动的进行，使得诚信、公平、助人等价值观念得到了普遍认同，这些价值观念在明清叙事文学中也得到了体现。比如，《水浒传》中的宋江、鲁智深等人，他们都强调义气，信守承诺，这反映出了商业社会的某些价值观念。最后，人际关系中的权力游戏和利益冲突也反映出价值观念的多元性。明清城市社会中，权力与利益的争夺成为了人际关系的一大主题，这些争夺在文学作品中得到了深度展现。《金瓶梅》就对权力游戏和利益冲突进行了深度的描绘，展现出了官僚权贵的贪婪和腐败，以及普通人民的苦难和反抗，对封建社会的道德伦理和价值观念进行了深刻的批判。因此，明清城市的人际关系多元性对于价值观念的形成起到了重要的影响，这种影响在明清叙事文学中得到了深刻的体现。

《红楼梦》是中国古代四大名著之一，该作品深刻描绘了中国明清时期城市生活的方方面面，其中包括丰富多元的价值观念。《红楼梦》的主要舞台设在贾府这一微型社会，贾府内部的社会结构复杂，人物性格丰富多样，可以说是明清时期城市生活的一个缩影。在这个缩影中，我们可以看到不同的价值观念得到了体现和对比。例如：贾母、王夫人等人物代表了封建社会的传统价值观念，他们严格遵守社会规则，重视家族荣誉；而贾宝玉、林黛玉等年轻人物则代表了更为新颖、开放的价值观念，他们追求个性自由，敢于挑战旧有规则。特别是贾宝玉这一角色，他对传统价值观念的挑战和冲破，体现了城市生活中多元价值观念的冲突和矛盾。他对儿女情长的崇尚、对才子佳人模式的追求、对生活的热爱，都表现出一种超越封建传统的价值观念。这种价值观念的冲突和对比，使得《红楼梦》的城市书写更为丰富深刻。《红楼梦》通过描绘明清时期城市生活，展示了该时期社会的价值观念。而这些价值观念的碰撞与对比，又深化了我们对该时期城市生活的理解，同时也为我们反思现代社会提供了重要的思考资源。

《儒林外史》是清代一部讽刺小说，全书以批评当时士人的世俗化为主线，展现了清代都市生活中的价值观念。在《儒林外史》中，作者通过对各色人物的描绘，讽刺了当时都市中流行的功名利禄的价值观念。书中的士人角色的行为和选择，展现出对功名利禄的追求，这反映了当时社会普遍存在的功利主义倾向。同时，《儒林外史》中的角色，他们在追求功名利禄的过程中，展现出的各种人性弱点，如虚伪、贪婪、自私等，也对这种功名利禄的价值观念提出了深刻的批判。这种对价值观念的批判，使得我们不仅能看到当时都市生活中的价值观念，也能看到这种价值观念的弊端和危害。《儒林外史》通过对清代都市生活的描绘，展示了当时社会的价值观念，而这些价值观念的揭示和批判，既丰富了我们对清代都市生活的理解，也为我们理解现代社会的价值观念提供了重要的启示。

《金瓶梅》是明朝隆庆至万历年间的一部长篇小说，以西门庆家的富丽堂皇生活为背景，讲述了西门庆、潘金莲、李瓶儿等人的生活故事，展示了明朝都市生活的丰富多彩和复杂性。在《金瓶梅》中，价值观念的多元性表现得尤为鲜明。首先，西门庆的成功主义价值观在其生活和行为中表现得淋漓尽致。他以权力和财富为导向，不择手段地追求物质享受和地位，表现出明清城市生活中的功利主义和物质主义价值观念。其次，书中的女性角色，如潘金莲和李瓶儿，他们在面临生存压力和社会歧视时，展示了一种追求幸福和自由，以及对美好生活的向往的价值观念。他们在困境中奋力求存，表现出明清城市生活中女性的困境和抗争精神。最后，一些边缘人物，如武松、薛刚等，他们拥抱一种崇尚正义、痛恨邪恶的价值观念，他们的行为表达了对人间正道的坚守和对邪恶的反抗，揭示了明清城市中对道德和公义的追求。《金瓶梅》通过生动描绘明朝都市生活的各色人物和丰富多彩的生活情境，反映出明清城市生活中的多元价值观念。同时，这些价值观念在现代社会中仍然具有深远的影响力，对我们理解和反思现代社会的价值观念具有重要的启示作用。

《水浒传》是中国古代四大名著之一，它以梁山一百零八将的故事为主线，描述了一群在封建社会下遭受压迫的人们的反抗和抗争。在《水浒传》中，有多种价值观念得到了展现。首先是正义与忠诚的价值观念。

尽管梁山的好汉们在社会的底层，但他们对于正义的追求和对友情的忠诚在作品中贯穿始终。例如，武松因义杀嫂而成为英雄，他的行为虽违法，但在当时的社会环境下，被视为维护正义的行为，体现了人们对正义的高度尊崇。其次，反抗压迫、追求自由的价值观念在《水浒传》中也有所体现。好汉们为了反抗不公的封建统治，集结成军，向朝廷宣战。他们的反抗行为，表现了人民在面对不公时，追求自由、争取权利的决心和勇气。再者，尽管《水浒传》中的好汉们多次对朝廷展开反抗，但他们对国家的忠诚始终未变。当梁山受到外敌侵袭时，他们挺身而出，为国家奉献了自己的生命。这体现了明清城市生活中的另一种价值观念：忠于国家，奉献生命。最后，《水浒传》中还表现出对人性的理解和尊重。好汉们虽然粗犷，但他们有情有义，敢爱敢恨。这种对于情感的尊重和对于人性的理解，体现出尊重个人价值和情感的价值观念。《水浒传》的城市描写展现了明清时期的多元价值观念，这些价值观念对我们理解明清时期的社会环境，以及价值观念的形成和影响，具有深远的意义。

在明清时期的叙事文学中，城市书写的价值观念深深烙印在了社会发展的轨迹中。这些价值观念具有鲜明的时代特征，凸显出明清时期社会转型的矛盾和动态。首先，正义和友情的价值观念深刻影响了明清社会。这种价值观念强调道义之于人的重要性，提倡忠诚和友爱，对于社会关系的构建产生了深远影响。它鼓励人们以道义为先，以人为本，形成了一种重情重义的社会风尚。这种风尚在明清社会中深入人心，影响了人们的行为和生活态度，成为社会伦理道德的重要组成部分。其次，明清叙事文学中的反抗精神和自由追求对社会运动产生了推动力。在诸如《水浒传》等作品中，人们面对压迫，表现出的是争取权利、追求自由的决心和勇气。这种精神不仅影响了明清时期的社会运动，也对后来的历史发展产生了深远影响。再者，对于忠诚的尊崇，强化了社会的统一和和谐。在诸如《红楼梦》等作品中，人们对家国的忠诚和对人伦的尊重，无疑加强了社会的凝聚力，对于国家的稳定和发展产生了积极的推动。最后，对于人性的尊重和理解，为人性的解放和社会的进步提供了精神动力。在诸如《金瓶梅》等作品中，通过深入挖掘人性的复杂性和多元性，反映了人性的真实面貌，这无疑促进了对人性的理解和尊重，推动了人性的解放和社会的进步。总的来说，明清叙事文学中的城市书写模式展示的价值观念，不仅在明清时期产生了深远的影响，也为后来的历史发展提供了深刻的启示和借鉴。

明清叙事文学中的价值观念在现代社会中仍具有强大的生命力，对现代社会的思想、道德、社会运动甚至国家治理等各个方面产生了深远的影响。首先，明清时期强调的正义和友情的价值观念，在现代社会依然具有重要的意义。人们对于正义的追求和对友情的尊崇，构成了现代社会的道德基础。这些价值观念以不同的形式深入人心，如公平正义、互助友爱、信任与责任等，成为现代社会公民的基本道德准则。其次，反抗精神和追求自由的价值观念对现代社会的民主运动和人权运动产生了深远影响。这些运动在很大程度上继承了明清叙事文学中的反抗精神和自由追求，为人们争取权利、反对压迫提供了理论支持和精神动力。再者，忠诚的价值观念，对现代社会的团结和稳定产生了重要影响。在全球化的大背景下，国家、民族的团结和忠诚更加重要。明清叙事文学中的忠诚观念，为我们理解和维护这种团结提供了有力的道德支撑。最后，尊重人性的价值观念，对现代社会的人性关怀和人权保护产生了积极推动作用。随着人权观念的深入人心，人性的尊重和理解成为现代社会的重要原则。明清叙事文学中对人性的尊重和理解，为现代社会的人权保护和人性关怀提供了宝贵的精神资源。综上所述，明清叙事文学中的价值观念在现代社会中仍发挥着重要作用，为我们理解现代社会，解决社会问题提供了深刻的启示。

第三节　开放包容的文化心理

城市文化具有自由宽松的精神特质。城市中不同群体青睐的文化元素是多样的，正是这种差别和矛盾成就了城市叙事的文化内涵。

一、城市文化更加包容

明清之际，由于城镇工业和商业的迅速发展，城市居民社会地位不断提高。人民生活水准的提高和新观念的逐步引入，使民众的精神追求日益高涨。笔记小说是在这样的环境中发展壮大的。最显著的特点就是文化心理更加开放，不仅出现了"雅""俗"文化，二者相互交融、发展，同时，一些少数民族文化也开始融入城市文化风貌中，不断塑造着城市居民的文化心理。作家对城市民众的日常生活越来越重视，刻意地弥补了民众不同阶层间文化的差距，希望通过这种交流来提高整个城市的文化水平。

文言文有着自身的特殊属性，作为封建社会的一种正式的官方语言，是"雅"的一种语言形态。虽然白话文的发展速度很快，地位也有所提高，但由于文言文的源远流长和频繁应用，其特有的语言魅力和艺术价值仍是文人难以割舍的。因此，明清叙事性文学虽然增添了很多白话文，但是字里行间仍继承了传统的文学创作方式，以简洁明快的文言，把不同的故事以多种方式向读者展示，每个故事的叙述方式和措辞都显示出作家的文笔和底蕴。

正如袁枚在《子不语》的序诗中所说："文学之外，无以自娱，而以其人之见，则以其人之见"。流行在当时社会文人阶层仍旧是"雅文化"。正如沈初《西清笔记》的自序所记载："他日茅檐曝背，以示子孙。"这表示出作家创作作品是出于教育目的，而不是为了消遣。这种类型的叙事文学，不是为了谋生，而是为了给后人留下深刻的印象。而文学题材作品所蕴含的世俗文化内容，只不过更多地表现在其商业化的创作动机和对城市民众的日常生活的观察上。

出发点在于大众文艺作品具有浓郁的商业气息，使其最大限度地获利，这是出版商与作家的共识。以大众的喜好为中心，以人们对伦理日常的关注为重点，以娱乐为主要内容，由于在写作过程中，"雅"文化创作涉及了大量的利益冲突，使得作品的整体流畅度大大降低。虽然"雅文化"作品的数量一直在增加，但作品的质量却越来越差，这让人们对作家的写作动机产生了怀疑。自明朝中叶以来，商业意识的膨胀，使得编撰行业盛行，各种书籍混杂在一起，东拼西凑，借名人胡乱编造，成了一种流行。

在"雅文化"不断走向衰弱的同时，"通俗文学"揭竿而起。为了满足市场和城市居民群众的口味，文学作品的创作必须与城市生活日常息息相关，"房前屋后，家长里短"，成了明清"通俗文学"的创作热点。当时的作家都有一种矛盾的心态，既想要被人注意，又不想被人逼到台面上，只能从小说中寻找和自己类似的人物，从而获得了充分的参与性。同时，读者也能在任何时候跳出故事，达到自我隐藏和自我保护的心理需要。

种种需求为叙事文学书写世俗生活、设置合理的情节奠定了发展基调。明清叙事文学都是以民间日常琐事为题材，描写老百姓的日常生活。李鹗《东城杂记·夹叶虫》一书中就描述了杭城的一户菜农人家，因为菜叶里有很多夹叶虫，种出来的菜品质不好，没有人去买，价格不断下跌。寥寥数语，既生动地描述了杭州人民的生活状态，又展示了杭州特有的商业活动。

可以说，有些叙事文学是商品经济发展的结果。在生存的压力下，一些知识分子被迫降低了自己"文学创作思想水准"，顺应了商业的需求，或者迎合了读者的口味，创作出了符合大众审美的世俗文学。他们将创作的焦点放在各种奇谈怪论、生活中鸡毛蒜皮的小事上，既没道德上的压迫，也没有文学创作的一种底线。尽管某些作品在商业因素的作用下，仍然存在着"篇终奏雅"的任务性，于文末通过一句话，将读者从小说中拉了出来，以局外人的角度站在道德制高点上，但整个过程仍旧是通俗的。《客窗闲话·查氏女》讲的是倭寇在海边劫掠美女，官员弃城而逃，查氏女凭借自己的智慧，将一众被劫掠的女性带回家的故事。

作家在称赞查氏女子勇敢的同时，也批判了这些抛弃城市的无耻官员，并对其"膺爵赏"的做法表示了极度的不屑。作家从小说中跳出来，站在一个高度，作为一个道德的法官，对小说中的角色进行判断，其褒贬之意一目了然，其教化目标也显现无遗。雅文化与通俗文化的区分，并非是对高尚文化的绝对赞美与对大众文化的盲目否定，而是指创造主体之间没有绝对的情感对立。尽管雅文化与大众文化存在着诸多不同，但作家在创作意识中对于作品的主题把握却是一致的，即要积极地宣传先进、积极的文化，批判腐朽的文化。明清叙事文学中，通俗文化与文人墨客所孜孜以求、捍卫的雅文化，在雅俗交融外表下，以"我中有你，你中有我"的方式书写着城市的日常生活。这一点既体现在文学作品的风格上，也反映在小说对城市文化风貌的描写上。

二、城市中的雅、俗文化活动更加丰富

"雅文化"是指"以劳动大众为基础，进行重新创作或最终成形的文化财富"①。按照这个定义，参加"雅文化"的主要是那些有着丰富的知识基础的文人、商人、官员，他们是纯粹的文艺爱好者，或者包装成"文人雅士"。例如：《红楼梦》中的雅文化活动称得上"眼花缭乱"。大体可以划分为"个人爱好"与"文人来往"两大类，"个人爱好"中最常见的就

---

① 张云：《〈红楼梦〉中的"雅"文化》，《上海师范大学学报（哲学社会科学版）》2021年第 4 期。

是雅令。《红楼梦》第二十八回贾宝玉、冯紫英、蒋玉菡、薛蟠在一起喝酒。贾宝玉席间作为令官，起行酒令："说如今要说悲、愁、喜、乐四字，却要说出女儿来，还要注明这四字的缘故。"众人有借鉴古诗的，有借鉴"四书五经"等，这是一种典型的"雅令"。筹令也是比较常见的雅文化，可以用来活跃气氛，不费脑筋而又颇有趣味，因此十分盛行；写宝玉在怡红院过生日"群芳开夜宴"，怡红院众人的便是筹令。这样的酒令又称为"占花名令"，适合文化素养比较高的人玩。

除了各种"文人来往"以外，小规模的文人聚会也在城市中兴起，文人通常聚在一起，觥筹交错，吟诗作对。《子不语·忌火日》记载："乾隆三十三年，寒冬之友友，请曹至程于门家中作词。"记载了袁枚在寒食节期间，找来了一帮文人朋友，一起在家中作词行乐。此外，一些雅文化活动和地方政府有着密切的联系。有的官员本身就是个秀才，所以每次到了节假日，都会聚集很多读书人举行聚会，读书人则是乐于"蹭饭"，跟着官员们到处游历。《岳庙志略》有云：曾宾谷在担任两淮使节期间，除工作之外，经常接见文人来客，日夜研习文史，与当时的袁枚、吴锡麒等地方名士时常相聚。曾宾谷是翰林出身，在文学上的造诣也是极高的。他在九峰山组织了一场诗会，曾作出引起了很多人共鸣的诗歌。《闽小记》也记载了嘉靖年间，龚用卿出任太司城时，曾"邀群臣与林世璧于鼓山游玩，风日恬朗，吟诗作对"。龚用卿自己就是个秀才。由此可见，自古以来，文人墨客都是乐意和愿意参加城市雅文化活动的，喜欢和城里的知识分子打交道，从而用来彰显自己的博学多才和阶级地位。

城市雅文化活动不仅局限于日常消遣，雅文化的创作家和使用者都是社会上的精英，他们的智力、精神和创造力决定了相应的文化成果。《红楼梦》中有很多属于独特的"雅文化"，比如在黛玉写诗，贾宝玉编书、收藏名人字画和印章，等等。尤其是作诗、著书，是文人的专长，也是他们的生存之道。清代的数学家褚寅亮告老还乡后，就回到了家乡担任书院山长，他将大部分的时间都花在了做书上。对一些文人而言，诗词是一种最好的抒发手段。而诗词作为一种物质的存在，又具有更加具体的存在价值。

除了作诗、著书之外，明清时期的文人也喜欢把书法、绘画作为一种陶冶情操的消遣。《游唤》有记载，浙江杭州的张莘，善画山水、花鸟，经常邀文人好友一同切磋画技。在具有浓郁文化气息的城市，作家们对于自身文化的提高有着强烈的需求，他们不但在各自的文学领域中"深耕"，而且还将雅文化作为一种较量扩展到了书画上，以文会友、以画会友，来彰显自己的文人身份。

大众文化根植于城市市民阶级，具有清新自然、不以个人意志为转移的特点。在明清笔记小说中，大众文化一直以一种"旁门左道"的方式出现在城市文化生活中，而商业性则是这种文化无法被划入雅文化的根源。"大众文化"一词最早起源于近代工业社会，因为媒介的传播方式和商品性。随着工业化的发展，文化产品可以通过不断地重复而变成一种商品，其特点是：媒介化、大众化。从学术界对"大众文化"的定义来看，由于资本主义的萌芽，明清时期的笔记小说所反映的正是城市商业文化与市民阶层。大众文化除了传统的衣食住行外，最大的特点就是民俗文化活动。

在明清叙事文学中许多城市都有其特有的民俗文化活动，其中以时令节气、民间信仰和宗教活动为主。自古以来，我们国家就对农业非常重视，农业生产和季节是密切相关的，古代的二十四节气就是根据天时、地理等自然因素逐步确立的一种特殊的时间轴。明清叙事文学中，对于时令节气的描述主要有春节、元宵节、端午节等。比如《坚瓠集》《子不语》中，都提到了"中秋节"和"元宵节"。每年元宵节，凤阳都会有花灯游行、杂耍、舞龙舞狮的队伍，好不热闹。《寓圃杂记》对北京灯节、"二月二"龙抬头、清明、春分等诸多不同的岁时节庆、民间信仰、宗教活动进行了细致地描写，其中的共性就是城市群众关注度高、参与性强、场面极为盛大。《酌中志》有云："自初九日之后，即有耍灯市买灯。吃元宵，十五日上元，亦日元宵灯市至十六更盛，天下繁华，咸萃于此，勋戚内眷，登楼玩看，了不畏人。[①] 在《增广笑林广记》中，女主角方氏见证了元夕拾浙东的繁华：每逢元宵节，于明州张灯五夜，灯火通明。倾城士女，尽在此"。

明清叙事文学中，城市中的大众文化活动似乎成为一种特殊的叙述方式。有的作品在情节上刻画得非常精细、逼真，而纪实的文本表现出地方的独特的文化风貌和人文意蕴。不过明清叙事文学中的这些城市的年节、民间信仰和宗教活动仅仅是故事的背景或事件的一个转折点，为故事发展或人物的出现提供了一个合理的环境。为了凸显小说的主题性，作家往往对城市民间生活的描写往往是一笔带过。《酌中志》中所述的端午节赛龙舟，仅有"圣驾幸西苑，斗龙舟，划船"的简要叙述，为不应该有交集的角色设定一个合适的邂逅机会；《岭南杂记》中也有这样的描述："粤俗最喜赛神迎会，凡遇神诞则举国若狂。"往往从参与的人群和周围的生意中看出城市大众文化活动的活跃程度。

三、对少数民族文化的接受

除了对本土文化进行阐述外，明清叙事文学也对少数民族的生活文化进行了描述，往往是从城市代表整个民族，在中国人的传统观念里，国家意识常常高于个体意识。文人对自己国家的无限热爱，对自己国家的文化都是极为推崇的，这一点在明清笔记小说中体现得尤为突出。明清叙事文学所反映的不同地区的城市发展极不均衡，除政策因素之外，地域的自然环境也是制约发展节奏的重要因素。例如，明末清初粤滇地区的自然环境比较艰苦，加上一些少数民族居住在这里，其与中原地区的风俗文化和生

---

① （明）刘若愚：《酌中志》，北京出版社 2018 年版，第 178 页。

活习惯存在着很大的差别。在明清叙事文学中，读者最关心的就是苗族、壮族等少数民族的民间文化，而且都以"奇"为主题，比如，壮族在男女关系方面与汉族风俗有很大的不同。

　　袁枚在《续子不语》中对广西壮族的男女之事进行了详细地记录；《粤西偶记》的作者陆祚蕃在康熙年间任广西提督学政，对当地的习俗进行了较为详细地描写：壮族男女可以自由地选择伴侣，新娘在结婚那天，用丈夫给的扁担挑水出门，不和丈夫见面，还要"找其他男人"，和他住在一起。若有孕，她就会回到丈夫身边。在妻子还没有怀孕的时候，如果丈夫私自见面，就会被认为是"奸"。此外，还记载了广西当地妇女在婚礼活动中，可以随意与陌生男子相偎抱，丈夫以此为荣，认为这是对妻子美丽容貌的认可。若妻子未被其他男子注意，回家后反而要被丈夫批评。这与汉族的传统礼教观念有着极大的反差。明清时期，男女授受不亲，未婚男女"不可相拥，不可相授"。严格禁止非夫妻关系的男女有过多交往。这一时期的士大夫们深受主流文化的熏陶，与很多少数民族的婚嫁习俗、传统的伦理观念相抵触，因而作家在记载"奇"的民间习俗时，更多地表现出对这种民间文化行为的批评。在与具有较高教化水平的城市对比中，作家所表现出的一般是嘲讽、猎奇的意味。在描述粤、黔、滇等"蛮荒地区"的城市民间文化时，这种差别就会上升到国家文化的层次，从对少数民族陋习的选择和批评中，可以看出汉族士人的教育意志和社会责任感。叙事的变化不仅是文学创作的需要，也是情感的表现。明清笔记小说中的城市民间文化内涵，因其所渗透的是作家自身的价值观念与情绪经验，使其叙事方式发生了变化，而作家则运用叙事的变化，对城市文化进行灵活地控制。民间民俗文化是由四季节庆、民间信仰和宗教活动构成的，具有深厚的历史和深远的社会意义。同时，对其盛大场面的夸张描述，可以放大民间活动的积极教化作用，使其所倡导的人生法则和伦理观念更加深入人心。由于作家自身固有的价值观念和伦理观念的制约，作家常常通过叙述变形来表现城市市井民俗文化的差异性。

总体而言，明清两代广西笔记在对城市文化、多元性和审美价值叙述的同时，也拓展了叙事文学研究的范围，又可以使读者了解到古典文学之美。此外，它还能让读者重新审视人类城市生活的必要性和价值，从一种全新的视角去看待叙事文学，探讨在传统知识模式下被模糊和忽略的内容。正如作家芒福德所说，"城市是人类活动的舞台"。这个舞台中，包含着历史、政治、文化、日常生活空间在内的多元城市空间，对叙事文学多视角创作产生了巨大的影响，也丰富了叙事文学的创作手法。而明清叙事文学一方面是城市故事的主要叙事者，另一方面这些城市特有的城市特征，塑造出了一群具有同样生活经历和城市文化的群体，从而实现文化认同。

第八章　明清叙事文学城市书写的意义与价值

明清叙事文学中的城市书写具有重要意义与价值：其一，文学创新价值。城市书写引导文学创作将目光投向城市空间，在理论层面上构建起新型文学创作范式，也在应用层面有效拓展了中国文学的表现空间。其二，历史文化价值。城市书写倡导在城市中营建具有文学内涵和色彩的独特"文学景观"，而"文学景观"与"文化景观"的互视则意味着城市书写由文学叙事走向了更为广泛的现实，对当下社会文化治理具有积极意义。其三，社会价值。城市书写以文学特有的感染力触动人们牢记心中的乡愁和乡思，推动社会对城市文明持续性、永久性的关注和思考。

第一节　扩展文学的表现空间

文学叙事学的空间转向打破了以往从时间角度研究小说的传统，文学地理学、空间叙事学方兴未艾。叙事文学中的空间书写受到较为广泛的关注，而城市书写作为空间书写的一种，引导文学创作将目光转向城市，在理论层面构建起新型文学创作范式，在应用层面有效拓展了中国文学的表现空间。

一、空间书写的转向拓展

文学本身具有空间性，文学审美经验本质上是人类在空间内进行文学活动的主客生成体，是人与空间的交互性产物。直观表现则是文学文本外化为具体的空间实像，内在构筑审美空间以承载作者、召唤读者，新生审美经验，形成新的文学文本。

国内外学者对空间的认知莫衷一是，无论在自然科学还是人文社科领域，空间理论研究成果都非常丰富，西方具有代表性的学者有 Aristole（亚里士多德）、Karl Heinrich Marx（马克思）、Henri Lefebvre（列斐伏尔）、David Harvey（大卫·哈维）、Michel Foucault（福柯）、Fredric Jameson（詹明信）、Edward W.Soja（爱德华·W. 索亚）、Manuel Castells（曼纽尔·卡斯特）等。中国古代关于空间思想的阐述亦不胜枚举，代表性文献有《周易》《孟子》《庄子》《诗经》《淮南子》《文心雕龙》等。[1] 简要概括空间理论内涵主要包括以下方面：其一，在本体论上，空间是一种先验存在，但空间不存在自我显现的方式，只有当实体存在于空间和实践中，空间与时间才存在。其二，在构成论上，空间的构成本质是一种关系，指向空间内物、物体与物体、物体与空间、空间与空间之间的位置结构属性，故空间感知通过关系来确立，同时这种关系可裂变重构，甚至由具象实体转向抽象观念，从实体感知到概念思维。其三，在运动论上，空间以自身的运动变化过程来呈现时间。[2] 可见空间的本质是一种关系，需要根据人、事、物的相对位置结构来确立，且具有变动的可能性。

而空间书写则指在文学叙事中建构空间。国内空间及空间叙事研究虽然起步较晚，但近年来也受到了越来越多的关注，产生了一些理论成

---

① 李志艳：《论文学地理学中的文学性问题与空间批评》，《南京社会科学》2019 年第 2 期。

② 李志艳：《文学是空间艺术：文学地理学的本体论思考》，《南京社会科学》2018 年第 3 期。

果，如张世君《〈红楼梦〉的空间叙事》，①《明清小说评点叙事概念研究》②，韩晓《中国古代小说空间论》③，龙迪勇《叙事学研究的空间转向》④、《空间叙事学》⑤、《叙事作品中的空间书写与人物塑造》⑥ 等，余新明、陆扬、浦安迪、刘介民、周和军、王安等学者也著有相关学术论文。黄霖《中国古代小说叙事三维论》认为广义的小说空间包括小说作品的艺术空间即文本空间、小说的创作空间和接受空间；狭义的小说空间则主要指小说的艺术空间，涵盖作家创作的空间意识与空间化思维方式、作家在创作中对空间元素的处理与运用、作品营造的艺术世界中空间元素的主要内容与组合方式等。而此处的空间范畴又包含了静态空间风貌与动态空间转换两个层面，⑦ 其构成主要包含地域、社会、景物、人物四大要素。⑧ 明清叙事文学中的城市书写属于中国古代小说叙事中文本空间的静态空间风貌书写。

中国古代小说中的空间书写经历了漫长的历史发展过程。先秦两汉时期，地理著作《山海经》在地域空间中记载神话历史，史传作品《禹贡》《穆天子传》《战国策》《史记》等则将事件、自然与民俗等描写相结合，丰富了对空间的认知。魏晋南北朝，志怪小说实现了空间与非现实空间的书写相结合，如《搜神后记》中的《桃花源记》、王琰《冥祥记》等，具有奇幻化、超现实特征。唐宋时期小说进入了新的发展阶段，唐传奇开始有意识地将空间作为塑造人物与表现主题的手段，故更加注重生活空间的描

---

① 张世君：《〈红楼梦〉的空间叙事》，中国社会科学出版社1999年版。
② 张世君：《明清小说评点叙事概念研究》，中国社会科学出版社2007年版。
③ 韩晓：《中国古代小说空间论》，复旦大学2007年博士学位论文。
④ 龙迪勇：《叙事学研究的空间转向》，《江西社会科学》2006年第10期。
⑤ 龙迪勇：《空间叙事学》，上海师范大学2008年博士学位论文。
⑥ 龙迪勇：《叙事作品中的空间书写与人物塑造》，《江海学刊》2011年第1期。
⑦ 黄霖：《中国古代小说叙事三维论》，上海书店出版社2009年版，第169—171页。
⑧ 黄霖：《中国古代小说叙事三维论》，上海书店出版社2009年版，第202页。

摹，如《柳毅传》《李娃传》《莺莺传》《南柯太守传》等，生动形象地展现了长安、洛阳等繁华都市的风物人情；宋代由于亡国南渡，话本中常出现东京与临安的双城镜像书写，此阶段已具备城市书写雏形。明清时期小说中的空间书写更加成熟与复杂，《三国演义》《水浒传》《金瓶梅》《古今小说》《警世通言》《醒世恒言》《儒林外史》《红楼梦》等作品都建构了历史、社会与生活空间，此时出现了数量远超前代的城市书写。如"三言二拍"中描摹了汴京、江南与西南城市圈，展现了明代城市发展的多元格局。《金瓶梅》作为一本世情小说，取材于宋徽宗时期的临清，但实际反映的却是明代嘉靖年间古大运河山东境内城市的风土人情。《儒林外史》则以人物籍贯与出行旅途为线索展现了实体地域空间之风俗，如杭州、扬州、苏州、南京等江南城市都是其描摹对象。

由此可见，明清叙事文学中的城市书写象征着中国古代小说空间书写的转向与拓展：一方面，此阶段世情小说大量涌现，关注点由自然世界转向社会生活，故空间书写亦由奇幻空间转向生活空间，这本质上体现的是天人关系的变化。另一方面，地域空间具有自然与社会的双重性，城市作为小说叙事的重要背景与人物塑造的常见场域，不仅是一种物质存在，更是文化载体。

二、新型文学范式的建立

明清叙事文学中将空间书写拓展到城市不仅是一种文学现象，更是一种文化现象，城市书写此时作为社会经济、思想文化的表征，建立起新型文学范式。这种范式的"新"体现在以下两个方面。

一方面，将城市空间这个新型描写对象固化定型，开创为叙事文学中空间书写的新模式，在文学层面扩展了空间书写的范畴。随着中国城市的出现，描写城市的文学也应运而生，前文已经论述过传统叙事文学中空间书写的转向与拓展，其中就出现了城市这一新兴书写对象，真正形成较为固定的城市文学样式的是宋代话本的出现。但需要注意的是中国古代的城市文学与现当代界定的城市文学存在一定差别。当代城市文学的概念界定，首先是题材上需要展现城市生活，但同时必须是以城市意识来艺术地观照城市、表现城市，不仅要关注被描述者的城市意识中传统文化与现代城市文化的冲突，同时还要评价描述者的城市意识中的这种冲突。而中国古代城市政治化特征带来的城市官场化与享乐化导致中国古代城市文学作品多有道德化倾向，很少有真正城市意识化的审美评价和审美表现。① 但从另外一个角度看，宋代话本的出现就已经标志着中国古代叙事文学城市书写的基本范式成型，明清时期的城市小说则进一步稳固了这种新型文学范式，成为现当代城市文学的滥觞。

另一方面，城市空间本身集政治体制、社会经济、思想文化于一体的特质，客观上在应用层面拓展了中国文学的表现空间，使其从文学空间拓展为历史、社会空间。从政治体制层面来看，京师、省会、府、州、县衙所在地受政治因素影响最大，往往形成带有鲜明政治色彩的政治型城市，这类城市虽然工商业也很繁荣，但与其政治地位比较相对次要，最具代表性的是南京、北京与开封，明清小说中对这三个城市的书写颇多。② 明成祖迁都后，南京作为留都，无疑成为了南方政治文化中心，《儒林外史》就有大量的关于南京风土民情的描写，体现出浓重的"金陵情结"。北京作为明清两朝的王都，亦是被集中书写的城市，《红楼梦》以京城权贵豪门、簪缨世家为描写对象，展现了帝都豪奢的官派气象。而开封相对特别，作为北宋都城，开封在历史上曾为政治中心，明清小说里对开封的描写大都沿袭了宋元话本中的东京故事，是一种对历史的追忆与重塑，如脱胎于《宣和遗事》的《水浒传》以及后来的《金瓶梅词话》都将东京作为

---

① 徐剑艺：《城市与人：当代中国城市小说的社会文化考察》，云南人民出版社 1989 年版，第 20 页。

② 韩大成：《明代城市研究》，中国人民大学出版社 1991 年版，第 47 页。

故事展开背景中的政治象征，给予虚化描写，而《歧路灯》作为描写开封的世情小说，具体地展现了开封的城市景观、风貌，是一种实化的城市书写。①

从社会经济层面来看，宏观上明清时期经济快速发展，资本主义萌芽，工商业发达，城市兴盛，随之而来的是市民阶层兴起，物质精神生活极大丰富。以明清小说中常出现的江南城市群为例，江南城市多为"经济中心"，其能成为"经济中心"具有多重原因：其一，与北方城市饱受政治动荡、战乱侵扰相比，江南城市区域发展相对平稳，从唐代"安史之乱"后就成为中国经济发展的重心，两宋以后更成为全国经济中心，发展历史悠久，财富累积丰厚。其二，相对安全、平稳的发展环境使江南地区人口规模迅速扩大，劳动力丰富，明清时期已呈现较高城市化水平。其三，江南城市地理位置便利，交通运输发达，尤其值得关注的是运河对城市发展的影响。明代废除海运，实行漕运制度，漕运及商品流通提升了运河在国民生活中的地位，运河城市成为商贸往来的集散地，而且形成了以运河城市为区域经济中心向周边辐射的势态，可以说运河城市成为了中国最富经济活力的城市，江南超过十万户的运河城市有杭州、嘉兴、湖州、绍兴、松江、苏州、常州、镇江、扬州、淮安、徐州等②，这是政治与经济共同作用影响城市的典例。反之，江南城市在形成共同体的同时，也以更大的资本与力量改变着中国城市的形态与功能，完成了江南城市经济功能从中国古代政治型城市的整体合围中的突围，并逐渐演化出具有本土特色的中国经济型城市形态。③

从思想文化层面来看，中晚明心学盛行一时，中明心学崛起是政治、经济、思想三重逻辑发展之下的结果：政治上农民起义、藩王叛乱、宦官

---

① 葛永海：《古代小说与城市文化》，上海师范大学 2003 年博士学位论文。

② 张强：《运河城市与明清通俗小说》，《江苏社会科学》2014 年第 3 期。

③ 刘士林：《明清江南城市群研究及其现实价值》，《复旦大学学报》2014 年第 1 期。

专权极大地打压了士人群体的生存空间，迫使他们重新寻找自适的解脱之道；经济上工商业迅速发展冲击了程朱理学框架下的礼制传统，社会风尚亦随之变革；思想上程朱理学到明代中叶支离之弊在科举制度的强化之下显露无遗，陷入发展瓶颈。黄宗羲在《明儒学案》中提到："若阳明之门，道广而才高，其流不能无弊。惟道广，则行检不修者，亦得出入于其中；惟才高，则骋其雄辩，足以惊世而惑人。如二溪之外，更有大洲、复所、海门、石篑诸公，舌底澜翻，自谓探幽抉微。"① 王阳明的弟子与再传弟子遍布天下，在全国各地建立了众多讨论与研究王学的学术团体，于浙中、江右、南中、楚中、北方、粤闽、泰州等地均有影响。原本王阳明的良知之学虽将天理移至人心，将心作为真假、是非、善恶判断之标尺，肯定了主观价值判断的合理性，并在心、理与身的合一中埋下了肯定人情物欲的种子，但并未抛弃"至善"的道德追求，但王龙溪以来的王门后学在对"无善无恶心之体"的阐发之中逐渐取消了心之本体的善恶属性，放开了道德的枷锁与禁制，对"存天理，灭人欲"的反对愈加激烈，泰州学派李贽在《藏书》中公然宣扬："夫私者人之心也，人必有私而后心乃见，若无私则无心矣。"② 对人性中"私"与"俗"的承认，无疑打开了心学在平民中传播的方便之门，促使心学平民化，而物质财富的创造、思想观念的解放造就了明代城市注重人情物欲的奢靡社会风气，形成了独有的消费市场与城市文化。这一点在明代小说中有所呈现，如"三言"对明人城市生活中饮食器具、屋宇园亭、衣服饰品的细致描摹展现了明人真实的城市生活与社会风貌。兰陵笑笑生的《金瓶梅》以商人、官僚、恶霸三位一体的西门庆及其社会关系为主线展开，如西门家的妇女吴月娘、李娇儿、孟玉楼、孙雪娥、潘金莲、李瓶儿等；与西门庆关系密切的女性，如贲四

① 黄宗羲：《明儒学案》，中华书局1985年版，第5页。
② 李贽：《德业儒臣后论》，《李贽全集注·藏书注》，社会科学文献出版社2010年版，第526页。

嫂、宋惠莲、王六儿、贵妇林太太等；与西门家女性有密切往来的男性，如陈敬济、花子虚、蒋竹山等；丫鬟之流，如春梅、秋菊、迎春等；小厮之流，如玳安、书童儿、琴童儿等；帮闲之辈，如应伯爵、常时节等；妓女吴银儿、李桂姐、郑爱月儿等各色人物群像，全面展示了家庭、商场、官场乃至于整个社会各个阶层的精神面相，深刻剖析了明代后期商业高度发展、巨商地主生活日趋淫靡的典型环境中的典型人物性格，揭示了明代中后期市民阶层呈映出的骄奢淫逸、现世享乐的消费观念。诚然作者对这种城市经验及社会风尚存在一种矛盾态度，一方面，身处其中难免受到时代风气影响，故《金瓶梅》无疑存在着一些低级、庸俗、无聊、猎奇的内容，最为典型的就是对性的过度描写；但另一方面，作者在物欲横流之中惊觉人生空幻的真相，表达了对人欲泛滥的清醒意识与批判立场，同时对城市生活的细致呈现折射出富有时代特色的城市文化内涵，这不仅仅是一种孤立的社会风尚，还夹杂着对人生、命运、享乐、欲念的发现、把握与反思。① 故张竹坡认为其当属"第一奇书非淫书"，鲁迅认为它是最有名的"世情书"，郑振铎则认为："它是一部很伟大的写实小说，赤裸裸的毫无忌惮的表现着中国社会的病态，表现着'世纪末'的最荒唐的一个堕落的社会的景象。"②

综上所述，城市书写作为空间书写转向与拓展的象征，引导文学创作视野转向城市这一新兴叙述对象，建构起新型文学范式，并以其政治体制、社会经济与思想文化的三重表征性在应用层拓展了中国文学的表现空间，展现了包括制度文化、物质文化与精神文化的生动城市文化图景，揭示了明清时期深层城市文化精神。

---

① 陈静宇、李文正：《〈金瓶梅〉中明代城市精神文化的书写》，《哈尔滨师范大学社会科学学报》2013 年第 2 期。

② 鲁迅、郑振铎等：《名家眼中的金瓶梅》，文化艺术出版社 2006 年版，第 34 页。

第二节　构筑独特的文学景观

明清叙事文学中的城市书写倡导在城市中营建具有文学内涵和色彩的独特文学景观。而文学景观与文化景观的互视则意味着城市书写由文学叙事走向了更为广泛的现实叙事，对当下社会文化治理有着积极意义。

一、文学景观的建构

文学景观是文学地理学中的概念，"文学地理学"这一名称虽然是 20 世纪初从国外引入的，但其实它是 80 年代以后从"文学的地域性"演变而来的，可以说是文学研究领域的突破与创新。文学地理学是研究文学地理分布及变迁，揭示文学与地理环境关系，探讨文学空间结构与空间差异的科学，其研究内容可用区域、空间、景观、人地关系等关键词概括。[①] 而"文学景观"近年成为了文学地理学研究的热点。曾大兴认为文学景观具有重要价值，既是文学地理学的重要研究对象，也是极为宝贵的文化旅游资源，值得研究、开发与利用。针对文学景观的主要研究内容就是普通自然、人文景观如何成为文学景观的问题，具体包括：其一，确定其地理位置，考证形成年代；其二，研究其生成过程中文学家与文学欣赏者、旅游者发挥的作用；其三，辨析不同时代文学家、文学欣赏者及旅游者赋予其不同的内涵；其四，明确文学景观的魅力与价值。[②]

何谓文学景观？曾大兴在《文学地理学概论》一书中提出："文学景观是地理环境与文学相互作用的结果，它是文学的另一种呈现，既不是传统的纸质呈现，也不是新兴的电子呈现，而是一种地理呈现。它是刻写在

---

① 左鹏：《文学地理学理论研究平议》，《社会科学动态》2017 年第 4 期。
② 李永杰：《文学景观有望成为文学地理学研究新热点——访中国文学地理学会会长、广州大学教授曾大兴》，《中国社会科学报》2014 年 1 月 3 日。

大地上的文学。"① 地理学上的景观包含了三层意义：一是土地及土地上的可视性物体，二是形象性或可观赏性，三是自然属性与人文属性的统一。文学景观即文学地理景观，是自然或人文景观与文学相结合的产物，与文学密切相关，与普通景观既有联系又有区别。联系在于文学景观属于景观的一种，区别在于比普通景观多具文学色彩、文学内涵。文学景观的存在形态分为虚拟性文学景观与实体性文学景观两种，虚拟性文学景观又称虚拟景观、文学内部景观，指文学家在文学作品中所描绘的具有可视性和形象性的土地本身及土地上的景物、建筑等，如《西游记》中的花果山、《水浒传》中的浔阳楼、《红楼梦》中的大观园等。实体性文学景观又称实体景观、文学外部景观，指文学家在现实生活中留下的与文学家生存发展、文学活动紧密相关的具有观赏价值的自然、人文景观，如李白吟咏的庐山瀑布、苏轼描绘的黄州赤壁、成都杜甫草堂、湖南岳阳楼、湖北黄鹤楼、江西滕王阁、杭州西湖、苏州寒山寺等。值得注意的是，文学内部与外部景观并非泾渭分明，在一定条件之下可以相互转换，主要有两种情形：其一是最初作为一种自然景观被文学家书写，成为一种文学景观；其二是最初作为一种人文景观被文学家书写而成为一种文学景观，他们的共同特征是在现实生活中存在或存在过，在文学作品中被描写与欣赏，文学读者可以其为根据结合自己的地理认知和审美联想进行再创造。② 叙事文学中的城市书写就是典型，城市或城市原型在历史或现实中真实存在，又在文学作品中被叙述，最为特别的是，读者能够通过文学作品对不同时期同一城市的书写及现实存在的城市风貌的对照建构起对这些城市历史性与共时性相统一的认识。

明清叙事文学城市书写无疑建构起了一种文学景观，这种文学景观的

---

① 曾大兴：《文学地理学概论》，商务印书馆 2017 年版，第 229 页。
② 曾大兴：《文学地理学概论》，商务印书馆 2017 年版，第 229—254 页。

建构赋予城市物质、精神生活文学性，又反之在城市中营建起具有文学内涵和特色的独特景观。明清叙事文学如何通过城市书写建构起文学景观，主要有两个方面。一方面是对节日庆典的书写。节庆是城市文化中非常重要的部分，亦是其物质、精神风貌的集中展现，明清叙事文学中对节庆的描写十分丰富。宋代以来村镇社日、庙会等集体活动增多，明代中期以后庙会、佛会更是在全国各地逐渐兴盛。而在众多节庆中如元日、寒食、清明、冬至、上元、中元、上巳、端午、重阳，等等，上元与清明是明清小说中着墨最多的两个节日。以上元为例，"三言"中的篇目《杨思温燕山逢故人》中对元宵灯会有极尽繁复的描摹刻画："每年上元正月十四日，车驾幸五岳观凝祥池。每常驾出，有红纱贴金烛笼二百对，元夕加以琉璃玉柱掌扇，快行客各执红纱珠络灯笼。至晚还内，驾入灯山。御辇院人员辇前唱《随竿媚》来。御辇旋转一遭，倒行观灯山，谓之'鹁鸽旋'，又谓'踏五花儿'，则辇官有赏赐矣。驾登宣德楼，游人奔赴露台下。十五日，驾幸上清宫，至晚还内。上元后一日，进早膳讫，车驾登门卷帘，御座临轩，宣百姓，先到门下者，得瞻天表。小帽红袍独坐，左右侍近，帘外金扇执事之人。须臾下帘，则乐作，纵万姓游赏。华灯宝烛，月色光辉，霏霏融融，照耀远迩。至三鼓，楼上以小红纱灯缘索而至半，都人皆知车驾还内。"① 这段描写与宋元话本孟元老的《东京梦华录》中对元宵节的描绘别无二致，对北宋元宵盛景的描绘是北宋时期元宵灯会繁盛之景的真实观照，同时也有回首故都的深切哀婉，文中所叙述的元宵节活动场所五岳观、凝祥池无疑就成为了一种文学景观。同样，元宵节作为《金瓶梅》的线索，暗示了西门庆一家由盛到衰的命运。《金瓶梅》对元宵节的描写共有四次，分别是十五回至十六回、二十四回、四十一至四十六回、

---

① 刘世德、陈庆浩、石昌渝主编：《古本小说丛刊·古今小说》，中华书局 1991 年版，第997—998 页。

七十八至七十九回，并且总将元宵节作为偷欢情节的发生背景。元宵节无论是赏灯、放焰火还是猜灯谜等习俗，都以娱乐为主，故西门庆一家对元宵节非常重视，第十五回"佳人笑赏玩灯楼　狎客帮嫖丽春院"第一次写到了元宵节吴月娘、李瓶儿、潘金莲等人登楼观灯的情景，花灯制作精良，种类繁多，形态丰富，有景物如金莲灯、玉楼灯、荷花灯、芙蓉灯、绣球灯、雪花灯等，有人物如秀才灯、媳妇灯、和尚灯、通判灯、师婆灯等，有动物如骆驼灯、青狮灯、猿猴灯、白象灯、螃蟹灯、鲇鱼灯等，对各种形貌的花灯不厌其烦地铺陈描写，可谓琳琅满目，目不暇接，直观展现了城市手工业的发达与物质的极大丰盈。对灯市极尽繁复的描写，又呈现了一派繁华都市景象："观看那灯市中人烟凑集，十分热闹：当街搭数十座灯架，四下围列诸门买卖；玩灯男女，花红柳绿，车马轰雷。但见：山石穿双龙戏水，云霞映烛鹤朝天。……王孙争看小栏下，蹴踘齐眉；仕女相携高楼上，妖娆衒色。卦肆云集，相幕星罗：讲新春造化如何，定一世荣枯有准。又有那站高坡打谈的，词曲杨恭；到看这搊响钹游脚僧，演说三藏。卖元宵的高堆果馅；粘梅花的齐插枯枝。剪春娥，鬓边斜插闹春风；裱凉钗，头上飞金光耀日。围屏画石崇之锦帐，珠帘绘梅月之双清。虽然览不尽鳌山景，也应丰登快活年。"[①]目前学界通行的说法是《金瓶梅》的故事背景设定在宋徽宗时期，文中广平府清河县的地理原型实为临清，其中也有许多虚构与想象，故虚实皆有，但总体而言反映的是明代运河城市临清的城市风貌，热闹非凡的元宵灯市也成为了临清这座城市的文学景观。

另一方面是对城市日常生活的书写。城市作为具有物质与精神双重性的载体，可谓是一部活的历史，如果说节日庆典是城市物质文明与精神文

[①] （明）兰陵笑笑生撰，王汝梅校注：《皋鹤堂批评第一奇书金瓶梅》，吉林大学出版社1994年版，第237—238页。

明的集中展示，日常生活的书写则为展现城市物质与精神风貌的一般样态。城市日常生活无外乎衣食住行，而其中与文学景观联系最紧密的当属住和行。在住的方面，首先，关注城市居住的宏观位置。街坊里巷、城门桥梁是一个城市的基本构成元素，市民在此居住、生活，日常琐事、悲欢离合都在这些场所上演。如"三言"中对杭州武林门、钱塘门、清波门、北关门、涌金门、清波坊、灵隐寺等西湖周边景致，苏州枫桥、阊门、虎丘等姑苏城代表性地点都有细致描摹，真实而生动地展现了以苏杭为代表的江南在明代的风貌，使后世之人身临其境。① 其次，在微观方面，聚焦到个体居所。个体居所一方面能够展现个人的性情，如《红楼梦》中描绘的每位人物的居所都与其性情相关，如贾宝玉的怡红院与之注重情感、极富同理心的多情个性相吻合，林黛玉的潇湘馆与之孤高寂寥的竹之品格相呼应，薛宝钗的蘅芜苑与之莹如雪、淡如水的高士、君子之德相匹配，探春的秋爽斋也与之活泼爽朗的性情相关，等等。另一方面，个体居所也能展现时代风尚，明代商品经济的发展，使得物质极大丰盈，社会上物欲膨胀，奢靡之风盛行，崇尚华美繁复的审美风格。如《宋小官团圆破毡笠》《桂员外途穷忏悔》等篇目中都描写了宋小官、桂员外华美的屋宇园亭以炫示人物地位与财力，营建园林、教习歌舞、盘弄古玩是明末士大夫城市文娱生活的反映。② 在行的方面，交通一方面是日常生活不可或缺的基础设施，另一方面还有其社会、经济功能。如江南河道纵横，桥梁众多，桥梁不仅用于人们日常通勤，往往也是各路水陆交通的交会点或枢纽，征收税收、设司管理的关卡，起到稽查地方的作用，同时也是一个地方经济发达的见证。如"三言"中涉及桥梁的篇目有《新桥市韩五卖春情》《月明和尚度柳翠》《卖油郎独占花魁》《俞仲举题诗遇上皇》《陈可常端阳仙化》

① 陈修娇：《"三言"城市书写研究》，兰州大学 2018 年硕士学位论文，第 47 页。
② 陈修娇：《"三言"城市书写研究》，兰州大学 2018 年硕士学位论文，第 60 页。

《崔待诏生死冤家》《一窟鬼癫道人除怪》《乐小舍弃生觅偶》《白娘子永镇雷峰塔》《乔彦杰一妾破家》《蒋兴哥重会珍珠衫》《宋小官团圆破毡笠》，主要有众安桥、新桥、石灰桥、枫桥等。①

总而言之，明清叙事文学中通过对城市建筑、节日场景、生活场域的书写建构起城市文学景观，而无论这些景观是文学虚构还是真实存在，它们的共同特征都是虚构性与真实性相统一，既是真实城市生活缩影，又有文学创作加工。

二、文学景观与文化景观互视

城市文学景观与文化景观的互视意味着对城市书写的关注可以由文学性延展到文化性。文化景观的概念最初来自西方，德国地理学家 F.Ratzel（弗里德里希·拉采尔）最先将文化景观称为"历史景观"，20 世纪初，德国地理学家 O.Schluter（施吕特尔）提出要将文化景观当作从自然景观演化来的现象加以研究，美国地理学家 C.O.Sauer（索尔）则创立了文化景观学派，认为文化是塑造文化景观及地表可见特征的重要力量，文化景观是人类按照其文化标准，对天然环境中的自然和生物现象施加影响，并将之改变为文化景观。D.S.Whit-tlesey（D.S.惠特尔西）认为文化景观是人类活动相继叠加的结果，因此研究文化景观就是研究一个地区之内人类社会所占用的景观的历史演变过程。② 中国文化地理学家对文化景观的定义是："文化景观是人类活动的成果，是人与自然相互作用的地表痕迹，是文化赋予一个地区的特性，它能直观地反映出一个地区的文化特征。"③不过值得注意的是虽然文化景观是由多种文化特征集合构成，是一定文化

---

① 陈修娇：《"三言"城市书写研究》，兰州大学 2018 年硕士学位论文，第 47 页。
② 王金黄、丁萌：《人文地理学的跨学科互动："文化景观"与"文学景观"》，《南华大学学报（社会科学版）》2019 年第 1 期。
③ 曾大兴：《文学地理学概论》，商务印书馆 2017 年版，第 231 页。

规模、气息、风俗、产品投诸景观的产物，可以展现文化特征，但本身并不等同于文化特征，最为显著的差别就是文化景观具有可视性，而文化特征不一定是可视的。那么文学景观与文化景观的联系与区别又在何处呢？从逻辑层面来看，文化景观与文学景观并非简单的包含关系，基于可视性原则，文化景观不包括虚拟性文学景观，这就意味着文学之中描写的而在现实世界中没有对应存在实体的景观不能被称作文化景观，反之，文学属性与文学功能是构成文学景观的决定性因素，因此文化景观要成为文学景观，不仅要有人文属性，还要有文学属性，简单来讲就是需要被文学家书写。而二者之间的关系指向一种双向互动，文学景观无疑能够推动文化景观的形成，同时，文化景观又能为文学景观提供原型、素材与形象支撑。综合来看，文学景观中的实体性景观属于文化景观，而这类文学性文化景观的开发、利用对当代旅游资源整合、社会文化治理有着极为正向的意义。

城市书写中不乏此类文学性文化景观，很多城市本身的存在就是一种文化景观。最为典型的就是对历史文化名城的书写，譬如上文提到过的西安、北京、开封、洛阳、南京、苏州、杭州、扬州等城市。其中对城市建筑的书写尤其值得关注，城市建筑是一个城市的地标，也是城市历史、文化的记忆与象征。如《风月梦》《绘芳录》《照世怀》等作品中描写了扬州的城市著名景观平山堂。"三言"中对汴京（今开封）城市建筑有极为细致的描写，"三言"中有大量宋元旧本，也有不少假托宋人作品的明人话本，这些话本中大量故事都围绕北宋都城汴京展开，明人对其基本故事框架并未改动，但在对汴京城的建筑设施与情感记忆的描写中却展现了明代独有的特色。《闹樊楼多情周胜仙》《小夫人金钱赠年少》《计押番金鳗产祸》《金明池吴清逢爱爱》等篇目中描绘了金明池。金明池是宋代的皇家园林，起初用于军事，在宋徽宗时期才成为汴京士庶出游之地，并逐渐成为北宋城市建筑与市民生活中重要的组成部分，后经历靖康之难，毁于金兵战火。这四篇故事是经过明人加工的宋元话本，可以说是"明人化"的宋元话本，故其中对金明池的描绘既是宋人远去的故都记忆与东京旧梦，又是明人眼中汴京的标志建筑、繁华的代名词，故在叙述时代背景为宋代的故事时，自然不会删去这个代表符号，而也正因为有这个重要的城市地标，明人才能更加身临其境，对宋人的故事感同身受。① 而金明池作为一种文化景观的价值显然不止于此，作为北宋时期重要的皇家园林，金明池在园林史上占据重要地位。

金明池又名西池、教池，位于宋代东京顺天门外（今开封市城西），五代后周世宗显德四年（957 年）为征伐南唐内习水战而开凿，对其进行大规模营建则始于宋太宗太平兴国元年(976 年)，王应麟《玉海》记载："太平兴国元年，诏以卒三万五千凿池，以引金水河注之。有水心五殿，南有飞梁，引数百步，属琼林苑。每岁三月初，命神卫虎翼水军教舟楫，习水嬉。"② 金明池通过不断扩建在北宋末年成为了东京一大胜景，宋人孟元老《东京梦华录》通过移步换景的方式，对金明池的位置大小、建筑布局及游池活动等各个方面都进行了极为详尽的描摹：

> 三月一日，州西顺天门外，开金明池、琼林苑……池在顺天门外街北，周围约九里三十步，池西直径七里许。入池门内南岸西去百余步，有面北临水殿，车驾临幸观争标，赐宴于此。……又西去数百步乃仙桥，南北约数百步，桥面三虹，朱漆栏楯，下排雁柱，中央隆起，谓之"骆驼虹"，若飞虹之状。桥尽处，五殿正在池之中心，四岸石甃向背，大殿中坐，各设御幄，朱漆明金龙床，河间云水戏龙屏风，不禁游人。殿上下回廊，皆关扑钱物、饮食、伎艺人作场，勾肆

---

① 参见陈修娇：《"三言"城市书写研究》，兰州大学 2018 年硕士学位论文，第 20—21 页。
② 王应麟：《玉海》卷一四七，江苏古籍出版社 1987 年版，第 2707 页。

罗列左右。……桥之南立棂星门，门里对立彩楼。每争标作乐，列妓女于其上。门相对街南有砖石甃砌高台，上有楼观，广百丈许，曰宝津楼，前至池门，阔百余丈，下瞰仙桥、水殿，车驾临幸观骑射、百戏于此。池之东岸，临水近墙皆垂杨，两边皆彩棚幕次，临水假赁，观看争标。街东皆酒食店舍，博易场户，艺人勾肆质库，不以几日解下，只至闭池，便典没出卖。北去直至池后门，乃汴河西水门也。其池之西岸，亦无屋宇，但垂杨蘸水，烟草铺堤，游人稀少，多垂钓之士……池岸正北对五殿起大屋，盛大龙船，谓之"奥屋"，车驾临幸，往往取二十日。①

可见金明池建筑精美、布局合理、功能繁多，的确可以作为北宋时期东京繁华的符号与标志，然而靖康年间，随着东京被金人攻陷，金明池亦"毁于金兵"，池内建筑被破坏殆尽。金元时期，"汴水断流"成为常态，金明池失去水源，逐渐干涸，且多次为黄河泥沙淤积。明代后期，池已淤平。尽管如此，金明池无疑是北宋昔日繁华历史记忆的物质载体，其遗址是北宋东京城市遗址的重要组成部分，可谓北宋的物质文化遗产，对探讨北宋东京城市布局、研究当时习俗以及制定北宋东京城遗址保护规划皆有重要意义。基于金明池这一文化景观的历史文化价值，21 世纪开展了考古工作，2005 年开封市文物工作队对调查区域进行了大面积的勘探，历时 4 个月基本探明了金明池的位置及大致范围，开封市有关部门还决定以《金明池争标图》为蓝本原址复建金明池，开发这座历史文化园林的当代旅游价值，可见历史、文学、文化价值可以转换为经济价值。

综上所述，实体性文学景观通常而言也是一种文化景观，不仅具有文学价值，还具备文化价值，故从"文学景观"到"文化景观"意味着从文

---

① 孟元老撰，伊永文笺注：《东京梦华录笺注》，中华书局 2006 年版，第 643—644 页。

学走向更为广泛的现实，对城市书写中文学性文化景观的关注既有文学史意义，也有文化史意义，还能对当下社会文化治理提供借鉴。

第三节　对城市文明的持续关注

城市是人类生存的形式之一，其发展史可以追溯到原始聚落时期，这种形态一直延续至今，未来也将继续存在，因此城市文明既有历史性，也具现代性。城市不仅仅是建筑体构成的物质空间，同时也包含了人在空间内生产、生活以及发生各种关系的社会空间，因此城市文明既包含物质文明，同时也包含精神文明。明清时期作为中国经济、文化的转型期，明清叙事文学中的城市书写不仅体现了当时社会的物质、精神风貌，还以文学特有的感染力触动人们牢记心中的乡愁和乡思，推动社会对城市文明未来发展持续性、永久性的关注和思考。

一、乡土中国与城市文明

城市书写的发展直观展现了中国乡村到城市的跃迁历史。徐剑艺在《城市与人：当代中国城市小说的社会文化考察》一书中提到："人类社会在历史发展中形成了各个不同阶段的形态，从原始社会到奴隶社会到封建社会，资本主义社会等，这种不同的社会形态是由人类社会中人与人之间、集团与集团之间、阶级与阶级之间的社会政治关系的不同结构而产生的。如果从人类社会的生存形式上来看，人类社会则可以分成相对不同的两大类：这就是乡村社会和城市社会。"① 刘凤云在《明清城市空间的文

---

① 徐剑艺：《城市与人：当代中国城市小说的社会文化考察》，云南人民出版社1989年版，第3—4页。

化探析》一书的序言中写道："在人类社会发展史上，作为人们生存居住的空间，大体可以分为城市和乡村两种形式。城市曾为近代西方社会的重心，在那里孕育了近代文明并成为资产阶级革命的摇篮。传统中国社会以农业为主，早期城市的主要功能是政治和军事的中心。然而，在中华民族五千余年的文明史中，城市同样积淀起厚重的历史文化，是一个有待于充分发掘的文明宝库。近年来，伴随着改革开放的社会发展步伐，人们对于在人类生活中起主导作用的城市及其有关问题的研究日益重视，城市研究作为一门综合性学问，不仅是经济学、社会学、地理学、人类学、建筑学、美学等学科研究涉足的对象，而且尤其需要历史研究的基础。这不仅因为我国是一个有着悠久历史的文明古国，而且城市的兴起几乎与古代文明的发端同步，可以追溯到商代、甚至夏代。同时，对城市史的研究，还在于城市的自身发展需要历史的借鉴，人们需要了解自己的过去，城市同样需要人们了解它的发展历程。"① 从中可提取出两条关键信息：其一，乡村与城市是人类最为主要的两种聚落形态，其形成与经济、政治、文化等因素息息相关，研究城乡关系对全面揭示探索历史发展过程，深入阐发历史发展规律十分必要；其二，进入阶级社会以后，城市成为了人们生存活动的主要场所之一，虽然其不如乡村空间辽阔，人口总数也少于农村，但城市是经济、文化和人民生活的中心，是文明的摇篮与标志，因此城市的重要性比以往更加突出。

然而城市的快速扩张与发展也带来了一种新的矛盾，即城市文明与乡野价值之间的矛盾。费孝通在《乡土中国》中提到"从基层上看去，中国社会是乡土性的"②，这是农耕文明的必然结果。在社会学中有两种不同性质的社会，一种受传统社会角色约束，强调社会身份的不变性，是一种

---

① 刘凤云：《明清城市空间的文化探析》，中央民族大学出版社 2001 年版，第 1 页。
② 费孝通：《乡土中国》，北京出版社 2004 年版，第 1 页。

"机械团结";另外一种受文化上的协商与社会联系的约束,特征是专业化与分工化,是一种"有机团结",前者是礼俗社会,讲究以亲缘为基础的礼治,后者是法理社会,讲究以契约为基础的法治。以农业为经济基础的中国社会显然属于礼俗社会,广大的乡村就是构成这种社会形态的基本单位,乡村人与人之间以具有共同利益的家庭、家族、邻里、村镇为纽带无意识地联系在一起,不依靠其他群体也能够自给自足。而城市则是一种"联组社会",人们的生活方式由群体演变为个体,这就意味着建构起以人与人之间差别为基础的社会秩序,讲究复杂的分工合作。①

城市的发展与繁荣经历了漫长和复杂的历史,影响城市发展的因素很多,如政治、军事、地理因素等,经济是最为关键的因素。从根本上看,中国古代社会仍然是农耕社会,故农业发展、生产力提高才是城市繁荣的基础与根源,因为只有农业发展,才能将农民从土地之中解放出来,社会分工才能不断分化,农村人口外出从事工商业逐渐转化为城市人口,城市规模由此得以扩大。② 尤为特别的是中国传统城市的命运往往还掌握在以农业经济为核心的封建社会体制中,并由此产生了中国社会中独特的城乡社会关系,城乡关系的紧张一定程度上是统治与被统治、剥削和被剥削者之间的矛盾。③ 从表征上看,城市的形成与工商业的发展息息相关,城市人对土地的利用和空间的组织是非农业化的,即居住化、商业化、工业化,更加高效与集中,是一种高密度的生存方式。明清时期工商业发达,资本主义萌芽,正处于经济转型时期,城市化水平显著提高,城市化发展冲击了传统中国的社会组织形态与模式,但矛盾的是中国社会又始终处于

---

① 徐剑艺:《城市与人:当代中国城市小说的社会文化考察》,云南人民出版社1989年版,第5—6页。
② 参见韩大成:《明代城市研究》,中国人民大学出版社1991年版,第1页。
③ 徐剑艺:《城市与人:当代中国城市小说的社会文化考察》,云南人民出版社1989年版,第16—17页。

农业文化氛围中，传统东方农业文化融注于民族的血液之中，造就了民族的精神骨骼，形成了一种相对定型的社会心理模式，其影响可谓树大根深，故城市文明与乡野价值之间的矛盾在这种博弈中无可避免地显露了出来，最直观的表征就是明清文人与城市的关系是多重而矛盾的，既有"不入城"的坚持，也有与城市相倚相生的依存关系，不过正因如此，城市的特质往往由文人笔下城乡的对比得到突显。

清代小说《风月梦》讲述了常熟陆书往扬州买妾，在扬州与袁猷、贾铭、吴珍、魏璧结为兄弟，五人流连妓院，纵情挥霍，但最终风流云散的故事，描绘了城市中人的颓废，表达了对城市文明的忧虑，这种主题的表现方式正是通过在传统乡土文化的参照下，对城市生活反复质疑来实现的。小说最后五人的落魄结局指向了三种文化心态：其一是趋利忘义的新市民心态所导致的对城市人际关系的不信任；其二是对城市异化现象非难谴责后表达对乡村文化的向往与留恋，将乡村农耕生活模式作为理想人生范式；其三是对宿命论与封建道德的回归，将宿命作为人生困境的开解与安慰，又将封建礼教作为困惑城市生活中可以追寻的人生方向。① 而同时代文康的《儿女英雄传》则更为直观地表达了城市与乡村的相互否定：北京的富丽官场在朴质生活的对照下，显得苍白虚矫；乡野的日用价值则受限于草莽气质，无法展现深厚的文化底蕴。而作者给出的解决方案是想象了一个能够融合北京与乡村个别优势的"乌托邦"，即位于城乡交界的私人庄园，此地介于城乡之间，一面保有天然风光，一面又能培养文化传统。代表文人尝试消解城市潜在的危险性，融以乡野的正面价值的取向。② 可见明清时期叙事文学就已经在乡土文化与城市文明的对照中敏锐地觉察到了城市文明发展过程中可能存在的弊端。

---

① 参见葛永海：《古代小说与城市文化》，上海师范大学 2003 年博士学位论文，第 164 页。
② 胡晓真：《略论明清叙事文学中的城市书写》，《书屋》2008 年第 2 期。

二、城市文明现代性反思

　　乡村文明与城市文明存在一种悖论，城市的发展一定程度上改变了社会组织形态，冲击了传统社会的纲常伦理，这固然象征着中国社会在向着现代文明迈进，但同时也意味着工具性的强化与人情味的淡薄。现代都市人的"困惑感""焦灼梦""时空逼迫""分隔""反常""异化"等精神体验都是西方城市文学的中心主题，而中国明清叙事文学中对城市文明与现代性焦虑的问题也已经有所呈现与探讨。

　　一方面，城市并非如传统乡村一样是熟人社会，城市中的人缺乏过去；契约关系取代亲缘情感性质的关系成为人与人交往产生社会联系的枢纽，以次属关系为人际交往的主要形式，沉淀于潜意识中的熟悉感，以及因这种熟悉感而产生的归属感遭遇到了前所未有的冲击，故城市中的人也缺乏对于未来的笃定。心灵无处安顿，无所归依成为城市文明的典型症候。以自我生存为前提，以利益为根本目的的理性化生存方式必然产生非人格化的功利主义、工具理性类型的城市文化。从功利主义的层面来看，城市的建立本身就是人类功利活动的产物，是先进生产力的结果，生产方式与生产效果直接挂钩，人们为了事半功倍而工于算计，社会关系的建立是权衡利弊的结果，自然也就缺乏乡村文化的人情味。从工具理性的角度来看，城市以生产、消费、再生产这一经济闭环为发展内驱力，强调效率与价值，次属角色关系是非个人的、特殊的和无情感作用的交往形式，城市中的人只能以职能的形式介入社会，并且固化在职业分工之中，城市对个人的评价机制也通过认识他在社会中充当的专门角色及评估其在社会生产中创造的价值来完成，换言之，城市中的人是作为有用的工具存在，只需要成为社会运转机器上的一颗颗螺丝钉，而将人本身压抑甚至抹杀，因为城市只关心人的职能、功用和价值。城市文明对人本身情感需求的漠视会导致各种各样的现代性问题，譬如前文提到过的生存紧张的问题、自我确认的问题、意义探索的问题，等等，精神家园的缺失造成城市中人常有异乡客、流浪者的心理体验，故很容易产生一种乡愁与乡思。

这一点在明清叙事文学中也有一定程度展现，如《风月梦》中写到袁猷的表弟穆竺进扬州城购物，以旁观者视角展开了其在城中的所见所闻，如吸食鸦片、妓女调情等，他作为一个乡下人，自然与城市生活格格不入，但结尾他过上了一种知足常乐的安定生活，而反观深陷城市繁华色境，成日在妓院厮混的陆书、袁猷、吴珍等人，结局都很悲惨，陆书狼狈回乡，身患毒疮；袁猷夫妻反目，重病身亡；吴珍妻离子散，流放他乡。①他们在扬州的城市生活看似精彩纷呈，热闹非凡，背后却是欲壑难填的无尽寂寞和空虚，他们的心灵充满喧哗与骚动，始终动荡不安，而人情的冷暖在他们命运的浮沉中体现得淋漓尽致。失去价值的人无法在城市立足，基于利益建立的关系此时此刻就像风花雪月的幻梦一样顷刻之间就消散不见，这时候才会发现人实际上无法在任何人、事、物等色相上安住，就此陷落或回归到永恒孤独的处境之中，产生深深的乡愁，这种乡愁并非实指对具体故乡的思念，而是一种抽象的符号，或许他乡、故乡都不是故乡，但人们这种渴望"回去"的心情却真实而强烈，而人们究竟能够回到哪里去也是存在无法被消解的焦虑。这种乡愁本质是人们漂泊无依的精神困境的集中展示，在现代城市文明中尤其突出，"对象化"与"角色专化"在社会心理上造成个人主义、个性主义、非人性、工具理性与低情感主义的城市个性、城市自我意识与城市社会意识，②对传统存在形式的突破固然能够带给个体更多的自由，但城市文明的发展还没有达到能让这种自由与安全相结合的程度，也就是马克思所畅享的物质极大丰盈，能将所有人从劳动中解放，实现人之为人真正的自由发展的状态还远未实现，故现阶段

---

① 葛永海：《古代小说与城市文化》，上海师范大学 2003 年博士学位论文，第 165 页。
② 徐剑艺：《城市与人：当代中国城市小说的社会文化考察》，云南人民出版社 1989 年版，第 3—10 页。

自由与安全几乎不可能同时获得，甚至自由还要以牺牲安全为代价，因为自由意味着可能性，安全则意味着确定性，选择可能性就要放弃确定性，而对于人类或说对于任何生物来说，对安全的需求都是生命的基本需求，因此极难突破，安全感的缺失可谓是人类最大的一种缺失感，故此间必然存在着自由与安稳的矛盾，乡愁就是人在追求自由过程中需要忍受不安全所产生的。但反过来看，乡愁与乡思实际上也反映了城市中人寻求与回归精神家园的渴望，牢记心中的乡愁和乡思，既是对城市文明弊端的觉知与反思，也是推动社会对城市文明未来存续发展关注与思考的内驱力。

另一方面，商品经济是城市文明得以产生与存在的物质基础，物质的膨胀无限产生、制造人的欲望，制造欲望的本质是要制造人的需求，因为有需求才有市场，有市场才能够产生消费，最终刺激商品经济的发展。这个时候人已经不再是人本身，而是沦为欲望的奴隶，被异化为拉动经济增长的工具，甚至本身也成为了一种商品。声色感官与城市生活经验密不可分，城市生活对人的身体感官有特别的挑动，城市书写则响应城市经验，往往对城市的感官特质颇多着墨。

如《金瓶梅》中极尽酒、色、财、气之能，将眼、耳、鼻、舌、身、意、色、声、香、味、触、法演绎到极致，展现的正是人被欲望异化、奴役的颇具现代性的问题。城市之中人的生活状态、精神面貌实际上可以作为城市文明的表征来观照。西门庆这个"豪门领袖"的各种混乱情事反映出的是卑鄙无耻，荒淫悖乱的性情，可以说是集一切罪恶之大成。潘金莲在书中放荡阴狠的形象令人印象尤为深刻，她先与西门庆通奸，再在王婆协助下谋杀亲夫，嫁给西门庆后逼死与西门庆通奸的宋惠莲，设计害死对她威胁最大的李瓶儿母子，不仅如此，还与仆人琴童儿、女婿陈敬济通奸。庞春梅是潘金莲的镜像，她是潘金莲的心腹丫鬟，无论是服侍西门庆还是后面与陈敬济偷情，都有她一份，西门庆死后，吴月娘将她卖掉，嫁给周守备做妾，后来生子扶正，潘金莲被武松杀死后，她埋葬了潘金莲的尸体，又救了落难的陈敬济，两人做了假兄妹、真夫妻，最后纵欲而亡。西门庆家是豪绅家庭的实景，王招宣府却是贵族世家的密幕，不单是土豪市侩的家里恶浊不堪，就算是贵族世家，仍然是荒淫无耻，充满了不可告人的隐事，如第六十九回"招宣府初调林太太 丽春院惊走王三官"中初次出场的贵族阶层的林太太也是西门庆的情人之一，为掩人耳目，西门庆还认她儿子王三官当了干儿子，可谓是对封建社会"忠孝节义"道德伦常的极致讽刺。还有一类帮闲人物如应伯爵、吴典恩等则是趋炎附势、见利忘义、谄媚巴结，世态炎凉从帮闲这类城市文明发展进程中产生的特殊群体身上可以得到淋漓尽致的展示，他们无所谓情谊，眼中只看得到利益，西门家没落，就另寻别家，平日里称兄道弟不过是逢场作戏。他们都是物欲横流、情欲泛滥、拜物拜金主义盛行、传统道德框架摇摇欲坠的社会中的一员，无论何种性别、阶层、身份，他们身上都能明显看到当时那个社会快乐至上、纵情享乐、追逐欲望、人情薄凉的时代风气。

　　基于对城市文明现代性的反思，对道德秩序的召唤及城市文明发展未来的前瞻成为一种必然要求。实际上明代叙事文学就已经表现出了一种对城市文明的矛盾态度，最典型的还是《金瓶梅》，一方面，其中对西门庆一家吃穿用度的奢靡、荒唐情事泛滥与猎奇的描写展现出了作者受当时文化环境的影响。《金瓶梅》一直以来被认为是"淫书""秽书"，几百年来也曾被列为"禁书"，难登大雅之堂，但却在民间一直流传甚广，因为其暗合当时人们追求物质欲望、感官刺激的文化心理。另一方面，《金瓶梅》中又有对物欲膨胀、道德沦丧的时代风气之隐忧与批判。欣欣子评价《金瓶梅》言其"寄意于时俗"，有一定教化功用："其中语句新奇，脍炙人口，无非明人伦，戒淫奔，分淑慝，化善恶，知盛衰消长之机，取报应轮回之事，如在目前，始终如脉络贯通，如万系迎风而不乱也，使观者庶几可以一哂而忘忧也。"① 明代廿公评价《金瓶梅》："为世庙时一巨公寓言，盖有所刺也。然曲尽人间丑态，其亦先师不删《郑》、《卫》之旨乎。中间处处埋伏因果，作者亦大慈悲矣。今后流行此书，功德无量矣。不知者竟目为淫书，不惟不知作者之旨，并亦冤却流行者之心矣。"②

　　将《金瓶梅》与《诗经》之中的"郑风""卫风"比较，认为此书具有讽刺的作用。张竹坡在《竹坡闲话》中写道："《金瓶梅》，何为而有此书也哉？曰：此仁人志士孝子悌弟，不得于时，上不能问诸天，下不能告诸人，悲愤呜唈，而作秽言以泄其愤也。虽然，上既不可问诸天，下亦不能告诸人，虽作秽言以丑其雠，而吾所谓悲愤呜唈者，未尝便慊然于心，解颐而自快也。"③ 依照此种观点，兰陵笑笑生颇有"发愤著书"的传统遗风，而《金瓶梅》则乃"发愤"之著，纵观全书，满纸"冷热""真假"之言，"将富贵而假者可真，贫贱而真者亦假。富贵热也，热则无不真；贫贱冷也，冷则无不假。不谓冷热二字，颠倒真假一至于此！然而冷热亦无定矣。今日冷而明日热，则今日真者假，而明日假者真矣。今日热而明日冷，则今日之真者，悉为明日之假者矣。悲夫！本以嗜欲故，遂迷财色，因财色故，遂成冷热，因冷热故，遂乱真假。"④ 郑振铎说："如果除净了一切的秽亵的章节，它仍不失为一部第一流的小说，其伟大似更过于《水浒》，《西游》、《三国》更不足和它相提并论。在《金瓶梅》里所反映的是一个真实的中国的社会。这社会到了现在，似还不曾成为过去。"⑤ 无论是劝诫、讽刺、批判还是教化，都足以证明彼时敏锐的文学家就已经注意到城市文明发展带来的世风淫靡、物欲膨胀、纵情声色、道德沦丧等

① 朱一玄编：《金瓶梅资料汇编》，南开大学出版社 2002 年版，第 176 页。
② 朱一玄编：《金瓶梅资料汇编》，南开大学出版社 2002 年版，第 177 页。
③ 朱一玄编：《金瓶梅资料汇编》，南开大学出版社 2002 年版，第 415 页。
④ 朱一玄编：《金瓶梅资料汇编》，南开大学出版社 2002 年版，第 416 页。
⑤ 鲁迅、郑振铎等：《名家眼中的金瓶梅》，文化艺术出版社 2006 年版，第 33 页。

种种弊端，在城市中生活的人剥削他者的同时也被剥削。而作者给出的方案是召唤传统道德的回归，企图以传统纲常伦理再度规束城市文明过度膨胀的人情物欲，这无疑是一种复古思想，背后的逻辑是以保守矫正激进，但问题在于建立于农业经济基础的传统伦理道德与建立于工商业基础上的城市文明是否还能适配，天理与人欲的矛盾究竟应当如何认知、把握与平衡都是城市文明发展进程中需要思考的问题。礼崩乐坏之际的确需要重建道德秩序，但不是简单回归"存天理，灭人欲"，而是需要建构一套新的道德秩序与社会范式。这对当今社会城市发展与城市文明建构也具有借鉴意义，因为明清叙事文学城市书写中提出的城市文明发展中出现的种种问题现在依然没有成为过去。

总而言之，明清叙事文学中的城市书写具有重要意义与价值。其一，明清叙事文学中将空间书写拓展到城市不仅是一种文学现象，更是一种文化现象，城市书写此时作为社会经济、思想文化的表征，建立起新型文学范式。一方面，将城市空间这个新型描写对象固化定型，开创为叙事文学中空间书写的新模式，在文学层面扩展了空间书写的范畴。另一方面，城市空间本身集政治体制、社会经济、思想文化于一体的特质，客观上在应用层面拓展了中国文学的表现空间，使其从文学空间拓展为历史、社会空间，展现了生动的城市文化图景，揭示了明清时期深层城市文化精神。其二，明清叙事文学中通过对城市建筑、节日场景、生活场域的书写建构起城市文学景观，而无论这些景观是文学虚构还是真实存在，它们的共同特征都是虚构性与真实性相统一，既是真实城市生活缩影，又有文学创作加工。而"文学景观"与"文化景观"的互视意味着城市书写由文学叙事走向了更为广泛的现实叙事，对城市书写中文学性文化景观的关注既有文学史意义，也有文化史意义，还能对当下社会文化治理提供借鉴。其三，城市文明既有历史性，也具现代性，既包含物质文明，同时也包含精神文明。明清时期作为中国经济、文化的转型期，明清叙事文学中的城市书写不仅体现了当时社会的物质、精神风貌，还以文学特有的感染力触动人们牢记心中的乡愁和乡思，推动社会对城市文明未来发展持续性、永久性的关注和思考。

结　语

　　城市是社会、文化、政治、经济、娱乐、休闲等社会主要因素最集中、最具有代表性的一个特殊地域，它代表着一定社会阶段典型的人类活动形式。描写古代城市生活是中国古代叙事文学的主要内容之一，也是古代文学的重要题材。明清时期是叙事文学的创作高峰时期。这一时期的叙事文学更为通俗化，面向市民，描写其生活及其关心的问题是这一时期叙事文学的创作倾向。明清叙事文学丰富的内容、活泼的形式，犀利、辛辣的笔触，不仅带有文学审美价值，也是今人认识明清城市文化的一个重要窗口。

　　首先，明清叙事文学对城市景观进行了诗意的呈现。明清叙事文学中有大量关于城市建筑的描写，如亭台楼阁、街道铺面、歌馆酒肆等，这些被历代文人观照的客体，呈现出多样的文学形象。明清叙事文学在进行城市景观描写时善于捕捉最具城市特色的标识，如城墙、鼓楼，等等。这些独特标识在整个事件讲述中往往起到空间指引的作用，对城市景观的描写也体现出显著的博物观念。

　　其次，明清叙事文学对城市人文环境进行了真实的描摹。城市空间孕育出市民阶层这一社会群体，市民群体成为城市书写的重要内容。明清叙事文学中有大量记录和描述市民日常生活的内容，展现出一幅幅市民群体生活画面。城市中的节庆活动、生活仪式形成了传统城市生活中独具特色的民俗文化景观，这也是明清叙事文学着力表现的内容。市井经济的繁荣催生了城市中的行业分工，明清时期的城市中出现了富有特色的服务行业和生产行业，明清叙事文学对各色行业的描写既是对城市生活的讲述，也构成了事件发生的独特背景。

再次，明清叙事文学对城市文明的变迁进行了客观讲述。明清叙事文学中保留了大量对于嘉定三屠、明末农民起义、白莲教起义、太平天国运动等历史事件的讲述，叙事文学常以城市市民的视角对这些事件进行再阐释，关注的是事件本身对城市文明产生的影响。由于时间的推移以及历史事件的影响，中国大部分历史名城的文明成果均受到不同程度的破坏，通过叙事文学可以生动了解诸多历史名城的城市文化再度重建的过程。城市的文学形象往往通过与其相关的民间传说、风俗故事确立起来。叙事文学因其独特的创作形式与内容，对城市文学形象的确立有着"天然"的助推作用。

最后，明清叙事文学对传统的城市治理进行了文学讲述。与乡村空间不同，城市中的人员身份更为多样化，人际关系也更为复杂。这种复杂的人际关系使叙事文学的创作成为可能。明清之时已构建起成熟的文教体系，这一点在城市中更为明显。这在叙事文学中也可以找到生动例证。通过讲述一个个有关城市生活的故事，明清叙事文学也实现了对城市治理观念的描摹与思考。这对当下的城市治理也有着借鉴意义。

通过以上对明清叙事文学城市书写的梳理和阐释，可以归纳城市书写的文学意义与文化内涵。其一，明清叙事文学城市书写对城市的文化进行了诗性建构，主要表现在城市记忆的根性书写、叙事原型中寻根的执着、理想家园的守望等方面；其二，明清叙事文学城市书写的模式可以归纳为独特的审美意蕴、多元的价值观念、开放的文化心理三个方面。

文学话语中城市书写的繁荣是现实社会中城市文明繁荣的直接体现和印证，是文学创作与社会文明进程互为影响的生动案例。城市文化的发展与兴盛催生了叙事文学中的城市书写，而文学中的城市书写也成为城市文化的重要组成部分，从而推动城市文化不断向前发展，两者构成了双向互动的演进模式。通过论述明清时期叙事文学中城市书写的新变化，观照中国城市文明在明清之时呈现出的具体风貌和独特气质，并以此挖掘明清时期叙事文学城市书写的文学价值。以明清时期叙事文学中的城市书写为载体，在历史长河中做一番游历，有助于我们了解中国古代城市的发展壮大和城市生活的繁荣昌盛，于城市兴衰中认识到中华文明演进的规律。

参 考 文 献

一、古籍类

[1]（明）冯梦龙：《警世恒言》，中华书局 2009 年版。

[2]（明）冯梦龙：《喻世明言》，中华书局 2009 年版。

[3]（明）冯梦龙：《醒世通言》，中华书局 2009 年版。

[4]（明）洪楩编，石昌渝校点：《清平山堂话本》，江苏古籍出版社 1990 年版。

[5]（明）陆人龙：《型世言》，齐鲁书社 1995 年版。

[6]（明）陆楫等辑：《古今说海》，巴蜀书社 1988 年版。

[7]（明）凌濛初：《初刻拍案惊奇》，岳麓书社 1988 年版。

[8]（明）凌濛初：《二刻拍案惊奇》，岳麓书社 1988 年版。

[9]（明）施耐庵、罗贯中著，李永祜点校：《水浒传》，中华书局 2002 年版。

[10]（明）田汝成：《西湖游览志》，中华书局 1958 年版。

[11]（明）田汝成：《西湖游览志余》，中华书局 1958 年版。

[12]（明）西湖渔隐主人：《欢喜冤家》，春风文艺出版社 1989 年版。

[13]（明）周清：《西湖二集》，浙江人民出版社 1981 年版。

[14]（明）张岱：《琅嬛文集》，岳麓书社 1985 年版。

[15]（明）张岱：《陶庵梦忆》，江苏古籍出版社 2000 年版。

[16]（明）张岱：《西湖梦寻》，江苏古籍出版社 2000 年版。

[17]（清）曹雪芹、无名氏：《红楼梦》，人民文学出版社 2008 年版。

[18]（清）顾禄著，来新夏点校：《清嘉录》，中华书局 2008 年版。

[19]（清）顾禄著，王稼句点校：《桐桥倚棹录》，中华书局 2008 年版。

[20]（清）顾炎武：《历代宅京记》，中华书局 2004 年版。

[21]（清）顾炎武著，黄汝成集释：《日知录集释》，上海古籍出版社 2013 年版。

[22]（清）龚炜：《巢林笔谈》，中华书局 1981 年版。

[23]（清）邗上蒙人：《风月梦》，北京大学出版社 1990 年版。

[24]（清）海上漱石生：《海上繁华梦》，上海古籍出版社 1991 年版。

[25]（清）纪昀著，韩希明译注：《阅微草堂笔记》，中华书局 2014 年版。

[26]（清）毛祥麟：《墨余录》，上海古籍出版社 1985 年版。

[27]（清）欧阳昱：《见闻琐录》，岳麓书社 1986 年版。

[28]（清）潘荣陛：《帝京岁时纪胜》，北京古籍出版社 1981 年版。

[29]（清）潘荣陛：《帝京岁时记胜》，北京古籍出版社 2000 年版。

[30]（清）蒲松龄：《聊斋志异》，上海古籍出版社 2010 年版。

[31]（清）钱泳：《履园丛话》，中华书局 1979 年版。

[32]（清）岐山左臣：《女开科传》，春风文艺出版社 1983 年版。

[33]（清）蓬园：《负曝闲谈》，吉林文史出版社 1987 年版。

[34]（清）李绿园：《歧路灯》，中州书画社 1980 年版。

[35]（清）李斗著，王军评注：《扬州画舫录》，中华书局 2007 年版。

[36]（清）梁章钜：《浪迹丛谈》，上海古籍出版社 2012 年版。

[37]（清）孙殿起：《贩书偶记续编》，上海古籍出版社 1980 年版。

[38]（清）孙殿起：《琉璃厂小志》，北京古籍出版社 1982 年版。

[39]（清）徐松著，张穆校补：《唐两京城坊考》，中华书局 1985 年版。

[40]（清）文康：《儿女英雄传》，上海书店 1993 年版。

[41]（清）王应奎撰，王彬、严英俊校：《柳南随笔》，北京古籍出版社 1997 年版。

[42]（清）王韬：《淞隐漫录》，人民文学出版社 2006 年版。

[43]（清）王韬：《漫游随录》，社会科学文献出版社 2007 年版。

[44]（清）永瑢等：《四库全书总目提要》，中华书局 2003 年版。

[45]（清）袁枚编撰，申孟、甘林点校：《子不语》，上海古籍出版社 2012 年版。

[46]（清）俞梦蕉，孙顺霖校注：《蕉轩摭录》，中州古籍出版社 2012 年版。

[47]（清）余怀、珠泉居士著，徐文凯校注：《板桥杂记·续板桥杂记》，人民文学出版社 2013 年版。

[48]（清）昭梿著，何英芳点校：《啸亭杂录》，中华书局 1980 年版。

[49]（清）张廷玉：《明史》，中华书局 1974 年版。

[50]（清）赵尔巽等:《清史稿》,中华书局 1977 年版。

[51]（清）赵翼:《檐曝杂记》,上海古籍出版社 2012 年版。

二、专著类

[1]［美］安东尼·奥罗姆:《城市的世界》,上海人民出版社 2005 年版。

[2]［美］黄仁宇:《万历十五年》,中华书局 2006 年版。

[3]［美］刘易斯·芒福德:《城市发展史——起源、演变和前景》,中国建筑工业出版社 2005 年版。

[4]［美］理查德·利罕著,吴子枫译:《文学中的城市:知识与文化的历史》,上海人民出版社 2009 年版。

[5]［美］牟复礼、［英］崔瑞德编,杨品泉、吕昭河、陈永革译,杨品泉校订:《剑桥中国明代史（1368—1644 年)》,中国社会科学出版社 2006 年版。

[6]［美］牟复礼、［英］崔瑞德编,张书生等译:《剑桥中国明代史》,中国社会科学出版社 2016 年版。

[7]［美］梅维恒编,马小悟、张治、刘文楠译:《哥伦比亚中国文学史》,北京:新星出版社 2016 年版。

[8]［美］孙康宜、［美］宇文所安编,刘倩等译:《剑桥中国文学史》,三联书店 2013 年版。

[9]［澳］安东篱:《说扬州》,中华书局 2007 年版。

[10]［英］安德鲁·巴兰坦著,王贵祥译:《建筑与文化》,外语教学与研究出版社 2007 年版。

[11]［日］大木康著,王言译:《明清文人的小品世界》,复旦大学出版社 2015 年版。

[12]［日］酒井忠夫等:《民间信仰与社会生活》,上海人民出版社 2011 年版。

[13]包亚明:《城市文化》,上海教育出版社 2006 年版。

[14]鲍宗豪:《城市的素质、风骨与灵魂》,上海人民出版社 2007 年版。

[15]陈少棠:《晚明小品论析》,波文书局出版 1981 年版。

[16]陈平原:《中国小说叙事模式的转变》,上海人民出版社 1988 年版。

[17]陈书良、郑宪春:《中国小品文史》,湖南出版社 1991 年版。

[18]陈伯海:《近四百年中国文学思潮史》,东方出版中心 1997 年版。

[19] 陈平原、王德威、商伟：《晚明与晚清：历史的传承与文化创新》，湖北教育出版社 2002 年版。

[20] 陈宝良：《明代社会生活史》，中国社会科学出版社 2004 年版。

[21] 陈江：《明代中后期的江南社会与社会生活》，上海社会科学院出版社 2006 年版。

[22] 陈大康：《明代小说史》，人民文学出版社 2007 年版。

[23] 陈宝良：《明代士大夫的精神世界》，北京师范大学出版社 2017 年版。

[24] 戴均良：《中国城市发展史》，黑龙江人民出版社 1992 年版。

[25] 董定一：《明清游历小说研究》，吉林大学出版社 2016 年版。

[26] 冯天瑜：《明清文化史散论（第二版）》，华中理工大学出版社 1998 年版。

[27] 冯尔康、常建华：《清人社会生活》，沈阳出版社 2001 年版。

[28] 冯天瑜、何晓明、周积明：《中华文化史》，上海人民出版社 2005 年版。

[29] 费振钟：《江南士风与江苏文学》，湖南教育出版社 1995 年版。

[30] 傅衣凌：《明史新编》，人民出版社 1993 年版。

[31] 傅璇琮：《中国古代散文研究》，福建人民出版社 2005 年版。

[32] 傅璇琮、蒋寅：《中国古代文学通论》，辽宁人民出版社 2010 年版。

[33] 樊树志：《晚明史》，复旦大学出版社 2003 年版。

[34] 龚鹏程：《晚明思潮（增订版）》，商务印书馆 2005 年版。

[35] 葛兆光：《中国思想史》，复旦大学出版社 2001 年版。

[36] 葛永海：《古代小说与城市文化研究》，复旦大学出版社 2004 年版。

[37] 高小康：《中国古代叙事观念与意识形态》，北京大学出版社 2005 年版。

[38] 高小康、黄忠顺、田根胜：《城市文化评论》，上海三联书店 2006 年版。

[39] 胡士莹：《话本小说概论》，中华书局 1980 年版。

[40] 侯忠义：《中国文言小说参考资料》，北京大学出版社 1985 年版。

[41] 黄涛：《中国民间文学概论》，中国人民大学出版社 1986 年版。

[42] 蒋瑞藻：《小说考证》，古典文学出版社 1957 年版。

[43] 康少邦等：《城市社会学》，浙江人民出版社 1986 年版。

[44] 嵇文甫：《晚明思想史论》，河南大学出版社 1996 年版。

[45] 来新夏：《清人笔记随录》，中华书局 2005 年版。

[46] 劳思光：《新编中国哲学史》，广西师范大学出版社 2005 年版。

［47］ 鲁迅：《古小说钩沉》，人民文学出版社 1973 年版。

［48］ 鲁迅：《中国小说史略》，人民文学出版社 2006 年版。

［49］ 刘叶秋：《历代笔记概述》，中华书局 1980 年版。

［50］ 刘石吉：《明清时代江南市镇研究》，中国社会科学出版社 1987 年版。

［51］ 刘卫英：《明清小说宝物崇拜研究》，中国社会科学出版社 2008 年版。

［52］ 柳诒徵：《中国文化史》，上海古籍出版社 2001 年版。

［53］ 林永匡，王熹：《清代社会生活史》，中国社会科学出版社 2016 年版。

［54］ 林永匡、袁立泽：《清代风俗》，上海文艺出版社 2018 年版。

［55］ 李书磊：《都市的迁徙》，时代文艺出版社 1993 年版。

［56］ 李梦生：《中国毁禁小说百话》，上海古籍出版社 1994 年版。

［57］ 李玫：《明清之际苏州作家群研究》，中国社会科学出版社 2000 年版。

［58］ 李道和：《岁时民俗与古小说研究》，天津古籍出版社 2004 年版。

［59］ 李孝梯：《中国的城市生活》，新星出版社 2006 年版。

［60］ 凌郁之：《苏州文化世家与清代文学》，齐鲁书社 2008 年版。

［61］ 楼庆西：《中国古建筑二十讲》，三联书店 2001 年版。

［62］ 龙迪勇：《空间叙事学》，生活·读书·新知三联书店 2015 年版。

［63］ 罗宗强：《明代文学思想史》，中华书局 2013 年版。

［64］ 马瑞芳：《聊斋志异创作论》，山东大学出版社 1990 年版。

［65］ 马美信：《晚明小品精粹》，复旦大学出版社 1997 年版。

［66］ 苗壮：《笔记小说史》，浙江古籍出版社 1998 年版。

［67］ 聂绀弩：《中国古典小说论集》，上海古籍出版社 1981 年版。

［68］ 宁稼雨：《中国志人小说史》，辽宁人民出版社 1991 年版。

［69］ 浦安迪：《中国叙事学》，北京大学出版社 1996 年版。

［70］ 钱穆：《中国文化史导论（修订本）》，商务印书馆 1994 年版。

［71］ 钱穆：《中国文学论丛》，生活·读书·新知三联书店 2002 年版。

［72］ 施蛰存：《晚明二十家小品》，上海书店 1984 年版。

［73］ 史念海：《中国古都和文化》，中华书局 1998 年版。

［74］ 石昌渝：《中国小说源流论》，生活·读书·新知三联书店 2015 年版。

［75］ 孙逊：《明清小说论稿》，上海古籍出版社 1986 年版。

［76］ 孙楷第：《戏曲小说书录解题》，人民文学出版社 1990 年版。

[77] 孙一珍:《明代小说史》,中国社会科学出版社 2012 年版。

[78] 孙文婧:《明清小说研究》,吉林大学出版社 2015 年版。

[79] 山谷:《遥望姑苏台:苏州》,上海古籍出版社 2001 年版。

[80] 石昌渝:《中国古代小说总目·文言卷》,山西教育出版社 2004 年版。

[81] 盛久远:《西湖文献撷英》,杭州出版社 2013 年版。

[82] 唐恢一:《城市学》,哈尔滨工业大学出版 2001 年版。

[83] 吴涛:《北宋都城东京》,河南人民出版社 1984 年版。

[84] 吴志达:《中国文言小说史》,齐鲁书社 1994 年版。

[85] 吴承学:《旨永神遥明小品》,汕头大学出版社 1997 年版。

[86] 吴承学:《晚明小品研究》,江苏古籍出版社 1999 年版。

[87] 吴承学:《中国古代文体形态研究》,中山大学出版社 2002 年版。

[88] 吴承学、李光摩:《晚明文学思潮研究》,湖北教育出版社 2002 年版。

[89] 王孝通:《中国商业史》,上海书店 1984 年版。

[90] 王卫平:《明清时期江南城市史研究:以苏州为中心》,人民出版社 1999 年版。

[91] 王凯旋、李洪权:《明清生活掠影》,沈阳出版社 2001 年版。

[92] 王尔敏:《明清时代庶民文化生活》,岳麓书社 2002 年版。

[93] 王立群:《中国古代山水游记研究（修订本）》,中国社会科学出版社 2008 年版。

[94] 王言锋:《社会心理变迁与文学走向》,中国社会科学出版社 2009 年版。

[95] 王平:《明清小说与民俗文化研究》,山东教育出版社 2015 年版。

[96] 韦明铧:《二十四桥明月夜:扬州》,上海古籍出版社 2000 年版。

[97] 谢国桢:《明清笔记谈丛》,上海古籍出版社 1981 年版。

[98] 谢国桢:《增订晚明史籍考》,上海古籍出版社 1981 年版。

[99] 谢桃坊:《中国市民文学史》,四川人民出版社 1997 年版。

[100] 萧欣桥:《西湖古代白话小说选》,浙江人民出版社 1982 年版。

[101] 徐剑艺:《城市与人》,云南人民出版社 1989 年版。

[102] 徐德明:《清人学术笔记提要》,学苑出版社 2004 年版。

[103] 徐林:《明代中晚期江南士人社会交往研究》,上海古籍出版社 2006 年版。

[104] 夏咸淳:《晚明士风与文学》,中国社会科学出版社 1994 年版。

[105] 薛冰:《家住六朝烟水间:南京》,上海古籍出版社 2000 年版。

[106] 杨宽：《中国古代都城制度史研究》，上海人民出版社 2003 年版。

[107] 俞晓红：《古代白话小说研究》，安徽人民出版社 2005 年版。

[108] 张家驹：《两宋经济重心的南移》，湖北人民出版社 1957 年版。

[109] 张舜徽：《清人笔记条辨》，中华书局 1986 年版。

[110] 张紫晨：《中国民俗学史》，吉林文史出版社 1993 年版。

[111] 周峰：《杭州历史丛编》，浙江人民出版社 1988 年版。

[112] 周明初：《晚明士人心态及文学个案》，东方出版社 1997 年版。

[113] 周群：《儒释道与晚明文学思潮》，上海书店出版社 2000 年版。

[114] 赵园：《北京：城与人》，上海人民出版社 1991 年版。

[115] 赵伯陶：《市井文化与市民心态》，湖北教育出版社 1996 年版。

[116] 赵伯陶：《明清小品：个性天趣的显现》，广西师范大学出版社 1999 年版。

[117] 赵洪涛：《明末清初江南士人日常生活美学研究》，四川大学出版社 2018
年版。

[118] 中国古都学会：《中国古都研究》，山西人民出版社 1994 年版。

[119] 左东岭：《李贽与晚明文学思想》，天津人民出版社 1997 年版。

[120] 朱一玄：《明清小说资料选编》，南开大学出版社 2006 年版。

[121] 郑宪春：《中国笔记文史》，湖南大学出版社 2004 年版。

[122] 郑土有、刘巧林：《护城兴市——城隍信仰的人类学考察》，上海辞书出版
社 2005 年版。

三、期刊论文类

[1] 陈继会：《关于城市文学的文化前考察》，《艺术广角》1991 年第 6 期。

[2] 陈文新：《〈阅微草堂笔记〉与中国传统叙事》，《南京师范大学文学院学报》
2006 年第 2 期。

[3] 陈琼华：《在外强中干的社会重塑信仰——〈阅微草堂笔记〉中因果劝惩故事
的"劝世性"初探》，《新乡学院学报（社会科学版）》2011 年第 2 期。

[4] 崔海妍：《国内空间叙事研究及其反思》，《江西社会科学》2009 年第 1 期。

[5] 樊祥鹏：《近代上海狭邪小说与都市性》，《上海大学学报》2004 年第 1 期。

[6] 冯保善：《明清小说与明清江苏经济》，《江苏社会科学》1999 年第 3 期。

[7] 韩希明：《试论〈聊斋志异〉、〈阅微草堂笔记〉商人形象之异同》，《明清小说

研究》2002 年第 2 期。

[8] 韩希明:《〈阅微草堂笔记〉中良吏的道德标准》,《南京行政学院学报》2003 年第 4 期。

[9] 韩希明:《试析〈阅微草堂笔记〉的女性伦理思想》,《南京社会科学》2005 年第 4 期。

[10] 韩希明:《试论〈阅微草堂笔记〉对文人的伦理批判》,《明清小说研究》2005 年第 4 期。

[11] 韩希明:《试论〈阅微草堂笔记〉的伦理判断》,《兰州大学学报》2006 年第 1 期。

[12] 何卫国:《〈红楼梦〉的当代传播与城市文化名片》,《红楼梦学刊》2011 年第 3 期。

[13] 侯立兵:《都邑赋:传统城市文化的重要载体》,《湖南文理学院学报》2005 年第 2 期。

[14] 胡晓真:《略论明清叙事文学中的城市书写》,《书屋》2008 年第 2 期。

[15] 胡海义、张肖:《"城市——湖山"与西湖小说兴起的地理生态》,《城市学刊》2020 年第 2 期。

[16] 黄宜凤:《明代笔记小说俗语词与民俗文化》,《中华文化论坛》2013 年第 8 期。

[17] 蒋述卓、王斌:《论城市文学研究的方向》,《学术研究》2001 年第 3 期。

[18] 蒋宸:《清代笔记中伶人雅风述略》,《戏剧(中央戏剧学院学报)》2013 年第 2 期。

[19] 孔庆庆:《中国古代小说教化思想溯源》,《哈尔滨工业大学学报(社会科学版)》2011 年第 4 期。

[20] 蹇家才:《试论〈聊斋志异〉的空间叙事》,《蒲松龄研究》2012 年第 4 期。

[21] 龙迪勇:《时间性叙事媒介的空间表现》,《江西社会科学》2007 年第 4 期。

[22] 李洁非:《城市文学之崛起:社会和文学背景》,《当代作家评论》1998 年第 3 期。

[23] 李桂奎:《中国古代小说中的时令节日及其叙事意义》,《江淮论坛》2008 年第 6 期。

[24] 李乃刚:《中国古代小说的空间叙事研究概述》,《社会科学家》2010 年第 10 期。

[25] 李娟红:《笔记小说中的家国意识》,《南都学坛》2017 年第 3 期。

［26］刘志琴：《晚明城市风尚初探》，《中国文化研究集刊》1984 年第 6 期。

［27］刘勇强：《西湖小说：城市个性和小说场景》，《文学遗产》2001 年第 5 期。

［28］刘勇强：《风土·人情·历史——〈豆棚闲话〉中的江南文化因子及生成背景》，《清华大学学报（哲学社会科学版）》2010 年第 4 期。

［29］刘红强，刘翠红：《〈聊斋志异〉素材来源五则》，《蒲松龄研究》2010 年第 1 期。

［30］刘再复、林岗：《论中国古代小说的叙事意识形态》，《渤海大学学报》2010 年第 5 期。

［31］刘世华、赖美：《〈聊斋志异〉中的人文关怀》，《内蒙古电大学刊》2013 年第 4 期。

［32］吕爱丽、韩希明：《〈阅微草堂笔记〉的官员队伍道德论》，《解放军艺术学院学报》2004 年第 3 期。

［33］马兴波：《"笔记小说"概念批判与笔记作品的重新分类》，《广州大学学报（社会科学版）》2014 年第 2 期。

［34］史念海：《都城与文化变迁》，《陕西师大学报》1994 年第 6 期。

［35］史念海：《中国古都变迁和文化融通》，《陕西师大学报》1994 年第 6 期。

［36］宋莉华：《清代笔记小说与乾嘉学派》，《文学评论》2001 年第 4 期。

［37］宋海舸：《浅论〈博物志〉在中国小说史上的地位和影响》，《山东广播电视大学学报》2013 年第 4 期。

［38］孙旭《西湖小说与话本小说的文人化》，《明清小说研究》2003 年第 2 期。

［39］孙逊、葛永海：《中国古代小说中的"双城"意象及其文化蕴涵》，《中国社会科学》2004 年第 6 期。

［40］孙逊、刘方：《中国古代小说中的城市书写及现代阐释》，《中国社会科学》2007 年第 5 期。

［41］苏羽、楼含松：《明代凶宅小说与道德主题》，《青海社会科学》2011 年第 2 期。

［42］苏羽：《明代志怪小说中的女性形象与女德观念》，《西安交通大学学报（社会科学版）》2011 年第 4 期。

［43］尚继武：《〈聊斋志异〉叙事艺术研究》，《蒲松龄研究》2019 年第 1 期。

［44］宋世瑞：《晚清民国语境下"笔记小说"概念考论》，《石河子大学学报（哲学社会科学版）》2019 年第 5 期。

［45］沈嘉欣：《从〈搜神记〉、〈阅微草堂笔记〉看志怪小说的教化色彩》，《汉字文化》

2020 年第 14 期。

[46] 王伟康:《两淮盐商与扬州文化》,《扬州大学学报》2001 年第 2 期。

[47] 王伟康:《清代鼎盛期扬州经济文化辉煌的缩影扬州画舫录研究述略》,《南京广播电视大学学报》2003 年第 1 期。

[48] 王伟康:《〈扬州画舫录〉中的戏曲文化试探》,《东南文化》2003 年第 11 期。

[49] 王桂清:《从"三言""二拍"中商人入仕途径看商人的官本位意识情节》,《北方论丛》2004 年第 2 期。

[50] 王立、刘畅、杜芳:《婚姻报恩与〈聊斋志异〉恩报主题》,《辽东学院学报》2007 年第 6 期。

[51] 王云路:《〈都城纪胜〉书名考略》,《西南交通大学学报》2008 年第 6 期。

[52] 王菊芹:《从"三言""二拍"中的商人形象看明代中后期经商意识的新变》,《贵州大学学报》2008 年第 7 期。

[53] 王莉:《〈聊斋志异〉中的女性人文关怀》,《南都学坛》2013 年第 3 期。

[54] 王昕:《论志怪与古代博物之学——以"土中之怪"为线索》,《文学遗产》2018 年第 2 期。

[55] 王守恩:《民间信仰研究的价值、成就与未来趋向》,《山西大学学报(哲学社会科学版)》2018 年第 5 期。

[56] 王挺:《中国古代笔记小说中工艺技术史料的类型、分布与价值》,《云南社会科学》2019 年第 5 期。

[57] 吴卉:《纪昀小说中的清代新疆文化书写》,《石家庄铁道大学学报(社会科学版)》2019 年第 4 期。

[58] 梅新林:《映像重塑和文化解读古代小说中的城市》,《浙江社会科学》2005 年第 4 期。

[59] 魏晓虹:《〈阅微草堂笔记〉中的复生故事分析》,《山西大学学报(哲学社会科学版)》2007 年第 6 期。

[60] 魏晓虹:《论〈阅微草堂笔记〉中的扶乩与文人士大夫生活》,《太原师范学院学报(社会科学版)》2010 年第 3 期。

[61] 魏晓虹:《〈阅微草堂笔记〉中文人的梦幻世界》,《太原师范学院学报(社会科学版)》2012 年第 6 期。

[62] 魏晓虹、王泽媛:《对〈阅微草堂笔记〉中谶纬故事的分析》,《山西大学学

报（哲学社会科学版)》2013 年第 4 期。

[63]吴波：《士大夫"劝惩遣怀"之作与落魄书生的"孤愤"之书——〈阅微草堂笔记〉与〈聊斋志异〉的比较》，《中国文学研究》2005 年第 1 期。

[64]夏雪飞：《当代江南文学与江南文化研究的重要对象与方法问题》，《甘肃社会科学》2020 年第 2 期。

[65]杨子彦：《化虚构为见闻——论纪昀〈阅微草堂笔记〉的叙事特点》，《淮阴师范学院学报》2004 年第 6 期。

[66]杨景霞：《清代笔记体小说中的才女形象研究》，《美与时代（下)》2013 年第 1 期。

[67]俞孔坚：《论景观概念及其研究的发展》，《北京林业大学学报》1987 年第 4 期。

[68]张蕊青：《〈扬州画舫录〉：史家与小说家的相通与合流》，《学海》2001 年第 5 期。

[69]张世君：《中国古代小说评点空间叙事理论探微》，《广州大学学报（综合版)》2001 年第 7 期。

[70]张慧禾：《古代杭州小说的帝都情结》，《浙江学刊》2007 年第 4 期。

[71]张泓：《清代笔记小说对文字狱的述载——以〈子不语〉和〈阅微草堂笔记〉中的吕留良案为例》，《河北联合大学学报（社会科学版)》2012 年第 5 期。

[72]张婉霜：《从晚明小品透视江南城市审美文化——以张岱〈陶庵梦忆〉为中心》，《湖州师范学院学报》2015 年第 3 期。

[73]郑传寅：《节日民俗与古代戏曲文化的传播》，《东南大学学报》2004 年第 1 期。

[74]周笑添、周建江：《中国古代城市笔记小说的源、流、变》，《西北师大学报（社会科学版)》1995 年第 2 期。

四、学位论文类

[1]陈修娇：《"三言"城市书写研究》，兰州大学 2018 年硕士学位论文。

[2]丁立云：《〈阅微草堂笔记〉研究》，黑龙江大学 2010 年硕士学位论文。

[3]葛永海：《古代小说与城市文化》，上海师范大学 2003 年博士学位论文。

[4]龚晓：《清代文言小说中的城市书写研究》，苏州大学 2015 年硕士学位论文。

[5]胡海义：《明末清初"西湖小说"研究》，暨南大学 2006 年硕士学位论文。

[6]季璐璐：《〈红楼梦〉大观园视觉图像探究，南京艺术学院 2019 年硕士学位

论文。

[7] 梁佶:《张岱文化小品研究——以〈陶庵梦忆〉与〈西湖梦寻〉为例》,扬州大学 2008 年硕士学位论文。

[8] 刘美玲:《传播视野下的〈阅微草堂笔记〉研究》,中国海洋大学 2011 年硕士学位论文。

[9] 刘海霞:《中国古代城市笔记研究》,上海师范大学 2014 年博士学位论文。

[10] 刘宙彤:《清代后期文言小说中的城市书写研究》,苏州大学 2015 年硕士学位论文。

[11] 刘慧:《地域文化视野下的清代山东小说研究》,暨南大学 2017 年硕士学位论文。

[12] 刘韵:《清代笔记小说中的女性形象研究》,安徽大学 2017 年硕士学位论文。

[13] 刘小洁:《〈聊斋志异〉官吏形象分类研究》,河北大学 2019 年硕士学位论文。

[14] 李爽:《南宋都市笔记四种中的都民生活》,南京师范大学 2019 年硕士学位论文。

[15] 李雨薇:《明代山东小说地域文化研究》,中国石油大学 2019 年硕士学位论文。

[16] 罗娅齐:《宋人都市笔记中的宋代审美文化研究》,云南大学 2017 年硕士学位论文。

[17] 邱晓珊:《〈水浒传〉市井女性描写研究》,湘潭大学 2019 年硕士学位论文。

[18] 秦幼苹:《〈笔记小说大观〉中清代戏曲史料研究》,湖北大学 2019 年硕士学位论文。

[19] 尚继武:《〈聊斋志异〉叙事研究》,苏州大学 2006 年硕士学位论文。

[20] 单轶文:《寻梦西湖——西湖意象的形成及流变》,辽宁师范大学 2013 年硕士学位论文。

[21] 宋东映:《明代商业文化与通俗小说——以"三言""二拍"为视角》,湖南师范大学 2010 年硕士学位论文。

[22] 宋世瑞:《清代顺康雍乾四朝笔记小说研究》,华东师范大学 2018 年博士学位论文。

[23] 孙蔚:《国内空间叙事研究述评》,湖北师范大学 2018 年硕士学位论文。

[24] 史学荣:《小说中空间的叙事功能研究》,江西师范大学 2010 年硕士学位

论文。

［25］王洁：《〈聊斋志异〉中"奇幻境域"类故事研究》，浙江师范大学 2016 年博士学位论文。

［26］王宇宇：《清代嘉兴府小说研究》，暨南大学 2020 年硕士学位论文。

［27］尉维星：《张岱〈西湖梦寻〉西湖景观呈现研究》，浙江师范大学 2021 年硕士学位论文。

［28］吴肇彦：《〈聊斋志异〉叙事研究》，厦门大学 2007 年硕士学位论文。

［29］岳永：《清代笔记观初探》，华东师范大学 2014 年博士学位论文。

［30］张慧禾：《古代杭州小说研究》，浙江大学 2007 年博士学位论文。

［31］张玄：《晚明笔记体小说研究》，华东师范大学 2017 年博士学位论文。

［32］张瑾：《清代文人笔记研究》，吉林大学 2018 年博士学位论文。

［33］张苏：《杭州西湖沿岸建筑变迁与文化景观的形成》，浙江大学 2019 年硕士学位论文。

［34］张俊福：《明末清初话本小说之民俗性研究》，兰州大学 2022 年博士学位论文。

责任编辑：王怡石

封面设计：周方亚

图书在版编目（CIP）数据

明清叙事文学中的城市书写研究／张啸 著．— 北京：人民出版社，
2024.5

ISBN 978－7－01－026151－5

I.①明… II.①张… III.①中国文学－叙事文学－古典文学研究－
明清时代 IV.① I206.4

中国国家版本馆 CIP 数据核字（2023）第 237281 号

明清叙事文学中的城市书写研究

MINGQING XUSHI WENXUE ZHONG DE CHENGSHI SHUXIE YANJIU

张 啸 著

人民出版社 出版发行

（100706 北京市东城区隆福寺街 99 号）

北京中科印刷有限公司印刷 新华书店经销

2024 年 5 月第 1 版 2024 年 5 月北京第 1 次印刷

开本：710 毫米 × 1000 毫米 1/16 印张：17

字数：260 千字

ISBN 978－7－01－026151－5 定价：99.00 元

邮购地址 100706 北京市东城区隆福寺街 99 号

人民东方图书销售中心 电话（010）65250042 65289539